原SIN罪

色慾

I

性・掠食者

（※ 本故事內容純屬虛構，如有雷同，純屬巧合。）

楔子

乾淨整齊的房間裡飄散著淡淡香氣，書桌旁疊放著學習完畢的課外習題，掛在一旁的書包早已將隔日要使用的課本資料整理妥當；門後的勾子上吊掛著燙熨整齊的制服，黑色的裙子卻如同她的人生。

女孩在空中噴灑香水，她一直很喜歡這個香氣，雖然濃烈了些，但是聞著舒心，似乎可以掩蓋掉她身上所有噁心的氣味。

她坐在床沿，兩眼無神的望著門後的制服，歪斜的頭顱讓淚水輕易的匯集，自右邊臉頰不停滑落，她沒有拭淚，而是抽笑了一下，哼哼。

就這樣吧，就這樣吧。

她緩緩的正首，慢慢的站起身，還不忘撥平皺掉的床單，然後趴下身子，從床底深處拖出一個整理箱；箱子裡是過季的衣物，她伸手往裡探去，準確的拿出了藏在折疊衣服裡的一綑繩子。

「終究還是有用到你的一天啊……」她望著繩子，繩上還有用奇異筆做過的記號，她愛憐的撫摸起繩子來。

抬起頭，看向床邊的窗子，窗外照進的是路燈的光線，她吁了一口氣，她不想要這種令人窒息的光，她要的是更加燦爛的、明亮到不可直視的光芒……她一輩子都得不到的光。

把衣物整理箱好整以暇的收好、推回床底下，女孩換上了珍愛的高中制服，緊緊抓著那綑繩子，悄悄的打開了房門。

他們家是樓中樓設計，樓梯就在右前方，而十一點鐘方向的房間還亮著燈，她可以看見門縫下透出的光，她淡淡瞥了一眼，輕手輕腳的朝著一旁的樓梯走了上去，她盡可能的放輕腳步，連在房間內的父母都沒有察覺。

「她該不會交男朋友了吧？」父親突然放下手機。

坐在梳妝台邊保養的女人愣了一秒，朝右後回頭，看向半躺在床上的丈夫，「不會吧？」

「不然她爲什麼對補習這麼反彈？她以前從來沒有不聽話過！尤其江老師可是她的恩師啊，她現在能考上我們這區第一學府，全是江老師的功勞啊！」吳父激動的下了床，「江老師也有開高中的補習課程，她居然說不去！她眞以爲自己的資優生是靠她自己嗎？」

「你先別那麼激動，我會再跟她好好談談！」吳母正首對著鏡子保養，「你要想想，可能因爲好不容易才考上高中，立刻又要她去補習，她會喘不過氣的！」

「這種事能中斷的嗎？我聽說很多人即使考上了，暑假早就開始補習了，她只是比別人聰明一點點而已，竟然想付著這樣偷懶？」吳父完全不能理解，「最讓我不高興的是她的態度！她是在歇斯底里什麼？一副我們逼她去殺人放火似的？什麼叫死也不去補習？她在威脅她父母？」

唉，女人看著在窗邊踱步的丈夫，她知道他在氣什麼，因為向來乖巧的女兒從來沒有反抗過他們的決定，也從未頂過嘴，但是在補習這件事上，之前就表明態度，那至於今日激烈的拒絕，甚至還對著他們吼叫，別說老公了，連她也很意外。

她倒不一定覺得是有男友，或許是新同學、新環境的關係，畢竟高中才開學一個月，或許新交的朋友中就有這種孩子……她比較擔心的是這個，即使是區內第一高中，也難保會有成績好但品性差的孩子！近朱者赤、近墨者黑，她可不想讓她的寶貝被染黑。

「你先別跟茹茵談，你那種態度，只會有反效果。」吳母趕緊勸說，「讓我去談。」

窗前的男人氣得胸膛起伏，聞言回首，「我話先說在前頭，無論如何，她一定要去補習的！」

「知道知道！」吳母站起身，才想要繼續安撫，窗外剎時冒出一陣黑影——

唰！磅——

「哇啊——」這聲尖叫同時來自這對夫妻，妻子什麼都沒看清楚只看見黑影襲來，而男人則是被突然傳出的巨響嚇得掩耳且回身撲倒在地！

噠……咚咚，敲擊聲再次從身後的窗子傳來，男人爬到妻子身邊，戰戰兢兢的再轉向了窗子。

窗戶呈放射狀裂開，因爲玻璃相當的厚，還不至於碎裂迸散……但是上面那片鮮紅盛開的血花，卻令人怵目驚心！

咚、咚……窗外的東西正晃動著，敲擊著他們已裂開的窗戶。

「啊啊……那是什麼？」妻子抱著頭，嚇得腿軟的往後退著。

丈夫攙著妻子起身，鮮紅的血花遮擋住了視線，現在正因地心引力往下方流著，而附近紛紛傳來開窗聲，接著便是此起彼落的尖叫聲！

「呀——有人上吊了！」

「啊啊啊，有人跳樓了！」

什麼？上吊還是跳樓？男人驚恐的看著在他窗外晃盪的黑影，那是個人嗎？他們家住在二十六樓，這棟樓有二十八樓，所以——有人從頂樓繫著條繩子，跳下來自殺嗎？

是誰幹這麼多餘的事情，跳下去不就一了百了？還停在他家的窗前……窗……男人皺起眉，因爲他突然覺得，那個懸掛在外面的身影有那麼一點點熟悉……

一陣高樓風來，懸吊在外頭的身影磅的又貼上了玻璃。

這一次，是正面了。

雖然她頸骨折斷，臉部插著玻璃碎片且血汙處處，但他是不可能認錯的，那是他的孩子。

「哇啊啊啊——茹茵啊！」

第一章

自殺的同學

眾多腳踏車們井然有序的在銀杏樹築成的綠色隧道中穿梭，莘莘學子們或精神抖擻、或呵欠連連，有秩序的前往學校。

只是今天的學校門口有些熱鬧。

「怎麼這麼多記者？」

學生們不由得發出狐疑，因爲校門口停了一堆採訪車，還有許多記者擠在校門口，一人一角落的在做著報導。

聶泓珈從腳踏車跳下，不解的看著這盛況，他們學校出什麼事了嗎？出門前才刷過各個社群，沒看見什麼大事啊！

學校規定上學不能騎腳踏車進校，所以人人都是牽著進去的，但礙於記者一堆，反而讓學生們有點不知道該從哪邊繞行進入，才不會妨礙到他們的拍攝。

「請各位移到旁邊好嗎？現在是上學時間，你們妨礙到我們學生進校門了！」

「我們什麼時候能進去？」

「教務主任或是誰能出來說說話嗎？」

「還是可以請六班的導師張老師出來說話嗎？」

咦？聶泓珈趕緊牽著腳踏車進入學校，六班張導師？這麼巧，她就是六班、導師也姓張，難道是他們班的同學出事了？

她急著把腳踏車牽去腳踏車棚放好，抓起書包想要快點進班上時，才發現附近的學生們個個臉色慘白，手裡都拿著手機一臉驚恐。

那種八卦模樣，絕對是有事了。

「聽說了嗎？是吳茹茵！」才在上樓，她就聽見走在前方的兩個同班同學在交談。

「咦？我怎麼聽說是有個學姐昨天沒回家？失蹤了？」

「不是啊，我是說她……」後面的聲音變得很小，但聶泓珈看見討論的同學用食指在自己頸上抹了一刀。

「真的假的？怎麼會這樣？」

吳茹茵，的確是她的同班同學，而且她不只是在班上知名，她是個才入學就聞名全校的資優生，畢竟是以第一名成績保送入學的學生，還是她住的S區榜首！

「現在也才開學，她功課又那麼好，會有什麼事想不開嗎？」

「不知道啊，她平常靜靜的，但也沒看出什麼啊！」

聶泓珈放慢腳步跟在同學身後，道進了教室，教室裡果然已經亂成一團，人人都在討論這位資優生的駭人新聞；聶泓珈平靜的走到最裡頭最後一排最後一個位子坐下，安靜的從書包拿出手機查看，此時新聞已經鋪天蓋地了。

「S高中資優生夜半跳樓輕生」、「開學才過一個月，資優生於自家跳樓輕生」、「夜半驚魂，竟是鄰居高中生上吊自殺！」

嗯？聶泓珈滑著手機，到底是上吊還是跳樓？她怎麼才滑沒兩頁，卻看見不一樣的死法？

Line此時傳來訊息，是住她隔壁、一起長大的傢伙傳的：

「妳們班的耶！」

「嗯，我剛才在看新聞，有的報上吊，有的報跳樓，訊息很亂。」

「不亂，因為兩個都沒說錯。」

沒說錯？跳樓跟上吊自殺是兩種不同的死法啊！聶泓珈蹙起眉，認真的等待著下一個訊息，但在對方傳來之前，鐘聲率先響起，全班唉了聲，依依不捨的起身，紛紛走到前頭講桌，把手機放入前方的「養機場」中。

待手機歸位，班長便將盒子放好，擱到了講台下，全班仍舊討論著這驚人案件，聶泓珈默默看向靠講台處的空位，抽屜裡還擺放著書本與物品，沒想到永遠都見不到了。

鐘響後好一會兒，導師都沒有現身，看來應該是被這件事影響到了，風紀只好開始管秩序，因為在其他班都安靜的前提下，會顯得他們班格外的吵鬧。

只是靜下來後，啜泣聲就傳出來了。

坐在吳茹茵左邊的女孩，還有聶泓珈斜前方的女生，幾乎控制不住的伏案痛哭，聶泓珈其實不太知道班上的人際網，但看起來應該是跟吳茹茵很好的同學吧。

「凱婷！」幾個女生紅著眼睛，直接跑到周凱婷身邊安慰，她就坐在吳茹茵身旁，也是成績優異的女孩。

「昨天……昨天還好好的，我們還約著周末要出去玩的……」周凱婷抽抽噎噎的說著，「她不可能自殺的，不可能……嗚嗚嗚……」

語不成串，女孩痛哭失聲，惹得班上眾人不免一陣鼻酸。

聶泓珈蹙起眉，她不喜歡這種氛圍，悲傷且令人感到窒息，但是同學身故是事實，班上會這麼難受也正常……就是，她很不習慣。

「劉潔欣……」斜前方的女孩也正被安慰著，她哭得很激動，全身都在抽搐。

全班都被這悲傷感染，許多人也開始低泣，聶泓珈只得深呼吸，選擇朝左看向窗外，瞧今天萬里無雲的，天氣眞好是吧！

班上沒有人會跟她討論事情，因爲她就是班級的邊緣人，倒不是被欺負或霸凌，而是她刻意讓自己低調得像個透明人，越透明越好，不與人深交、不分派系，她來學校就是唸書完成學業，其他眞的什麼都不想管。

終於，腳步聲從走廊出現，聶泓珈望向從窗戶邊掠過的身影，是憔悴的導師。

張老師站在講台上，鼻子眼睛都已經哭紅，她強打起精神與班上的一樣紅著雙眼的學生們對望，幾度欲言又止，手指扣著課本的關節都泛了白。

「大家應該都知道了，吳茹茵……昨天永遠離開我們了。」張導師強忍著悲傷，字字哽咽，「我知道很突然，老師一時也無法相信，但是……」

「她不會自殺的！茹茵才不是那種人！」周凱婷激動的喊著，「她跟我說過未來要做很多事的，這種心懷未來的人怎麼可能會自殺！」

導師看著周凱婷，淚水忍不住滑落，她再也說不出話的轉身背向大家，掩著嘴面向黑板，從顫抖的雙肩便能知道她哭得多難受。

就這樣，他們班的早自習在濃厚的悲傷中度過，下課時還變成觀光勝地，附近班級的人都跑到他們班外面看，還有人跑來打聽八卦，問問有沒有人知道吳茹茵爲什麼會自殺。

聶泓珈趁機走到遠一點的地方去買飲料，她想脫離那種低氣壓的氛圍，她跟吳茹茵雖然實驗課同組，但不熟啊！畢竟才開學一個月，也就說過幾句話，其他就沒什麼交集了。

她爲她的逝去惋惜，但……要說悲傷就太假了。

「她是非常非常聰明的人，我也很榮幸跟她同一個班，日常的吳茹茵溫柔又熱情，雖然優等生但是都沒有擺架子，不懂的問題只要問她，她都會幫我們解答。」

回班級的路上，聶泓珈卻聽見了怪異的話語。

「眞的！我沒騙你們，我眞的跟吳茹茵同班！剛剛早自習時，我們導師都哭到快崩潰了，沒人相信這是眞的！」

循著聲音走去，聶泓珈在校園的一個偏僻角落裡，看見了正在直播的同班同學——網紅甜樂珮！

他們班……不，學校的風雲人物，一個非常美麗的女孩，本名楊芝珮，之前就是網紅了，最近已經簽了約，正式進軍娛樂圈，在入學前的暑假，聽說還拍了一部偶像網劇！人美、身材好、成績也不錯，最近聲量很高。

她不可思議的看著對著鏡頭抹淚的楊芝珮，哈囉？這種蹭流量方式不太好吧？現在沒人知道吳茹茵自殺的原因，記者進不來，她倒是很大方的直播？

聶泓珈發現自己的到來並沒有引起同學的注意，低首找了地上的斷枝，用力的踩了兩下，就怕同學聽不見！

楊芝珮果然立刻回首，聶泓珈趁機閃到旁邊去，她可不想入鏡。

「快上課了，我得先回教室了，中午有空我再直播喔！」楊芝珮俏皮的說著，還可愛的嘟起嘴，揮手對鏡頭說再見。

關掉直播，網紅立刻回身去找人，不過在轉角的牆後，她卻沒有看到任何人的身影，因爲此時此刻的聶泓珈，早已回到教室裡，傻子才會留在那邊等人抓，況且她完全沒有想跟楊芝珮辯解的意願。

「昨天還跟妳說話的人，今天就這樣沒了……」坐在正前方的同學，突然側著身子背靠牆，幽幽地開口。

聶泓珈才準備坐下來，有點錯愕得左顧右盼，因爲他們這位子旁邊是窗，她又坐在最後面，且現在周遭沒有旁人。

「你在跟我說話嗎？」

婁承穎轉了過來，認眞的看向她，「對啊！不覺得嗎？」

無緣無故幹嘛找她講話？「呃……這就是人生吧。」

「不覺得她會自殺很奇怪嗎？」婁承穎整個人往她多轉了幾度，甫坐下的聶泓珈開始緊張。

「我不想去談論原因，畢竟那也不關我們的事，而且她人都走了，我不想去八卦……」

「這不算八卦，是探究眞相。」婁承穎用一雙閃亮亮的小狗眼望著她，「因爲我們都不覺得吳茹茵會這麼輕易自殺，一定是發生了什麼事！」

深呼吸，聶泓珈在內心這麼告訴自己，大家都是同學，未來還要相處三年啊，她只要平常心，就能夠好好說話的。

「那也……不必猜，猜再多都沒有用，警方總是會有答案的。」聶泓珈說得輕描淡寫，眼尾瞄著從後門走進來的美少女。

楊芝珮眞的是個很漂亮的女孩，審美符合時下的美少女觀感，身材纖細高䠷，皮膚白皙，濃眉大眼的可愛模樣，她小學就開始當網紅了，女大十八變，從可愛變嬌俏美少女，追蹤人數幾十萬。

只是她活躍於網路，動輒直播，記得開學第一天就直播自己的開學日，後來被導師制止，她不能在未經同學允許下拍攝大家！當時她還撒嬌的問班上：「誰不想被拍的？」

這種問法反而讓大家錯愕，有種被情勒的感覺，所以一時沒人舉手，而聶泓珈卻默默的舉起了手。

她社恐，願望是做個永遠的小透明，她不希望入鏡。

接著吳茹茵第二個舉手，她挑明了說無論何時何地，楊芝珮都不該在班上直播，她要在學校哪個角落都行，但同學有隱私權，一番言論說得振振有詞，導師立即接話補充，楊芝珮只好委屈的放棄。

聶泓珈原本以爲那件事可以讓她理解到尊重，看來沒有啊……早自習才宣布吳茹茵的死訊，半小時後她就去開直播蹭流量了。

她是眞的不喜歡這樣的人，但是呢……聶泓珈選擇了沉默，小透明是不該多話的。

「妳怎麼一直都這麼安靜？」一顆頭塞進她的視線裡，男孩趴在她桌上問著。

聶泓珈下意識的整個人往後縮，眉頭緊皺著看著他。

「我們是同學耶！」婁承穎無辜可憐的歪了頭。

他真的很像拉布拉多，聶泓珈在心裡默默的想著。

她搖搖頭，不知怎麼應對，此時鐘聲響起，她在內心舒了一口氣，第一堂客總算要開始了，她太感謝上課了。

不過這天根本沒有老師能專心上課，他們班所有的任教老師都被叫去問話，整天的課幾乎都成了自習課，尤其導師在安排完一堆作業後，就再也沒出現了。

直到中午吃飯時間，班上氣氛依然低迷，班長出面請走了來看熱鬧的其他班同學，靠走廊窗邊的同學將窗簾拉起，否則整個六班就眞成了觀光勝地。

「楊芝珮、婁承穎、李百欣、張國恩，」走進來的風紀突然唸出了一串人名，眼神再搜索了一下，「聶泓珈。」

咦？聶泓珈這才抬首，怎麼喊她了？

全班突然靜了下來，好奇的看向前方的風紀，他確定了每個人都聽見後，繼續交代，「午休的時候，要請你們去二樓的會議室。」

「……爲什麼？」李百欣不解的提問，「我們五個怎麼了嗎？」

「要問吳茹茵的事吧，班上都得分批過去。」風紀也只是轉述，只是這幾位剛好跟吳茹茵一組的人。

婁承穎打直手臂舉著，「我們班這麼多人，要問到什麼時候？要不要建議直接讓警察到班上來問啊？」

「對啊，五個五個有點浪費時間啊！」李百欣也附和，「去跟老師溝通一下吧！」

風紀質疑著，班長上前與他討論，聶泓珈下意識看向第三排偏前座位的美少女，楊芝珮雙眼閃閃發光，她搞不好想直播第一手消息。

她認為這是不妥的，但是她不想也不敢去說，搞得中餐都食之無味，聽著風紀跟班長決定去找老師們，她益發覺得必須在警察來之前，拿走楊芝珮的另一支手機。

她在思考要怎麼講才婉轉，傳紙條？不，她不想被注意到，不想讓楊芝珮知道她就是知道她有第二支手機的人。

「妳表情很豐富耶！」冷不防的，前面的婁承穎不知何時盯著她，「妳好像在掙扎什麼……」

「吃你的飯。」她閃躲眼神，拜託別老注意她。

婁承穎對聶泓珈實在很好奇，開學第一天自我介紹時，她就說過她嚴重社恐，不擅與人交往，但這一個月下來，她其實偏向「不想」與人交往吧！

他也不想逼她，看她現在寧願盯著飯也不想看他，悻悻然的轉過身時，聶泓珈突然喊了聲：「等等。」

聲音很小，但他還是聽見了。

「什麼？」他立刻回頭，帶了點喜出望外。

聶泓珈深呼吸後，湊上前用細微的聲音說出了她意外撞見楊芝珮直播的事，還有她的擔憂；一邊說，婁承穎一邊忍不住皺起眉，明顯流露出厭惡神色，回頭瞪向正跟同學笑得花枝亂顫的楊芝珮。

「真煩！」婁承穎挑了挑眉，「放心好了，交給我！」

「別爭執。」聶泓珈不喜歡任何爭吵。

只見婁承穎豎起大姆指，一臉志在必得的樣子，「放心好了。」

沒幾分鐘，導師果然出現，跟大家說明了現況，等等午休時會有警察跟記者前來，希望大家如果想到關於吳茹茵有異常表現的人，務必告知師長——尤其是日常跟她親近的人。

異常的表現嗎？聶泓珈腦裡浮現一個畫面，那可能是全世界只有她知道的事，但是她不能說，也不想說。

吳茹茵應該也不希望她說出來的，對吧？

她趴在桌上試著把那段記憶忘掉，但總覺得越想忘掉記憶卻越深刻，她甚至可以記得當時她所見的所有場景，細微到每個動作都一清二楚……唰！光影驟變，聶泓珈感覺到窗外的光線像是被突然遮去了！

她正面向教室後門趴著，可是現在卻像有個東西擋住了她左側的窗戶，遮掉了部分陽光，眞的只有一部分，因為婁承穎身旁依舊是明亮的。

聶泓珈甚至有點敏感，覺得似乎有個東西就擋在窗戶外，而且……彷彿有視線正盯得她全身發毛！而且當她往前看時，卻發現倒映在隔壁桌上那長長的影子，像是人……

她旁邊就是窗戶，教室位在四樓，總不可能有人懸在外面……

『妳為什麼不說？』

趴著的聶泓珈一顫身子，緊閉起雙眼！拜託！不要鬧我！

下一秒，窗戶陡然就被拉開了！

「哇——」她嚇得大叫，整個人彈起，且因為用力過猛，整個人都向後仰！

一隻手飛快的抓住她，幸好她穿著運動服外套，過長的袖子讓人能及時抓住！

聶泓珈驚恐莫名的看著眼前的婁承穎，他正半站起身子，緊緊抓著她的外套，而她往後仰著，椅子剩後面兩隻腳在地面上，就差一點點——她整個人就要向後倒去了。

而婁承穎的另一隻手，正緊扣著他剛推開的窗戶。

「做惡夢了嗎？」導師溫柔的聲音從前方傳來，一臉擔憂。

聶泓珈這才發現全班都回頭看向她，而且講台上站了許多陌生臉孔，不僅如此，教室後方也站了許多記者。

「來來，沒事了！」靠近她的一個記者大哥協助推著她的椅子回正，「同學，你可以鬆手了。」

婁承穎這才鬆一口氣，莫名其妙的看著她，他剛就只是開個窗戶而已，沒必要這麼誇張吧？

「聶泓珈，有任何需要都去找輔導室好嗎？」導師不放心的再重申了一次，「不只是她，同學突然離開我們，大家難過是正常的，所以只要不舒服，就要找老師輔導。」

聶泓珈低垂著頭，她最怕被注視了拜託別看她！

但是，再怎樣，也不如剛剛那令她背脊發涼的視線……她悄悄往左看去，現在窗外什麼都沒有。她在想什麼啊？當然什麼都不會有，萬一有什麼才驚人吧！

原來她剛趴下後卻睡著了，所以是做惡夢了嗎？

「各位好，我是負責偵辦這起案子的警官，我姓武。」講台上一個中年挺拔的男人出聲，「我知道才剛開學，大家或許都不算熟，但是如果有任何關於吳茹茵異常的表現，我希望大家都能提供：她提過什麼人、什麼事，或是有些什麼沮喪情緒，事無鉅細，都可以說說。」

「她沒有異常。」周凱婷很快的接口，帶著哽咽以及爲好友的不平，「她不是會自殺的人！」

警察望著周凱婷，回以溫和的微笑，「我能理解妳的想法，她的父母也不相信，所以我們才想知道，究竟爲什麼？」

「爲什麼妳會覺得她不像是會自殺的人？」後方突然傳出一個甜美的嗓音，「畢竟許多抑鬱症在表面上是看不出來的。」

聶泓珈立刻看向離自己只有一公尺之遙的女人，她穿著鵝黃西裝，是位相當漂亮的女記者。

「S台，說過了，不到你們發問的時間。」武警官嚴肅的出聲提醒。

「她才沒有憂鬱症，她對未來是很期待的好嗎！」周凱婷被激怒的站起身，轉而面對後面的女記者，「對她來說，高中生活是夢寐以求的璀璨！這是原話！」

女記者面無表情的看著激動的周凱婷，「是嗎？那她爲什麼會在脖子上繫了根繩子再跳樓？」

「周呈凡！」武警官厲聲一吼，但已經來不及了。

全班都聽見了剛剛這位記者說出的……死法。吳茹茵繫著繩子跳樓？「又上吊又跳樓」，聶泓珈忍不住微微發顫，想起早上的訊息，「兩者都對」。

「哇……」驚恐的抽氣聲在班上漫延開來，大家都無法消化這個眞相！

「爲什麼……正常人不會這樣的！她會不會是被推下去的？」小美也趕緊站起身反駁。

「她家不是住在吉寧社區嗎？那棟都是高樓，二十幾樓啊！」

「繫著繩子跳下，那……那不是摔死也不是吊死，脖子會直接斷掉吧！」說話的學生跟著竄起雞皮疙瘩。

「安靜！安靜！」導師在上面焦急的喊著，但怎麼可能制止全班的恐懼！

「最可怕的應該是，她繩子是停在哪棟樓吧？」婁承穎下意識的轉向窗外，「那要是吊在我家窗外……」

喝！聶泓珈狠狠打了個寒顫，想起了剛剛夢裡那突然被遮去的光線，那刺人的視線，還有映在隔壁桌上那隱約的人形……她緊閉起雙眼，那場夢未免也太巧了吧？

「聽到了嗎？家人們！我眞不敢相信，我們同學會是這樣的死法！」就在一陣混亂時，楊芝珮直接把手機拿了出來，「這太扯了！她說不定眞的是被謀殺的！」

「楊芝珮！」導師都愣了！她在直播？

她焦急的走下來，意圖拿走楊芝珮的手機。

「這是私人財產喔，老師，妳要是拿的話——警察先生，這是犯法的對吧？」

楊芝珮舉著手機跳了起來，離開座位站在走道上，還不忘回頭看向記者們。

此時此刻班上已陷入混亂，後頭記者的攝影機也一個個偷偷開啓，聶泓珈見狀，把自己縮到最最最角落去！不忘戴起口罩，再將體育外套領子立起，她是透明人，看不見她看不見她！

「請妳不要直播好嗎？許多事是偵察不公開，老師不能碰妳手機，但我可以告妳妨礙偵辦。」武警官從容的走下講台，冷冷的警告楊芝珮。

「我們同學莫名其妙的死了，死法還這麼慘烈，你們打算隱瞞嗎？」楊芝珮對著鏡頭繼續說著，她真的非常懂得掌握流量密碼。

「才不是莫名其妙吧！」

宏亮的聲音突然響起，接著聶泓珈面前的婁承穎站起身子，所有鏡頭紛紛朝他這邊轉過來——媽呀！聶泓珈都快躲到桌下去了，退退退，她整個人塞到了角落那個死角去了。

「婁承穎？」導師心力交瘁的看向他，一臉：又有什麼事？

「妳開著直播對吧，那妳跟大家解釋吧！」婁承穎走出座位，指向了楊芝珮，「昨天我看見妳跟吳茹茵在實驗室吵架，妳還推了她！」

楊芝珮倏而回頭，瞪圓了雙眼，「你……你說……」

「妳、推、了、她，我親眼看見她被妳推撞到桌角的！」

唰——下一刻，鏡頭齊唰唰地同時轉向了楊芝珮。

「我那是跟她……」

「所以妳們爲什麼吵架？是因爲跟妳吵架導致她自殺嗎？」

「這是霸凌嗎？妳跟死者有什麼過節？」

「妳該不會是爲了流量才這麼做吧？」

記者們你一言我一語的逼問著，那位周姓記者甚至大膽的直接進入學生的座位區，逼近不知所措的楊芝珮！她焦急的關掉手機，只能往前門逃，前方的警察與導師有力的保護她，擋掉記者，所以她很快的便被其他警察帶走，只是記者們也跟著蜂湧而出。

教室門一開，才發現走廊上根本站了滿滿的人，一堆學生都跑到六班教室外聽八卦！甚至有人舉起偷帶的第二支手機，拍下被警察帶走的楊芝珮。

不，是網紅藝人：甜樂珮。

班上再度陷入混亂，聶泓珈不可思議的看向前方的婁承穎，他剛剛說的「包在我身上」，就是這個意思嗎？

「婁承穎！你真的看見了嗎？」

「真的啊！吳茹茵不喜歡楊芝珮偷攝同學，所以找她談的，但我沒想到楊芝珮會動手！」

同學們跑到婁承穎身邊追問著，聶泓珈趕緊離位，把位置讓給大家去聊天，也總比被包圍著好，她會感到窒息。

她屏蔽了所有吵鬧，腦子裡只是不停浮現：套著繩子再跳樓，她不由得想像起那可怕的畫面，套上繩索再墜落的身體，最終會停在哪個窗外？身體因為重力加速度撞上他人窗戶時，又會是怎樣的情景？

她——鏘！

背後陡然傳來玻璃碎裂聲，聶泓珈瞬間僵了身子，一股寒意流過背脊，那個視線又來了。

咚、咚……咚……有東西撞著玻璃窗，那不是定點敲擊，而是大面積的晃動著，她能感受到玻璃與窗框都跟著震顫。

教室在四樓，窗戶外沒有什麼支柱或是平台，怎麼可能有人浮在四樓外面，是吧？

但如果是從頂樓懸吊下來的屍體，就有機會了對吧？

第二章

直播網紅

實驗小組的人因為與吳茹茵同組，所以在下午時特別又被叫去校方會議室問了一次。其他同學都能侃侃而談，聶泓珈依舊是寡言的那位，她幾乎不說話，警方也還得循循善誘。

「妳對吳茹茵有什麼印象嗎？」一位女警溫柔的問著。

聶泓珈盯著桌面，搖了搖頭。

「她功課很好，也是實驗組長，就這樣，我們沒說過幾句話！」聶泓珈只能聳聳肩，「抱歉，我不太……」

「她說她希望自己是小透明。」婁承穎幫腔。

女警略微訝異，忍不住輕笑，「就妳這身材，想當個透明還挺難的吧！」

聶泓珈苦笑著，一百七十五的身高也不是她自願啊！

「一開始我們還以為聶泓珈是男的，吳茹茵還說過她很帥氣。」李百欣算是哪壺不開提哪壺。

聶泓珈暗自倒抽一口氣，幹嘛多話啊！

「咦？妳是女生？喔！抱歉，我以為妳是……」女警覺得再講下去就尷尬了，「呃……所以妳也不全跟吳茹茵沒交集？」

「只有實驗時說話而已。」而開學至今只有三堂實驗課！

感覺問不出什麼特殊的事，警方感覺有些低落，李百欣緊張的絞著雙手，一直低頭的聶泓珈都能感覺到她在準備什麼。

「吳茹茵眞的是自殺的嗎？」她終於發聲，「頸子繫著繩子跳樓，那……鄰居沒被她嚇到嗎？」

「無可奉告。」警察倒沒上當，「我只能說，他殺的嫌疑其實很低，但我們想知道是什麼事讓一個年輕生命這麼決絕。」

「會不會眞的跟楊芝珮有關啊？你沒講，我都不知道她們居然吵架！」張國恩撞了婁承穎一下。

婁承穎聳了聳肩，他只是說出他看到的而已。

在他們這個小組被詢問時，婁承穎也說了更詳細的過程。他看見兩個女生的爭吵，的確與拍攝相關，然後吳茹茵還嚴肅的說，她們都只是學生，楊芝珮再任性連網紅都當不了。

然後楊芝珮便生氣的推了她。

至於他爲什麼沒有去阻止，因爲這是隔著十公尺的兩棟樓距離、再加兩扇窗、一條走廊，他是透過手機的鏡頭看見的。

他剛入手新手機，昨天放學時拿來測試鏡頭能放到多大，就剛好照到了在社團辦公室裡的兩個女孩。

會議室門被急促的敲響，另一個警察探頭而入：「出事了！」

餘音未落，每個警察的手機紛紛響起，接著他們一一跳起，收拾東西就往外衝。

一陣風似的，會議室就剩下他們幾個學生跟導師。

導師倒沒有慌張，她看上去相當憔悴，彷彿想在這裡稍微休息一下，兩眼空洞的看著遠方。

「老師，我們先回教室了。」張國恩向來不會讀空氣，一骨碌就跳了起來。

嘖！李百欣連拉都拉不住，狠狠給他一個白眼，他還一臉錯愕。

「好！」老師用盡全力擠出笑容，就要站起來。

「不必。」聶泓珈突然出聲，「老師……可以在這邊休息一下下吧？」

導師明顯的一怔，望著聶泓珈的雙眼突然匯積了心酸的淚水，下一秒就崩潰得伏案痛哭。

她不是故意的！聶泓珈緊繃著身子，不安的起身，婁承穎對大家比了個噓，然後大家放輕手腳的離開了會議室。

身為死者的導師，導師鐵定是眾矢之的吧！今天一整天光警方、校方、媒體就夠折磨的了。

他們魚貫走回教室，一路上看見警察正迅速的離開，連記者們也飛快的撤離，他們的教室呈現正方形，對面眾人的身影正在快跑，連電梯都懶得等，趕緊從樓梯跑下去。

聶泓珈看著那纖細的背影，她喜歡周呈凡今天那鵝黃色的西裝外套，微微正首時，卻看見了走在前面的李百欣肩上有黑色的污漬。

那個……她正準備開口時，她身前的婁承穎卻喃喃開口。

「有命案耶！有個女孩屍體在……大草原那邊。」

大草原？聶泓珈心裡叩蹬一下，因爲那就在她家附近。

「什麼!?」前方的李百欣都錯愕回首。

「是……我們學校的耶！在大草原那帶，屍體在芒草堆裡！」婁承穎雙眼一瞬不瞬的看著對面的記者，「可能是……性侵案？」

聶泓珈忍不住握了握拳，「你在說什麼？」

婁承穎無辜的看向同學們，指向了對面那棟樓，「他們講的啊，不是我講的！」

「他們？」李百欣一時語塞，「這麼遠你聽得見他們講什麼？」

連聶泓珈都忍不住豎起耳朵，這怎麼可能聽得見？而且那幾個記者現在也衝下樓了！

「在說什麼？」一馬當先的張國恩完美錯過了剛剛婁承穎說的話，好奇的折返過來。

「眞的，穿著我們學校的制服，陳屍在大草原裡，衣服都被脫掉了。」婁承穎邊說邊打了個寒顫，「我們學校今天怎麼發生這麼多事？」

「婁承穎，你好怪！」李百欣皺起眉，聽他在胡說八道。

聶泓珈轉了轉眼珠子，看向對面已空無一人的走廊，再看向一臉正經的婁承穎，「你在讀唇語嗎？」

「嗯啊！」婁承穎點點頭，「我爸媽都是聾啞人，我唇語跟手語可厲害了……我開學自我介紹時就說過了啊！」

他邊說，側過頭指指了他耳朵裡的助聽器。

她記得啦！他有隻耳朵聽力較弱，只是因爲婁承穎表現得太像正常人，她一時沒想起來而已。

當然她也沒忘記，上午曾聽過有人在討論關於昨夜未歸的學姐。

「性侵案？會不會太扯？在這個滿街都是監視器的年代？」張國恩一副不可置信的樣子。

「只有市區有而已，至少我家那邊沒那麼密集。」聶泓珈住得很偏遠，路口有監視器就很厲害了。

李百欣沒有回應，但相當不安，一天發生這麼多事情，所有人都很沉重，她只是默默的前往教室。

「啊，等等，李百欣，妳的肩膀髒髒的。」聶泓珈趁機出聲，「右肩後面有……」

「什麼？」李百欣扭過頭子試圖看自己的肩後，「什麼東西？」

沒有。

剛剛那個污漬不見了。

聶泓珈清清楚楚的記得那上面有黑黑髒髒的印記，怎麼現在沒有了？

「我……我可能看錯了。」她只能這樣說。

可是，她可以百分之百確定，因爲那麼大團的黑跡是不可能看錯！

心底湧出難以言喻的不安感，聶泓珈總覺得吳茹茵的事像是浮在海面上的一小塊冰塊，但其實底下有著龐大的冰山在等著。

✠

婁承穎的唇語準確率之高，放學前學校就進行了宣導，希望同學們放學直接回家，去補習的人夜晚絕對不要落單，務必結件同行，或是請家長一定要來接送。

出事的正是上午同學討論的那位高一學姐，今天沒有來上課，昨晚父母雖然緊急報失蹤，但所有的新聞焦點都被吳茹茵的案子掩蓋過了！畢竟一位資優生跳樓自殺前還用繩子套頸，而且屍體不偏不倚就吊掛在父母房間的窗前，這擺明是故意的。

直到今天下午發現高二學姐的屍體後，注意力才稍稍被轉移了一點點。

放學後大家拿到手機，有網路吃到飽的同學便趕緊查閱，再晚一點，學姐衣衫不整、疑似被性侵的新聞也出現了！比較可怕的是吳茹茵的死狀被詳詳細細的寫出，聶泓珈看了撰文者，就是今天那位記者，周呈凡。

「珈珈啊，妳明天是不是要去補習？」聶父看著新聞憂心忡忡，「我看暫時不要去吧？」

因爲大家口裡的「大草原」，就在她家附近。

他們是個偏遠地區中的小城市，繁華的區塊並不大，唯有那兒才有超過五層樓以上的建築或是社區，而她則住在市區之外，這兒家家戶戶都有片大庭院，房子都是自蓋自住，最多不超過三層樓的木屋，前院後院均是標配，缺點是不方便，但優點是安靜舒服。

雖說五分鐘車程就能上高速公路了，但最近的便利商店騎腳踏車卻要十分鐘，像她騎到學校就得花上半小時；附近到處是棄作的荒地，一大片一大片的芒草都比人高，俗稱「大草原」。

學姐的屍體，就是在大草原被發現的，距離路邊不到五公尺，但芒草太長太密根本不會有人知道，還是因爲剛好有野狗叼著學姐的手提袋在外面跑才被人注意到，否則可能要等腐臭味出來才會被發現。

而大草原也是她每天上下學必經之路。

「要不你來接我吧？」聶泓珈提出另一個建議。

「明天晚上啊，我要上班啊！」聶父有點遲疑，「妳就別去，等那個變態找到再說嘛！」

聶泓珈默不作聲的把碗盤洗好，打開冰箱拿過兩瓶飲料，逕自往後院走去，

「我去後面喔！」

「好！」父親瞥了她的背影一眼，「不然叫那個賭輸人的去接妳啦！」

聶泓珈歪了嘴，喃喃自語，「他才不會去。」

她踢開了後門的紗門，都還沒走下那五階的木梯，隔著籬笆就瞧見了早在那邊等待的人。

纖瘦的男孩紮著一頭黑色長髮，髮長到背部中間，正靠著籬笆，拿著手機在打電動，聽見開門聲也毫無反應；聶泓珈重重的腳步走下階梯，他們兩家各有塊地，但屋子比鄰，中間就一個及腰的籬笆意思一下而已。

兩家的後院都很寬敞，有烤肉架、有鞦韆、有拳擊沙包。如果說前頭對著少

車的馬路覺得荒涼，那應該到後院看看，他們的後院望過去是一片草原，接著就是森林了，一點點燈光都沒有。

打電動的男孩手指靈活得很，「怎麼樣，今天別開生面吧？」

聶泓珈一臉懶得理他的模樣，把飲料擱在他身邊的小桌上，兩家籬笆上各有釘一個，專門放點心用的。

贏了！男孩滿意的結束一局，手機朝桌上一擺，順手拿起了飲料，「又可樂！」

「你不是喜歡喝可樂？」聶泓珈挑了眉。

「問題是天天喝會膩的，下次換一種吧！不然都沒新意了！」男孩看著亦背靠籬笆的女孩，「你們學校今天可眞紅。」

「別說了，累死了！你知道我跟那個同學同組吧！」她沒好氣的說著。

「記得啊，你們那組不就妳、吳茹茵、婁承穎、張國恩跟李百欣！」他記得眞清楚，彷彿他就是那組的人，「鐵定重點詢問，例如死者生前有沒有說過什麼話、異常反應、煩惱……」

聶泓珈皺起眉，「你是在我們班上裝監控了嗎？」

「基操啊！」他聳了聳肩，「吳茹茵的死意非常堅決，這是挺值得深思的。」

此言一出，聶泓珈立刻緊張起來，「她眞的……有個記者說了她的死因。」

「我知道，甜樂珮直播嘛，掀起人浪了！那個女記者應該是故意的，刻意看你們班上的反應！」男孩說得有條有理，「不過甜樂珮有點自掘墳墓，直播自己跟死者生前有過糾紛，現在正被網暴中。」

「跟楊芝珮應該沒關係……」聶泓珈咬了咬唇，又灌了口可樂。

哦？男孩知道她那樣的表情，他們從小一起長大的，這傢伙沒有任何表情能逃過他的法眼。

「妳是不是知道些什麼？有的話就跟老師說！」

聶泓珈瞥了他一眼，「我怎麼會知道什麼！我跟她又不熟，我社恐你忘了？」

「妳社恐？哈哈！」男孩忍不住笑了起來，「騙騙別人可以，妳騙我就太扯了！」

「杜書綸！」聶泓珈不客氣的推了他一把，還眞把男孩往前推得踉蹌了好幾步！

可樂從瓶中灑了出來，杜書綸唉呀的嚷著，看著手上的可樂也只能無奈舔舔，回首看向聶泓珈時，表情依然很欠揍。

「跟妳更正一下名詞，妳那是逃避，不是社恐。」杜書綸一字一句的說著，「只要不跟人有牽扯，就不會發生爭吵、背叛、或是派系問題。」

聶泓珈擰著眉瞪他，別過了頭，「這有什麼不好嗎？我討厭那些事。」

「嗯哼，也沒什麼不好，妳要怎麼過是妳自己選擇啦！只是我還是老話一句——人是不太能逃避一輩子的！」杜書綸聳了聳肩，用黏答答的手往她頭上招呼。

「杜書綸！」她立即反應，第一時間就想抓住他手拉過來，但男孩可靈巧了，收回手後疾速退離籬笆邊，閃得遠遠的。

聶泓珈扯了嘴角，逃避就逃避，這樣不就不會受傷了啊！有什麼不好？沒聽過嗎？逃避雖然可恥，但是有用！

她寧願當個小透明，也不想再搞什麼小團體了。

見她低沉，杜書綸閒步再度走回，舉著可樂與她互擊，反正他是不認爲聶泓珈能逃避一輩子，她就不是那種個性的人。

聶泓珈很欣慰她還有一個青梅竹馬在身邊，朋友不必多，有個能懂她的人就好，對吧？

「新聞說在大草原那邊的學姐是被性侵致死的，現在也還不知道凶手是誰，我爸叫我暫時不要去補習，畢竟回來時都很晚了。」她瞥向杜書綸，「他這個月值夜班，你要不要去接我回來？」

杜書綸平靜的看著她，甚至退後幾步，由上而下非常刻意的打量著。

「妳？危險？」

「杜、書、綸，別講我不愛聽的！」聶泓珈忍不住握緊了拳。

「同學，聶泓珈，珈珈，妳怎麼會認為凶手會找上妳？」杜書綸毫不掩飾他的笑意，「妳知道最重要的前提，是他得知道妳是女的啊！」

咖啦！聶泓珈直接捏爛了可樂瓶！就說了不要講她不愛聽的！

是！她一百七十五是高了點，但她真的不只長得高，她有極寬大的骨架，健壯的身材，看不出來的胸部，還有這張帥氣、有稜有角、跟柔美扯不上半點關係的臉龐！

「跟聶爸說，他可以放一千兩百萬個心吧！」杜書綸真的啼笑皆非，「妳正面背面看過去，都不可能看出妳是女的！」

「你是很久沒被我揍了嗎？」聶泓珈冷不防地放下可樂瓶，雙手一抵籬笆，輕鬆就翻跳過去了！

「哇啊！救命！妳不能使用暴力——媽！」杜書綸立刻折返要往屋子裡跑，但才一百六十七公分的他，不可能跑得過長腿。

帽T被抓住，下一秒他整個人就被騰空舉起來了！

「哇啊啊！放我下來！聶泓珈！」

聽著後院的叫聲，坐在客廳的父母同時看向後門，又不約而同的正首看向電視，他們正在追劇呢。

「開大聲一點，吵。」杜媽說著。

杜爸立即拿起遙控器，調高了音量。

雙腿被圈住的杜書綸，連踢腿都辦不到！不過聶泓珈倒是覺得哪裡怪怪的，抬頭看著他。

「你怎麼變重了？」說著，她鬆手放他下來。

杜書綸的骨架非常纖細，甚至比一般女人都還要細，窄肩細腰，瘦弱得如風中扶柳，他一向都很輕的，可是她剛一舉起他，總覺得重了不少。

「有嗎？」杜書綸理理衣服，才不說他有在重訓的事。

體型身高已經輸這女的一大截了，好歹肌肉得趕上吧！

聶泓珈哼的一聲，轉身往就近的樹下鞦韆坐上，他們兩家的後院是一模一樣的對襯型，畢竟是她爸爸一手打造的。

「幹嘛？妳不會因為這種事生氣吧？這可是事實啊！」杜書綸一點都沒帶安慰的走過來，「妳要慶幸，妳很安全的！」

聶泓珈一反平時跟他抬槓，反而是有點不安的瞄向他，又嘆了一口氣。

「你為什麼不跟我唸同一間高中？」她悶悶的問著。

「我一直是自學的，學校教得太慢了，妳明知道我高中課程已經唸完了，我隨時去考試都能考上D大。」杜書綸斂了神情，「妳想問什麼？」

「我一個人很無聊啊，你不上學又不補習的，還不陪我回家？」她低垂眼眸。

「聶泓珈，出什麼事了？」

女孩在鞦韆上搖呀盪的，沉默在後院漫開，杜書綸也沒逼她，只是起身去拿回兩人的可樂，但他希望他坐回來後，她可以坦誠以告。

「你記得……我說過我看見我媽在屋子裡的事嗎？」她幽幽的問著。

「記得，我說過我信妳。」杜書綸肯定的回應著，那雙精明的眼睛盯著她，「我也說過，一定是聶媽放心不下你們，所以離不開。」

那是聶媽離世後一個月的事，有一天聶泓珈突然恐懼的對他說，她媽媽沒有離開過，每天都在家裡做家務，還在廚房煮飯，甚至對著她跟父親說話。

聶泓珈緊張的嚥了口口水，「那種感覺，又來了。」

「哪裡？聶媽又回來了嗎？」杜書綸下意識朝著她家後院看去。

聶泓珈搖了搖頭，「學校、大草原……我們家門口，到處都是，有隱約的影子若隱若現。」

杜書綸坐了下來，小手包住了聶泓珈握著鞦韆繩卻微顫的大手，「尊重，無視，事發突然，他們可能只是沒有反應過來。」

「但是，」聶泓珈抬頭看向他，「她吊在我座位的窗邊，質問我。」

男人拎著一袋食物下了車，把車門鎖好後，走上數階小階梯，進入了汽車旅館的房間。背對門口，坐在床緣的少女一聽見聲音，便緊張的跳起來，直往門口衝。

「哥！怎麼樣了？金哥說什麼？」

「妳別急。」男人走到桌邊，把食物擱在桌上，他的從容與少女的慌亂形成明顯的對比。

「我怎麼不急！現在網上大家都說，是因為我霸凌吳茹茵，才害她自殺的！」楊芝珮忍不住哽咽起來，「我今天在警局也說了，我、我是一時氣忿動了手，但跟霸凌毫無關係啊！」

她只是討厭吳茹茵那種優等生的姿態，憑什麼來教育她不能拍攝不能播，她都說了會打馬賽克了，而且出現在公眾場合，是沒有隱私權的吧？結果她在那邊科普教室不屬於公眾場合，叭啦叭啦的聽了就煩！

「不是叫妳不要去看留言了！因為妳那個同學是好學生，又自殺得離奇，所以大家才會趁機網暴妳！」男人拉過楊芝珮往一旁的椅子上坐下，「妳得靜下來。」

其實原因也不是那麼單純，應該不會有人認爲區區吵架就能讓一個學生用決絕的方式自殺，但是現在風向是：死者可能本來就有抑鬱症，而楊芝珮的霸凌則是壓倒駱駝的最後一根稻草。

加上她今天一早就直播，蹭死者熱度的作爲也被人垢病，連警方來詢問時又開直播，有些人見獵心喜，就開始躂伐她，說實在的，從她當網紅到簽約成爲藝人，流量從沒這麼高過……黑紅果然也是紅。

楊芝珮下午直接被帶到警局去問問題，她當然不是嫌疑犯，但是警方筆錄問得極爲詳細，尤其負責的王組長還問她平時跟吳茹茵的關係、有沒有霸凌、是不是不滿她很久了等等誘導式的問題！只能慶幸這丫頭還有點腦子，知道第一時間找公司求救，讓律師陪同，才不至於被激怒得落下話柄。

但是，她現在是優等生自殺案的唯一嫌疑人，就算不關她的事，但她也的確是第一個被帶進警局問話的人，再加上那些即使刪除、網上依舊存在一堆備份的直播。

「唉，不是我說妳，妳今天開什麼直播？」經紀人忍不住開口責備，「妳同學才身故，妳開直播不是擺明賺死人錢？」

「我沒有！我只是……直播我的生活不行嗎？」楊芝珮淚眼汪汪的抬頭辯

解，但在建哥眼裡，這些都是戲，「我同學死了，我想要分享……」

「好了，楊芝珮！這種話術就別在我面前演了。」經紀人就著床沿坐下，與她面對面，「連警方來問話妳都敢直播，偵察不公開啊！妳這不擺明妨礙調查嗎？」

楊芝珮啜泣不止，她想的是短直播流量超高，表示這個話題性很好，粉絲也漲了好多，這豈不是難得的機會？但她眞的沒想到，有人看見她跟吳茹茵吵架，那時附近應該沒有人啊！

她哭得梨花帶淚，從警局出來後因爲太多記者追著她，經紀人就帶她到汽車旅館躲藏，聽家裡說，住家外也圍了許多記者，爸媽都受到影響了！

經紀人眼神在少女身上遊走，極短的短裙下是修長的美腿，制服下是青春無敵的肉體，才十六歲，充滿膠原蛋白的臉龐，掐得出水的標致面容，要不是條件優異，他也不可能會簽她。

「妳這樣給公司帶來很大的困擾，暑假拍的片也受到影響，連妳同學的父母也在希望妳出面說明！」經紀人略爲前傾身體，視線落在她潔白的腿上，「風向再不變，別說戲能不能上，現在在談的節目跟廣告，可能都會全部失去！」

「啊……我不要！」楊芝珮焦急的哭了起來，「我好不容易才累積到現在的成績，我不要就這樣放棄……幫幫我！建哥！你是我的經紀人啊！」

女孩從椅子挪下來跪在地上，扯著男人的褲腳，央求的神情多麼令人憐愛啊……男人嘴角勾上一抹笑，這當然得好好疼惜一下了，對吧？

大手撫上臉頰時，楊芝珮還沒有太多的想法，建哥對她一直照顧有加，她是全心相信這位演藝界的大哥，能提攜她走上藝人之路的。男人將女孩拉起，讓她坐到自己身邊，女孩身上總是有股淡淡清香，甜樂珮不擦香水的，這就是少女的體香嗎？

「我不知道她有憂鬱症的，眞的曾是我害她自殺的嗎？」楊芝珮抽抽噎噎，「不是！這跟我沒關係！她明明是自殺，爲什麼大家卻把我當凶手一樣？」

建哥輕輕撥開她的長髮，髮絲柔軟的披在肩頭，露出小巧的後頸，飄散出令人心醉的髮香。

「建哥，我該怎麼做？我不要這樣被攻擊！」楊芝珮抓著男人的衣袖，楚楚可憐的抬頭，「這種矚目我不要，快點把這件事壓下來……」

腿上傳來炙熱的溫度，楊芝珮愣住了，她緩緩低頭，看見了男人撫上她大腿的手。

愣住幾秒，她嚇得立刻站起身，甩掉了腿上的手。

「建、建哥？」楊芝珮緊張得綳緊身體。

「我很喜歡妳的，珮珮，我說過嗎？妳眞的好漂亮！」經紀人跟著站起身，逼近了楊芝珮。

她突然發現，建哥好高啊，又高又壯碩，給了她十足的壓迫感！她喉頭緊窒，開始試著把折上去的裙子往下拉。

「別嚇我……建、建哥，現在鋪天蓋地都是罵我的新聞，我們必須證實跟我沒關係……」楊芝珮腦子一片混亂，爲什麼建哥越走越近？她身後就是剛剛那張椅子，她沒有退路了！

「我當然願意幫妳，妳是我簽的明日之星，我不喜歡妳怎麼會簽妳？」建哥輕鬆的捉住她的雙臂，「妳知道的，我一定可以把妳捧成明星的！」

「啊……」楊芝珮嚇得腿軟，無路可退的她被一把摟進了建哥的懷裡，「建哥，這樣很怪，我會誤會……哇！」

她連反應都來不及，整個人突然轉了一百八十度，被甩上了近在咫尺的床榻上！楊芝珮嚇得魂飛魄散，她才躺下就急著想起身，可是龐大健壯的身軀緊接著就壓上了她的身體。

她動不了！楊芝珮不知道自己爲什麼會僵住，但是她眞的腦袋一片空白，身子像被定住一樣，完全動不了！

男人勾住她的身子，鼻尖在她臉頰頸畔摩娑著，炙熱的氣息吹在她頸項間，嚇得她全身顫抖。

「不要這樣，建哥……你有老婆的。」楊芝珮無力的說著，「我已經很害怕了，別開我玩笑。」

建哥奸佞一笑，身子貼得她更緊，她甚至已經感受到有什麼東西頂著她了！

「妳知道我可以成就妳對吧？現在這種時候，除了我，誰能幫妳？」建哥的手開始往她頸口下移，「我真的很喜歡妳，我不會辜負妳的……」

潛規則。

這三個字浮現在楊芝珮腦海裡，她一直都聽說這業界有這種潛規則，但是她一直認為建哥是正人君子，而且大嫂還是藝人歌手，生活美滿！

她不想！楊芝珮突然生出了一點點勇氣，抵著建哥翻過了身，試圖找縫隙溜下床——但她哪敵得過男人的力量，才剛側了身，建哥一勾手就把她勾回懷中，大手甚至從襯衫裡伸了進去！

不要！楊芝珮在內心吶喊著，她嚇得要死，她應該要逃、要掙扎、要尖叫，可是她、她……動不了啊！

「珮珮，妳要想明白，建哥說了可以成就妳，但是……」聲音貼在她耳畔低沉的說著，「也能毀掉妳……」

側身的楊芝珮瞪圓雙眼，淚水不停的滑落，她知道建哥沒有在嚇唬她。

「別怕，妳抖什麼……我這麼喜歡妳，一定會想盡辦法，讓妳平安的度過這個危機的。」建哥的聲音如此溫柔，但手上的力量卻讓她難以逃脫。

他的唇開始吻上她的後頸、她的臉頰，甚至伸出了濕滑的舌頭。

「不要……建哥！」她縮起頸子，嚇得哭了出來。

大手箝著她的下巴扳過來，建哥望著她的眼神充滿了征服，滿意的笑了起來。

「妳確定要我停手？」他戲謔的笑著，手同時伸進了她的裙子裡，「我現在停手，妳就毀了喔！」

「啊……別……」楊芝珮做著無用的掙扎，她甚至沒有氣力推開建哥。

她其實沒有使盡全身的力氣，因爲她眞的不知道該怎麼出力……她覺得自己像是被施咒一樣，難以動彈。

坐在她身上的男人滿意的看著哭泣的小綿羊，當著她的面褪去了衣衫。

「放心好了，把一切都交給我，我會保護妳的。」

不、不要……可是、可是……

她能說不要嗎？她的演藝生涯、建哥的勢力，她的未來……

第三章

遲來的信件

靈堂內外迴盪令人傷悲的樂曲，六班三十餘位學生坐在靈堂外的椅子上，送吳茹茵最後一程。

吳茹茵的父母臉色蒼白憔悴，他們對這班學生完全沒有好臉色，對導師態度更差，因爲他們認定吳茹茵是在學校遭遇霸凌，瞞著不說，卻選擇激烈手段結束自己的生命。

警方已經確定吳茹茵是自殺，除了現場跡證外，便是她留在書桌的遺書：

「我不想再回到地獄。」

不過前幾天風口浪尖上的「甜樂珮」已經被洗清嫌疑，警方說只是同學間的小爭執，從班上學生的口中可以得知，他們班沒有霸凌事件，而且吳茹茵不僅僅是優等生，還是班上的領導人物，並非弱勢學生！

她與甜樂珮僅僅只是因爲拍攝事件起了爭執，甜樂珮承認因爲吳茹茵的態度帶有輕蔑，她惱羞成怒之下才動了手！可是推倒後她有嚇到，立刻扶起吳茹茵，她也說沒事，最後她們甚至立下約定，兩人都各退一步，班上如果有不願意入鏡的同學，甜樂珮不得拍攝。

她不知道目擊者爲什麼不把後續的事說出來，要讓誤會擴大，害她被炎上。

這件事校內有討論過，婁承穎直接說他只看到推倒，然後他就被同學叫走了，所以根本不知道後面發生什麼事啊！校方跟警方都保護住婁承穎的身分，學生均未成年，本來就不可能曝光，甜樂珮是自行直播，這倒怨不得人。

雖然網路上依舊有人繼續追殺甜樂珮，刻意辱罵，一副就是希望把她逼死的姿態，但警方都視爲心理變態者，那些藏在鍵盤後的人不需要花太多時間去在意，至於她在警方問詢時開直播的事，還是會以公務罪起訴。

老師與警方出面澄清後，接著有記者將矛頭指向了其父母，風向丕變，甜樂珮暫時得以喘氣。畢竟吳茹茵把繩子長度調整到可以剛好懸在父母窗前，這怨氣得有多大啊？

警方其實已經不再處理這個案子，因爲吳茹茵確定就是自殺，沒有什麼需要追查的，現在讓他們忙到焦頭爛額的，是被姦殺的女孩們。

複數，是因爲在大草原的更深處，還有另一具屍體，而且已經開始腐爛，死亡天數約是一週前，但卻已失蹤長達一個月，卻沒有人報案。她是那種出去像丟了、回來像撿到的孩子，父母以爲她又出去鬼混了，毫不在乎。

但首位死者身上有多數傷痕，手腳都有被束縛的痕跡，懷疑被綁架囚禁，直到最近才被殺害棄屍，如果這個理論成立，那就表示有一個潛藏的變態性侵犯、在他們這兒作案超過一個月，但卻沒有人知道他是誰！

這才是人心不安的主因！

靈堂外的座位區，聶泓珈依舊是那個小透明，坐在最裡頭、最後一排的角落。她繃著身子，十指互扣，殯儀館給她的氛圍太壓抑，她甚至不敢抬頭亂看。與她一樣的便是楊芝珮，或許是因爲備受批判，她這幾天意志消沉，人也相當沉默，不見過去的光采活潑了。

「聶泓珈……聶泓珈！」

隔壁的婁承穎用手肘撞了她一下，發呆咧！

「咦？」她趕緊抬首，往右才想唸著幹嘛，就看見了在走道上的導師，「我嗎？」

導師點點頭，聶泓珈滿腹疑問，但還是跟同學借過的一路走了出去，這動靜引起全班注意，有什麼事需要現在講？

導師領著她略微遠離露天座位區，刻意繞到外頭，利用滿牆的花當阻擋，悄悄的遞給她一個東西。

「這是吳茹茵給妳的。」導師捏著手上的信，「記得我們開學第二週的活動嗎？給新同學的一封信？」

聶泓珈低頭看著那封信，倒抽了一口氣：「給我的？」

這位導師說起來還是很有心，爲了拉近班上同學的距離以培養感情，開學以來辦了許多活動，第一週寫給你希望認識的同學、第二週寫給新同學的一封信、第三週給交到的好朋友、第四週寫開學一個月的感想。

聶泓珈看著那封信，她有種非常不好的預感，別拿吧？人都走了，收信有什麼用？她皺著眉嚴肅的瞪著那封信，腦子裡天人交戰。

「收下啊！」導師用信紙戳了她的手臂，聶泓珈嚇得收起拳——好痛！

「爲什麼在這裡、現在給我？」她壓低了聲問，「我跟吳茹茵不熟啊！老師！」

「因爲這種東西我必須先上報，交給警方、再告知家長，大家都檢查過內容，確定與她的自殺無關，然後才能交還給妳。」導師也很無奈，這是剛剛吳媽媽拿給她的，「原本吳媽媽是不打算歸還，因那畢竟是吳茹茵的遺物，但我認爲這是吳茹茵寫給妳的，妳才是所有人……」

開玩笑嗎？聶泓珈偷偷深呼吸，如果她眞的才是所有人，是不是這些大人就不該先把她的信拆開來看？看完一輪再用這種態度還給她？就算辦案，也該先告知她啊！

身爲小透明的她還是決定不說話，她勉爲其難的接過，雖然她很想讓吳媽媽拿去，儘管收沒關係，但終究還是敵不過好奇心——吳茹茵爲什麼會寫信給她？

「別讓同學知道，讓外人知道對妳不好。」導師交代著，「收起來，回家再看。」

又開玩笑！聶泓珈把燙人的信揉進掌心裡，頷首後說句她想去洗手間，轉身就朝著就近的洗手間奔去。

衝進洗手間時，只有她一個人，她趕緊換手拿那封信，同時檢查著自己的小臂，剛剛被老師戳那一下，滲血了。

這平凡無奇的信紙，不可能尖銳，也不該發燙，她瞪著躺在掌心的信紙，心跳得非常厲害。

「我們不熟啊，別嚇我，吳茹茵！」聶泓珈用低沉的聲音說著，不安的抬頭看著鏡子裡的自己，多怕後面出現了什麼。

有話要說嗎？找她沒用啊，她矢志當個透明人！「爲什麼妳不找周凱婷？或是小美？她們都是妳的好朋友！」

咬著牙，聶泓珈還是打開了那封信，奇妙的是當她決定打開時，紙張卻一點也不燙了！就是一張平常的信紙而已！

拆個信封耗費了聶泓珈很大的氣力，因爲她發抖的手沒辦法好好的拆開信封，信封裡是一張特殊折法的信紙，聶泓珈抽出來時，下意識往左手邊一整排廁間看去。

不看，直接把信沖掉的話，是不是最好的選擇？

警察都檢查過了，這封信與吳茹茵的死因或自殺成因都沒關係，那她留著做什麼？她選擇寫信給她，或許是因爲第二週的實驗課時，她幫忙搬了重物？她就人高馬大力氣大，這種事正常。

「可惡！」聶泓珈忍不住大吼，一拳差點擊上了鏡子。

她一口氣拆開那封信，吳茹茵的字跡相當強勁，果然寫了實驗課她幫大家搬東西的事情，覺得她給人強大的安全感——H區有間冰店很好吃，希望下次可以一起去。

H區？聶泓珈狠狠倒抽了一口氣，吳茹茵在暗指什麼？

『妳看見了對吧？』

森冷的聲音突然從廁間傳來，嚇得聶泓珈僵直身子，瞬間朝那一排廁間看去，那個聲音她聽過的！

眼尾瞄向窗外，她才發現廁所怎麼變得這麼暗了，空氣裡瀰漫著一股詭異的味道，很像是芳香劑的氣味，濃烈得讓她頭疼，她看著廁間的門無風開始緩緩往內開啟，咿……

不！不要！但是她移不開腳步！

磅！洗手間的門突然被人用力的推開，一個穿著雪白素服的女生大步走了進來！

凝固的氣氛瞬間消失，燈光變得明亮，聶泓珈突然能動了！

「不要鬧喔！」那女人一走進來就對著廁間喊著，「塵歸塵、土歸土啦，有仇報仇，妳在這裡嚇人沒有用的！」

聶泓珈呆站在原地，因爲這位女人是站在剛剛那間詭異廁間說話的！看她這一身裝束……喪家？不，有點像是……

「這是女廁喔！你有沒有走錯？」女人毫不掩飾的打量著，「喔喔，你是那個高中的！」

回過神的聶泓珈抖擻起精神，禮貌的對著女人一鞠躬，倉皇的就要奪門而出。

「喂喂，地上東西帶走！」女人又叫住了她，「怪怪的捏！」

聶泓珈戛然止步，她不想拿啊！咬著牙，還是回身去把掉落在地上的信紙拾起，現在也沒勇氣扔進馬桶裡了！

「節哀啊，雖然沒請我去哭，但我還是對年輕生命的逝去感到不捨的！」女人眞誠的說著，臉上帶著自在的笑容。

「謝謝！」她含糊的說著，眞的是逃走的！

她心跳得超快，手裡捏著那被她揉成團的信紙，腦子一片混亂，H區的事是她的祕密，應該也是吳茹茵的祕密，她對外隻字未提，甚至連杜書綸都沒說過！

所以吳茹茵認出她了，她還記得兩年前那匆匆一瞥嗎？

疾步的走回靈堂，聶泓珈瞥向一旁路邊停的一整排記者公務車，記者們雖然沒進入靈堂，但馬路距靈堂也不過五公尺距離，夠近了！

一輛白色的車子突然降下車窗，聶泓珈下意識的往旁退了幾步，車內是那天的女記者！她雙眼完全鎖定她，甚至還揮舞的手指說了嗨。

嗨什麼！聶泓珈飛快的扭開視線，她一點都不想跟記者打交道！她疾速的衝回靈堂，這時她就慶幸坐在最後一排，位子後方還有花牆擋著，可以完全隔絕掉那些記者的攝影機！

不過她才一轉進去，就發現氣氛非常……非常的不一樣。

吳茹茵的父母都從裡頭出來了，他們雙手緊緊握著一個男人的手哭泣著，而且好多老師也紛紛圍在男人身邊，連班上的好幾個同學也都上前了！

「江老師，老師啊……真的對不起你，你好不容易把我家茹茵培養成這樣！她卻……卻……」

吳媽媽悲痛的喊著，現場令人鼻酸，那位老師含著淚忍住悲傷，只得低聲安慰著亡者家屬；圍著那位老師的同學們也包括了周凱婷、李百欣她們，那位老師是非常知名的補習班老師，從他的繁星補習班出來的學生，幾乎包辦了他們一整個區的前十名。

「江老師果然也來了！」身旁不知何時也走來婁承穎，「畢竟吳茹茵是他這一屆的得意學生！榜首啊，全區第一！」

「學費不便宜啊，而且要給他教也不那麼容易，成績不到標準進不去菁英專修班的。」李百欣喃喃唸著，「我高二一定得進去！否則我很難考上我要的學校。」

「妳不是已經在他補習班了？」張國恩皺著眉，他平生無大志，不需要考這麼好。

「我說專修班！他親自授課的！」

「我也想，看來我得努力！」婁承穎搔搔頭，看著前方江老師的眼神都帶著崇拜。

聶泓珈沒作聲，她對成績沒有什麼高期望，爸爸也不多要求，她只要有大學可以唸就好了！所以她只有補英文，其他不會的再問隔壁賭輸人，只要基本學歷拿到，找份能溫飽的工作即可！

不過這位江老師的確是名師，不只是國中，國高中均有，如果進專修班，那上前三的機率就是百分百了！難怪大家都擠破頭，爭著要去他的補習班！吳茹茵就是這屆的菁英學生，不只是以全S區榜首上了他們學校第一高中，她跟江老師的合照還做成大看板，放在每個重要十字路口當繁星補習班的宣傳。

一股寒意突然傳來，聶泓珈打了個寒顫，她想走回自己座位，卻不經意的看見前方那群人中，有一個身影略微搖晃？她後悔再多看一眼，因爲這一眼，她確定了自己沒有眼花。

人群中那個搖晃的身影不是因爲站不穩，而是因爲她的雙腳根本沒有及地，女孩朝左微微側首，頸子剎那間向左折去，與身體呈九十度的掛在她自己的肩膀上！

吳茹茵！

聶泓珈當場僵在原地，她看見「懸掛」式的吳茹茵在人群中突然快速移動，她一下到周凱婷身後、一下跑到李百欣旁，一會兒又到別的男孩後，簡直是閃現的方式在移動。

聶泓珈嚇得別過頭，不敢聲張，緊閉上雙眼後，僵硬的走回自己座位；她是個透明，完全透明，別看她，她什麼都不知道！

那天她什麼都沒看見！

她坐在位子上手心發汗，完全不敢再抬頭，拼命告訴自己不要想、不要看，平常心面對就好！

「好像要開始了。」婁承穎走回她身邊坐下，前方的同學們也紛紛回座。

聶泓珈依舊不回應，盯著自己的膝蓋，聽著奏樂聲起，司儀也開始主持告別式。聶泓珈悄悄的抬起頭，四周相當正常，家祭先開始，儀式依序進行著，外頭全班同學悲悽等待。

只是，坐在最後一排的聶泓珈注意到她前面的數排同學肩上，有幾個人都出現了黑色的髒汙，包括兩排前的李百欣，跟那天下午一樣，右肩後方有一片黑色的汙漬。

另外一半在右邊，她是瞧不見，但遠遠的也切實能隱約看到幾個同學同樣的位置有髒汙，這讓她相當警覺，因爲……那幾個肩上有髒汙的同學，似乎恰好就是剛剛吳茹茵接近過的同學？

「借過！」氣音傳來，前面的男同學從洗手間回來，低調的入座，就在聶泓珈的斜前方。

如此的近，她可以格外清楚的看見他背後也有一模一樣的黑汙，那不是一團髒汙，而是四條直紋，很像是……手指的形狀！

對！彷彿是有人手上沾滿黑漆，面對面搭上你肩頭留下的痕跡！吳茹茵剛剛都站在這些同學身後過，這是什麼意思……聶泓珈內心浮現一個要不得的答案——這些同學跟她的死有關嗎？

這也太多人了吧？

唰——突然颳起一陣風，花牆的花瓣被吹得四散飛舞，迷了同學的眼，大家直覺的別過頭以手擋下，聶泓珈大手遮在自個兒右側，避免紛飛的花瓣入眼，但卻看見她身旁花牆以迅雷不及掩耳的速度整排枯萎！

從她身邊那片開始一路往前蔓延，花兒枯萎、轉黑、凋謝，然後一雙懸浮的腳，赫然出現在她身邊。

眞的是身邊，吳茹茵幾乎是依著她懸在那兒的！

「六班同學。」司儀唸著，聶泓珈聽得見，但她不敢動。

她不能大叫、不能跳起，說不定只有她瞧得見！不！吳茹茵，任何事都與我無關！妳明知道該找誰的！

「聶泓珈！」已經跟著隊伍往前走的婁承穎發現後面的人沒跟上，回頭用氣音喊著。

她不敢動！聶泓珈依舊定格在剛擋風的姿勢，雙眼死瞪著地面，接著那條繩索啪噠的落在地上！

婁承穎蹙眉，聶泓珈在幹嘛？眼看著大家都在列隊了，他決定走回去拉人！只是準備走回時，一個人影冷不防的從外頭急轉而入，差點與他撞在一起！

「抱歉！」精瘦的人抬手擋住了他，以防兩人撞在一起。

婁承穎一陣發愣，看著那纖細男孩自在的走進，一把拽過聶泓珈的手臂！

「咦？」聶泓珈被扯往後，嚇得驚恐回首，「咦咦？」

「走了！」杜書綸拉著她就往外走，聶泓珈踉踉蹌蹌的站起來，被扯著排回了原本的隊伍中。

這在後排引起了不小的騷動，因爲穿便服的杜書綸使眾人困惑，聶泓珈臉色蒼白的歸隊，她身邊依舊站著那矮她一截的杜書綸，不過他巧妙的站在她的左側，像是知道剛剛發生什麼事似的。

杜書綸朝左邊那一排花牆看去，都沒有人注意到花的下段全都枯死了嗎？尤其聶泓珈正左邊那一整叢，幾乎全面枯萎。

婁承穎忍不住再回頭多看了杜書綸兩眼，好奇那個人是誰哩？

導師帶隊，大家魚貫進入了靈堂，努力的讓全班都塞了進去，杜書綸在最後關頭沒有進入，而是在靈堂外，隨著學生們一起鞠躬、致哀禮。

行禮結束，學生便要先回學校上課，導師讓大家去上洗手間，十分鐘後便回遊覽車上；而聶泓珈一回頭就找不到杜書綸了，但還是很暖心，他知道她害怕殯儀館這種地方。

聶泓珈也已經看見花牆枯萎，她感受到的一切不是錯覺！看著掠過她身邊的李百欣，她右肩後方的掌印如今顯而易見！

「靠！」回座位拿水壺的婁承穎發出低咒，但同學們沒有太在意，而他卻呆呆的看著一旁枯掉的花牆！

其實有的同學也發現了，他們驚恐的望著，卻紛紛比了個噓，這裡不是該大呼小叫的地方！無視，開無視才是王道！所以大家抓起隨身物品，緊張的離開！

「同學！打擾妳一分鐘。」

在往回走的路上，周呈凡彷彿在那兒等待許久似的，一個箭步擋住了聶泓珈的去向。

她疑惑的看著周呈凡，他們很多人走成一排的，應該不是叫她吧？聶泓珈抿了抿唇，繞過周呈凡打算繼續往前走，結果她卻又繞個圈，準確的攔下了她。

「有事嗎？我們沒有要接受採訪喔！」婁承穎最快反應過來，「老師說不行。」

「走走！」李百欣在後面推著她，要她快點閃人。

「不想聊聊導師跟妳說什麼嗎？」周呈凡亦步亦趨的跟著他們，「吳茹茵最後寫了封信給妳是不是？」

咦？咦咦？聶泓珈都傻住了，爲什麼她知道!?

一瞬間，其他記者就像聞到血腥味的鯊魚們，蜂湧而至，快速的包圍住一群學生，不只是聶泓珈，大家瞬間被包圍，根本逃無可逃！

「她寫了信給妳？我記得妳不是說妳們不熟嗎？那爲什麼她選擇把最後一封信給妳？」周呈凡展開咄咄逼人的攻勢，「而且警方跟校方刻意隱瞞這封信的存在，剛剛還趁無人注意時偷偷給妳，裡面的內容是什麼？你們是情侶嗎？跟她報復性自殺有關係嗎？」

報復性自殺？這個詞什麼時候來的？

「等……等一下！」婁承穎被擠得有點受不了，「聶泓珈，妳別講話喔，妳講了會很麻煩的！」

「聶泓珈？你叫聶泓珈嗎？」周呈凡有點遲疑，「這聽起來很像女生的名字。」

「什麼好像！她就是女生啊！」李百欣站到了聶泓珈面前，「記者不要這麼無良好不好？不可以拍喔！我們不同意露臉的！」

「信？吳茹茵寫信給妳？」後面的周凱婷忍不住了。

「關掉啦！關掉！」粗暴的張國恩伸手擋著鏡頭，「我們未成年！也說了不能訪的！」

「我們會打馬賽克的，但是你們這樣逃避是什麼意思？私下給信卻不公開，全國都對這資優生自殺原因相當關心！」周呈凡依舊盯著聶泓珈不放，她躲無可躲，因爲她眞的比同齡人都高出太多了。

現場一片混亂，老師們終於得到風聲從遊覽車那邊奔了過來，幾個男生都擋在聶泓珈面前避免她被牽連，她開學就說社恐了，這種場面她哪受得住？

「你們記者不要太超過，這些都只是孩子！你們不能拍攝也不能採訪！」老師們總算抵達，趕緊把記者擋開。

「誰讓你們隱藏眞相，這背後水有多深？爲什麼有信件不公開？我剛拍到妳身爲導師，私下把吳茹茵寫的最後一封信交給那個同學！」周呈凡要攝影師把鏡頭對準導師，學生不能拍，導師總行了吧！「還說警方校方都看過了，那爲什麼不公開？」

主任趁機把學生拉走，讓他們快點跑上車。靈堂外成了一場笑話，一群人圍著導師逼問，另一群人馬拉松式的追著學生們跑，明明說不拍，攝影師卻跑得比誰都快。

「你們眞的應該學學什麼叫隱私權，還有偵查不公開這幾個字是看不懂嗎？」導師身後傳來冷冷的聲音，旋即一把東西直接往周呈凡身上扔去！她嚇到後退，才發現掉在地上的，是她藏在學生旁那排花牆裡的麥克風。

「誰？」攝影師張望著，那東西是從哪裡過來的？

一隻手輕輕推移著導師，杜書綸才從導師身後現身。

「竊聽都敢裝，你們實在蠻沒底限的！」杜書綸轉向張導師，「你們是認眞要答案嗎？一人一句的，想回答都沒縫可以插。」

周呈凡根本懶得理這個不速之客，小朋友一個，連制服都沒穿，不相關的路人吧。

「最後一封信是怎麼回事？」杜書綸突然問向導師，說吧！都搞成這樣了，現在不說清楚，等等站在浪尖上的就是聶泓珈了！

「那……那是……」導師遲疑著，「那只是班上的破冰作業！開學第二週時，讓學生隨機寫信給某個同學而已！」

「第二週？現在都第五週了，那就不該是最後一封信對吧？」杜書綸直接接話，打斷了原本想開口的周呈凡。

「對，那是第二週的事，他們每週都會寫一封，對象跟目的不同！」導師趕緊澄清，「裡面寫的跟她死亡沒有關係，純粹只是說想認識對方而已！」

「那為什麼要偷偷摸摸的？而且剛剛那個同學臉色非常難看，她甚至不想收那封信。」周呈凡麥克風直接往前嘟，「可以公開信件內容嗎？否則口說無憑。」

「偷偷摸摸這幾個字妳還有臉用？一整排花牆裡都藏著麥克風，這叫竊聽！我希望你們這些記者有點良知道德，別老用大眾有知的權利當違法的擋箭牌。」杜書綸毫不客氣的直接懟記者，但話鋒一轉，又望向導師，「所以最後一封信她是寄給誰的？」

這球來得又急又猛，導師一時反應不及，「給高一的自己……」

現場陷入入三秒安靜後，瞬間炸開了鍋。

「那吳茹茵寫了什麼？這個作業完全沒有公開！」

「她信裡是否有提到學業或是校園的事項，導致她的報復性自殺？」
「信件現在在哪裡？有人提出吳家父母對校方施壓，拒不接受採訪也不願公開細節……」
確定了導師變成擋子彈的那位後，杜書綸悄悄的後退，離開了鯊魚群。
遊覽車已在教務主任的指揮下先行離開，不能讓學生們再受到騷擾；車上的聶泓珈依舊坐在最後一排，她真的什麼都不回答也不想面對，班上許多人也好奇，有的人問、有的人擋，因爲他們覺得信件是隱私，聶泓珈要是不想說，就不該逼她了。
聶泓珈把自己捲在骯髒的車窗窗簾裡，窗簾能透著窗外的光，並非一片黑暗，捲在裡頭的她懊惱不已，她應該平靜的高中生活，爲什麼一開學就這麼風起雲湧的？
還有，報復性自殺又是誰想出來的？

遠遠的看見車子駛來，周呈凡客氣的朝向其他記者同行道別，轉身看向身後的攝影師。

「羅哥過來了，麥克風都回收了嗎？」

「全回收了！剛剛那個男孩沒全發現！」攝影師還有點得意。

「分段剪輯，我們一定能拿下最高的流量！」周呈凡可驕傲了，看著車子停下，她趕緊拉開車門，「你開車先回去剪，我想再去學校堵。」

她坐上車子，另一側已經坐了她的主管，大家都非常注意這個案子，尤其周呈凡異常積極，她希望能在這起案件中嶄露頭角——上週在教室時，她就已經收獲一波好評了。

「怎麼？看妳這麼高興，有新素材？」羅哥笑看著她，誰讓她把得意都寫在臉上了。

「那是，我們拍到第一手消息。」周呈凡抓下手腕上的皮筋，束起一頭長髮，「我提早到花牆裡藏了麥克風，靈堂距馬路很近，收音清晰得很——吳茹茵有寫信給一位同學，校方跟警方都隱瞞了這件事。」

羅哥忍不住越過她，往靈堂處看了一眼，這距離的確收得到音啊，這女人眞是機敏！

「剛剛問了嗎？」

「問了，信是寫給一個男……女生，導師解釋只是破冰活動，但是光隱瞞就可以大做文章了！」周呈凡拉過安全帶繫妥，「不過吳家爸媽還是拒絕採訪，我眞的覺得有問題。」

「這個點很多家也都在質疑，因爲那個女孩的死法太刻意了。」羅哥說到這兒，不由得讚賞周呈凡，「報復性自殺這個詞想得眞是絕妙，所有媒體都用了！」

周呈凡欣然接受讚美，她並沒有胡報亂說，吳茹茵的死法就是刻意，否則沒有人會把繩子算得這麼準確，而且警方也從她網購紀錄發現繩子是她好久以前買的，表示這件事預謀已久。

「我無論如何會採訪到吳家父母的，學生我也會再採訪，然後今天去參加告別式的人我都有記錄，我會一一突破。」周呈凡雙眼閃閃發光，「今天我們錄到的對話，等等剪好後，您過目後我們就發！」

沒有人擁有她的素材，這回合她又贏了！

「嗯……」羅哥突然沉吟了，他低下的頭與斂起的神色，讓周呈凡心裡一陣慌，「不必急。」

「羅哥！這新聞是講時效的啊，告別式還沒結束，大家都想知道那封信的事，我先把導師跟那個學生的對話發出去！」她遞出手機讓羅哥看，「我用黑屏，只有錄音，沒有拍到學生的！」

羅哥接過，聽了一次聶泓珈與導師的對話，但仍舊沉思，遲遲不肯批准。

「羅哥？」

「我想把吳茹茵的新聞，交給小李去追。」羅哥突然語出驚人，「妳先休息一下吧。」

什麼？什麼!?周呈凡內心大吼尖叫，她追的案子、她各種調查、她掀起的巨浪，現在怎麼可以叫她拱手讓人！

「我可以請問為什麼嗎？我做錯什麼了？我們新聞是熱度最高的！而且我擁有最多的資源！」周呈凡激動的問著，聲音都在顫抖了。

「妳是新人，呈凡。」羅哥說得很平靜，輕踩下煞車，前方黃燈，「這麼大的案子，應該讓前輩們去，妳太搶風頭了。」

「就因為我是新人？我不服！現在的成績都是我做出來的，我不可能拱手讓人！」周呈凡表明了自己的態度，「我可以證明我自己，我現在做的還不夠嗎？」

「不夠。」羅哥秒答，「我看不到妳的決心。」

周呈凡緊緊握著粉拳，激動得呼吸急促，「我要怎麼證明我的決心——」

羅哥幽幽的看向前方，看著綠燈倒數，然後緩緩踩下油門，往前駛去，而他身邊的周呈凡筆直的僵在位子上，感受著冷不防覆在她大腿上的手。

滿腦子的不可思議，她卻沒有打掉那隻手的勇氣。

「羅哥？這……是？別開玩笑。」

羅哥瞥了她一眼，勾出絕對不懷好意的笑容，開始撫摸起她的腿。

「妳有多大的決心呢？」

第四章

染血芒草原

男人急躁的打開冰箱，期待裡頭的寒冷可以壓制住自己發燙的身體，抓起冰塊後一股腦兒就往嘴裡塞，他渾身是汗、滿臉通紅，即使拿冰塊抹向自己的身體也沒有效果。

身後的電視機突然開啓，立即傳來激情的喘息聲！

喝！男人倏地回頭，衝到了客廳，抓起遙控器就要關掉電視，但大螢幕裡那香豔的愛情動作片，特寫鏡頭下的少女嬌媚異常，雙眼直勾勾的望著他。

他兩眼發了直，手緩緩放下，專注看著「動作電影」，裡面的少女正與他對望，眼神裡充滿渴望；男子喉頭開始緊窒，下半身也跟著發了脹，少女的肌膚柔嫩細滑，而且她們身上都好香，緊實的皮膚觸感令人難忘，甚至連她們的掙扎也成了情趣之一。

能一起快樂的事，他想分享給那些漂亮的女孩，不管她們如何的尖叫哭喊，最後都會成爲他的人。

『何必壓制慾望？繁衍是人類本能啊！』電視裡的少女突然開了口，『你還不快來找我？我們一起爽啊！』

男人用力嚥了幾口口水，電視裡的女孩突然坐起身子，鏡頭一轉，她竟然換上了S高中的制服，只是裙子非常的短，衣服相當緊身，扣子下挪，露出了雪白酥胸。

她挑逗的衝著他笑，轉過身，那背影如此婀娜，過短的裙子都能瞧見渾圓俏嫩的屁股蛋，她刻意扭著臀，回眸一笑，喉間發出呻吟聲，纖指同時指向了男人的左邊。

『快來，我等你滿足我。』

說時遲那時快，位在左邊的大門咿呀一聲，開啓了。

男人二話不說便走出家門，甚至沒忘記抓起牆上一根榔頭，塞進了牛仔褲的口袋裡，渴望的朝著黑暗走去。

他無比的飢渴，多想要再一次嚐嚐少女的味道，其實他無時無刻都在想！現在正值補習班下課時間，他知道哪兒人少、知道該怎麼將她們從腳踏車上打暈、悄無聲息的帶走，然後一起展開徹夜的狂歡。

扭曲的腳踏車被丟棄在山溝裡，額角滲血的女孩昏昏沉沉的被扛著進入了高大密集的芒草裡，女孩迷迷糊糊的睜眼，只感到有人正在脫她的衣服。

「……不……不要！」她無力的試圖抵抗，但渾身完全使不上力。

「我們來做快樂的事吧！我這就滿足妳！」男人迫不及待的撕開她的衣服，褪去她的內褲，這時的女孩開始轉醒而驚恐！

「不要！走開！救命——」她扯開嗓子求救，已經意識到發生什麼事了！

她剛剛騎車在路上，聽見後面有人喊她，才一回頭就不醒人事了！之後一切都很模糊，直到現在！

「閉嘴！」男人粗暴且熟練的把撕下的制服當成繩索，綁住女孩的手，無視於她激動的掙扎，男人單手就能箝住她的手腕，力氣大到她根本無從反抗，只能任男人折磨！

她努力哭著喊著，男人動輒一掌揮下叫她閉嘴，她嚇得只能嚶嚶啜泣，她好害怕啊！因爲她知道這裡前兩天才有兩起命案，都是被性侵至死的，她恐懼得不敢再過度反抗，同時感受到頸子上的力道越來越重，她不想死在這裡，她不想！

「很棒吧！」男人舔著她的臉，驕傲的粗喘著，「我說過會滿足妳的！」

女孩哭得泣不成聲，被男人翻過身，任意擺弄的進行著她已經不知道第幾輪的折磨……爸媽應該會出來找她吧？她這時候還沒回家，他們一定會來救她的！

「啊……」男人又一次得到滿足，貪婪般的舔著嘴角，「妳很棒耶！又乖又聽話！喜歡嗎？」

女孩無力的貼在泥地上，滿臉淚痕的咬著唇低泣，男人撥開了遮擋她臉龐的亂髮，今天的獵物最乖了，一點都不會胡亂掙扎……帶回家吧？再把她鎖在地下室裡，每天都能有歡樂時光。

上一個壞掉了，應該要添置一個新的了。

「放……放我走……」女孩嗚咽的懇求著，「我絕對不會說出去的，這種事我也不敢給人家知道！求求你……」

男人抬起頭，看著四周又高又長的芒草，他的慾望仍舊高漲，還沒有得到解決！他的性慾總是無法得到充分的解決，他自己都不知道爲什麼，但他需要一個可以隨時幫他解決的女孩！

「求我……另一種！」男人扳過了女孩的肩頭，「我們繼續！」

激情之中，男人卻突然感到手部一陣濕黏，他本以爲女孩香汗淋漓，但卻感受到整個手掌不僅濕濡，還有些東西黏在掌心上！他正飢渴著，根本不想管這麼多，粗暴的再度扳過女孩纖細的身體，這次硬生生從她身上剝下了肉塊！

喝！他嚇得跌坐在地，藉著手機微光，只見自己滿手滿身都是血！

「呵……呵呵……」趴在地上的少女突然拱起了背，緩緩撐起身子，朝男人看了過去，「不是要繼續嗎？」

女孩呈現趴姿，她有著向左折斷的頸子，頸子上還繫有繩子……跟她懸在口外的舌頭一樣，無力飄盪著。

男人彷彿全然清醒，他慌張的想抓擱在口袋的榔頭，卻忘記自己褲子已經脫下，榔頭已經掉在數公尺外了！

『我還沒得滿足呢！』女孩嘶吼一聲，突然像蜘蛛一般朝他爬來！

「啊啊……」他試圖轉身想跑，但那妙齡少女冷不防的就跳起由後撲上了他！「哇啊——」

褲子脫到一半的他哪跑得快，沒兩步就被自己的褲子絆倒了，還來不及反應，冰冷的手已經撫上了他的身體！

「滾開！」男人驚恐翻過身，女孩唰地就爬上他的身體。

『我很厲害的喔！』女孩咯咯笑著，斷掉的頭跟著震顫，『看看你，都這個時候了，還是一副蓄勢待發的模樣嘛……』

男人慌亂的伸手找個周邊的東西，竟摸到他掉落的榔頭，二話不說狠狠的就擊向女孩的頭顱……血花四濺，在微弱的月光下散出紅色血珠，甚至大片的落到了男人臉上。

女孩被這一擊打暈，軟了身子掉下去，男人趕緊起身將女孩甩離身上，坐著向後嚕離。

但癱軟在地的女孩在兩秒後，一顫身子，再度抬起了那早已折斷的頸子。

「……救、救我！」男人突然左顧右盼，不知道在向誰求救似的，「妳在哪裡？幫我——」

『喜歡這麼刺激的嗎？』斷頭女孩伴隨著尖叫，再度撲向了男人。

冰冷的身體貼上了他的，女孩捧住他的臉，強迫他正首看著她……她有雙滿佈血絲的眼睛，獰笑的撫摸著他。

『你想要我怎麽求你？』她伸出了舌，朝他臉上舔去，但她的舌頭眞的太長了，因爲她已經沒有辦法把舌頭塞回去了。

『或者，應該換你求我了對吧？』

「嗚哇……哇——哇啊啊————」

慘叫聲彷彿隨著風傳了過來，正在後院的聶泓珈突然警覺地朝著聲音的方向看去！一籬笆之隔的杜書綸也隱約聽見了淒厲的叫聲，他們兩個正在閒聊，討論著吳茹茵留給她的信，還有今天被放上新聞的那段錄音。

雖說是杜書綸找到隱藏的麥客風，但是如果花沒有突然枯萎，那他就不可能發現記者的卑劣手段。

「聽見了嗎？」聶泓珈蹙起眉，全身汗毛直豎。

外頭驟然颳起強風，冷風呼嘯，激得杜書綸打了個寒顫，正對面的森林裡突然飛出一大群烏鴉，嘎嘎盤旋，讓情況更加詭異。

他們兩個誰也不敢動，感覺風裡不尋常的冰冷，現在只是秋天，溫差再大也不至於這麼的寒冷，而且明顯有股壓力由遠而近，似乎朝著他們襲來——電光石火間，一股力量伴隨著下一波強風衝來了！

「小心！」杜書綸大喝著，伸手扣著聶泓珈的肩要往後拖……可惡！他扳不動！

反而是聶泓珈倏地轉身，勾住他的手臂，直接把他拽著往後拉，同時那股風……不！是伴隨著什麼「東西」的風，唰地從他們兩家尾端的籬笆上颳過，然後衝向了草原，他們還聽見咚的一聲，接著就是森林裡飛出了整片的驚鳥！

杜家屋裡傳來緊張的腳步聲，杜爸杜媽高喊著怎麼了，焦急的衝出來時，他們兩個還雙雙趴在自家後院的草地上。

「啊！滅火器！」杜媽高呼出聲，匆忙踏下階梯，「阿綸！珈珈！」

聶泓珈迅速站起，杜爸已經抱著滅火器衝來，對著底端的籬笆就是一陣噴灑，順便也把聶家這邊的籬笆也噴了一輪；另一頭太遠，滅火器鞭長莫及，所以聶泓珈趕忙接過滅火器，仔仔細細把燃火的籬笆徹底噴了一次。

她呆望著頂端焦黑的籬笆，腦袋一片混亂……她不知道剛剛是什麼東西，但是那東西真的是飛過來的！在眨眼間就把他們兩家的籬笆頂端燒得焦黑，還冒出點點星火，接著落向草原、又彈進森林裡？現在正值黑夜，遠遠看去，都可以看見草原上的火星。

「杜爸爸，別過去！」聶泓珈緊張的喊著，但是杜爸已經拎著滅火器趕過去，連杜書綸也上前湊熱鬧，她只好也抓過院角的滅火器也跟了過去。

杜書綸高舉手電筒，只見草地上有幾處焦黑，而是眞的是燒成焦土，杜父謹愼的滅火，就怕星火燎原；焦痕一路往林子裡去，杜父皺著眉嚴肅的想進入，但這一次杜書綸阻止了父親。

「報警吧。」聶泓珈這麼說著，不說裡面有什麼，黑暗的森林眞的不宜進入。

她自個兒則盯著腳下的焦痕，與杜書綸面面相覷。

「你剛有看到是什麼東西嗎？」

「沒有……不過我有個更感興趣的！」杜書綸居然心情很好，愉悅的奔回，「走！」

「做什麼？你們要去哪裡？」杜父正在觀察著現場，兒子的口吻讓他非常不安心。

「我跟珈珈出去散散心！」杜書綸睜著眼睛說瞎話，還朝她使了個眼色。

「去哪裡？什麼時候了還跑出去？危險啊！」杜父嚷嚷著，但沒有幾分誠心，因爲他家兒子要做的事，一般人阻止不了。

杜書綸沒有回答，而是扔給聶泓珈一抹笑，跳進後院就抓過腳踏車，即刻出發！

「去哪？」後院的杜母丈二金剛摸不著頭腦。

唉，聶泓珈眞討厭自己居然知道，她輕鬆扛起腳踏車，從前門離開，「大草原！」

「不准去！喂……杜書綸！你給我——珈珈！」

兩台腳踏車一前一後的在荒無人煙的大路上騎乘，這兒的路燈好遠才一盞，那是因爲他們從小在這兒長大，閉著眼都懂這條路才敢騎那麼快！眼看著前方T型路口靠近，他們準備右拐到大路上，那條大路便是寬敞無人煙的大道，兩排全是芒草！

逼近路口時，唯一的路燈突然電壓不穩的閃爍，這讓聶泓珈下意識按了煞車！後面的杜書綸跟著緊急煞住，一臉莫名其妙。

「妳幹嘛？說煞就煞！」

「謹愼點好！」她看著自己手背上的汗毛根根豎直，朝他搖了搖頭，「我很衰啊！一整天都沒好事！我上午跟你說了，我……」

見到吳茹茵了啊！就算杜書綸沒見到，但他也看到莫名其妙枯死的一排花牆吧！這椿椿件件都不合理！

「好，聽妳的。」杜書綸不跟她爭，殯儀館發生的事情的確非常吊詭。

「跟好我。」聶泓珈深吸了一口氣，率先騎在前面。

杜書綸不會去跟她爭長短，什麼男孩應該要在前方保護住女孩，基本上在他與聶泓珈之間就不成立！光就他剛剛連拖都拖不動她的狀況，他覺得人貴自知啊！

轉過彎，眼前整條路只有五十公尺開外一盞路燈，光線微弱，芒草原隨風飄盪，這裡的氛圍簡直可以稱得上是陰風慘慘。

「我們是不是……閃人？」連杜書綸都感受到異常，騎到聶泓珈身邊低語。

對，她舉雙手贊成，但還是忍不住朝大草原看去，但除了昏暗的芒草浪外，什麼都看不見。報警吧！聶泓珈在內心告訴自己，不該進去裡頭。

她轉向杜書綸點了點頭，他們還是快點騎回去吧！

兩人達成共識，不約而同的回身，調轉龍頭，但是就在聶泓珈回頭時，眼尾餘光卻覺得遠處那盞路燈下，似乎有抹影子。

她緊張的跳下車子，改用牽的調轉方向，別看就好了！現在就是跳上車、直接騎回家——一抬頭，自己身旁的杜書綸卻正越過她，往遠方看！

「咦？有人啊！」杜書綸還掏出手機看了眼，「哪個補習班這麼晚下課？」

「別看！我們快點回去！」聶泓珈焦急的說道，朝杜書綸擠眉弄眼，這條路誰會用走的啊！那燈下的人沒有騎車啊！

杜書綸卻微瞇了眼，聶泓珈可以看見他握著龍頭的手微微發顫，但是卻沒有立即要走的模樣，而是平穩的望著她。

透過無邊眼鏡，她依舊可以看見他成熟平穩的雙眸，那彷彿在告訴她：冷靜，定下心，不會有事的……才怪！她才不信他！一咬唇，她就準備跳上腳踏車，正對面的杜書綸卻一手伸來抓住她的龍頭。

「來不及。」他微弱的氣音傳來，低首的聶泓珈登時倒抽一口氣。

她咬著牙回頭猛一瞧，卻發現路燈下沒人了！

突然不見不是更糟嗎！誰會突然不見啊！聶泓珈立即正首，杜書綸也跟著一百八十度調轉龍頭，一隻腳踩上腳踏板——然後那個身影已經在他們車前了！

「哇啊啊啊——」

低沉與輕揚聲同時傳來，雙雙棄車，嚇得連連踉蹌後退！

杜書綸伸直手向後抓住聶泓珈，避免她突然跑太快把他扔下！聶泓珈下意識的也握住他的手，兩人腳軟的互相扶持，看著突然出現在他們腳踏車前的女孩，一個字也說不出來。

就在這時，不遠處那T型路口的燈，滅了！

救命！聶泓珈多想逃避現實，她緊閉著眼低下頭，一把將杜書綸拽過來，就想埋到他肩後去！這時她認真感到自己是個無助的女孩，只是為什麼這傢伙這麼矮啊！她沒地方埋肩啊！

「吳茹茵？」儘管瘦小，還是被聶泓珈拿來當盾牌的杜書綸冷靜的吐出這幾個字。

那明顯折斷的頸子，掛在胸前的繩子，光線不足視線是微弱了點，但是只要是個人，頸子折成那樣應該都不是活人吧！更何況……她在飄啊！珈珈說過在殯儀館時看見一雙懸著的腳，真是一模一樣！

聽見吳茹茵的名字，聶泓珈就更怕了，「為什麼……我什麼都沒有說！我真的……」

為什麼要找她!?為什麼要寫信給她!?

『妳應該要說的……』女孩幽幽的說著，聲音沙啞，但聽不出太多情感。

雖然眼前的鬼說話有點大舌頭，但現在沒心情笑啊！杜書綸壓力山大，他用力掐了掐他握著的手，「人家在問妳呢！」

「不關我的事！我什麼都沒看見！我什麼都沒說！」聶泓珈鼓起勇氣抬首，「妳為什麼老找我？」

刹地一陣陰風從他們背後吹來，直接吹開了吳茹茵的頭髮，她黑髮下的臉孔早已變了模樣——鼻骨扭曲、臉骨凹裂，滿臉全是血、還帶著青紫的腐敗！

天哪！他們兩個嚇得又踉蹌了幾步，這條路這時候不會有人經過的，他們該怎麼辦？

強風過去後，黑髮又垂蓋回來，遮住了吳茹茵那張駭人的臉，然後她突然舉起左手，這動作嚇得杜書綸心臟都要跳出來了！

『那爲……什麼……不說？』嗚咽不清的話語擠出了吳茹茵的嘴，聽起來每個字還帶著血泡。

他們不敢動，不過杜書綸眼珠子還是順著她指去的方向看，芒草在一瞬間像是摩西過紅海似的，朝兩旁倒去，然後在不知哪來的微光中，遠方竟有個踉蹌的女孩朝著馬路走來！

僅走了兩步，啪噠又倒了下去！

「咦？有人！」杜書綸緊張出聲，一正首，腳踏車前卻什麼都沒有了！

同時間路口的路燈亮起，警笛聲驟然刺耳的闖入，而且已經近到應該就要經過T型路口的地步了，那麼響亮的聲音，他們剛剛卻眞的都沒聽見！

「天哪！那位眞的是……」杜書綸一邊說，一邊哆嗦，「喂，妳剛看見了嗎？」

回身看向臉色慘白的聶泓珈，她實在說不出話，想哭又哭不出來，心梗得難受！

「裡面有人！」杜書綸指向芒草原裡，抓起手機就朝馬路對面奔去，「快點cover我！」

「咦？」聶泓珈一時無法接受過多的訊息，但看見杜書綸直接越過馬路往芒草原裡去，她只能抓起腳踏車鎖就跟上。

隨著杜書綸打開手電筒，地上有著明顯的拖曳痕跡，在光的照耀下，可以看見帶著鮮紅。

「嗚……」低泣聲隱約傳來，很快的被淹沒在沙沙芒草聲中。

杜書綸立即將手電筒往正前方照去，芒草彷彿有靈性似的又開始分左右的搖擺，由此清楚見到一個女孩雙手交叉胸前護著身子，渾身是血的往前踉蹌，但又啪的撲倒在地！

「救我……」虛弱的哭喊聲，這次他們兩個都聽見了！

受害者！性侵犯又做案了嗎？聶泓珈握緊手裡的鎖，那種可惡的人渣，爲什麼能一而在再而三的在這裡放肆！

「別踩到拖曳痕。」杜書綸用氣音邊說，邊指向地面，這是爲了保留證據。

聶泓珈依言頷首，他們以拖曳痕爲界，分走兩邊，撥開芒草趕緊往前走去，芒草裡是非常漆黑的，連聶泓珈都拿出手電筒照明了，但是走得有點久啊，好像超出了看見女孩的距離？空氣中還有股刺鼻的氣味，像是鐵鏽味，越往裡走，還夾帶了像垃圾場的臭味。

剛剛的哭聲現在卻聽不見了，杜書綸有點擔心女孩已昏迷，因爲剛剛那黑暗中的匆匆一瞥，都能見到她滿臉的鮮血。

只要想到這裡之前是命案現場，聶泓珈就會腦補一堆可怕的畫面，儘管這一區並不是有著封鎖線的地方，但還是令她毛骨悚然。

他們必須一再撥開密密麻麻的芒草，杜書綸突然感到左手背觸碰到了水，他屏氣凝神的擱到光下看，他的手背有著一抹血痕，聶泓珈瞪圓雙眼，越過杜書綸，他周邊的芒草上果然有紅汙！

小心點。兩人心照不宣的往前走，終於在撥動下一批芒草後，來到了一處小空地！這裡的地面全是被壓扁的芒草桿，還散落著一地的衣物……她學校的書包，還踩到了一把榔頭！

「別碰。」杜書綸連忙出聲制止她拾撿，「妳站在這裡別動，不要再照別的地方了，就照自己的腳就好。」

即將觸及榔頭的聶泓珈收了手，緩緩站起身，她拿手機的手發著抖，光線跟著晃動。但是杜書綸從小就是天才，聽他的向來不會有錯，她完全不敢輕舉妄動，只專注於照著自己的腳。

她可以看見榔頭上都是血，除了新鮮的血漬外，也有看起來是已乾涸的深褐色痕跡。

杜書綸小心的繞行，這裡散落了太多東西，衣物、書包、袋子，還有……距他腳尖僅僅三十公分處的芒草堆裡，有一隻手若隱若現，不過……只有手掌的部分。

「報警，珈珈！」他忍著噁心別過了頭，他現在終於知道瀰漫在空中的這股味道是什麼了，這就是血腥味！

「嗚……救我！救救我！」

冷不防的，女孩虛弱的求救聲又傳來了，聶泓珈才剛報完警，立刻順著聲音的方向照過去！

這距離不對啊！

杜書綸緊皺著眉，選擇朝旁邊繞路，但一撥開芒草堆，就看見滿濺芒草上的血跡！他正遲疑著，身後卻傳出腳步聲，聶泓珈從他後方繞行，因為求救聲在更深處。

「珈珈，我這邊都是血，妳別過來！」他低聲。

「咦？我、我我我這邊還好！」她說著，撥開芒草小心翼翼的往前，在一點鐘方向有一棵樹，那是她的目標，聲音像是從那邊來的。

她邊抖邊在心裡默唸著，吳茹茵！這些都是可憐受害者，妳可別這時候跑出來嚇我！跟著又走到一處壓平的芒草區，但是腳下這片感覺更詭異，土地像是被燒過一樣，甚至連芒草都是焦黑一片……芒草原這裡不可能有火災，因爲只要失火絕對是整片燒掉的，怎麼會只有這樣一小片？

尙在狐疑，聶泓珈試著往腳邊照去，女孩呢？她究竟人跑到——「這裡！人在這裡！」

聶泓珈終於在數公尺外看見了躺在地上的女孩，她焦急的衝過去，自己都能聽見自個兒恐懼的喘氣聲，女孩肉眼可見的裸身！

她飛快的把自己的外套脫下來，就往女孩身上蓋，身後傳來奔跑聲，她緊張的回頭喊著，「杜書綸！快來！她……她……」

她看起來很糟糕啊！聶泓珈不敢碰觸女孩，但是她頭上的血流個不停，而且看起來眞的不太像是……還活著的樣子！

女孩瞠大著雙眼，向上看著漆黑的天空，她忍不住聯想到剛剛踩到的榔頭，上面那新鮮的血液，該不會就是這女孩的吧？

「你快點，你在……」她沒聽見杜書綸過來，她慌張的回首，卻發現杜書綸停在她後方一公尺處，呆呆的直視前方，「你在看……什麼……」

光線落在那棵小樹上，樹上不知何時竟然有個全身赤裸的男人也站在那裡。

不，他是被釘在樹上的！

而且，他還被分成了好幾塊！

「啊啊啊啊——————」低沉有力的尖叫聲響遍了大草原，外頭才下車的警察立即就能聽聲辨位了。

杜書綸被這場面震驚得難以動彈，他不敢置信的看著被釘在樹上的男人，明白了芒草上的血肉塊是從何而來的，但他現在看著那顆被擺正的頭顱，滿腦子都是不可思議——這是他們都認識的人啊！

就住在他家附近，那個老實一輩子的木工阿原啊！

⊕

阿原，算是小城裡相當有名的木工，他擁有一手精湛的技藝，而且爲人非常老實，甚至到了內向憨厚的地步。他單身未婚，一直在照顧生病的父母，直到前年父母均亡故後，也就一個人生活。

大家都很喜歡他，因爲他誠懇認眞，收費合理，做工精細，所以許多裝潢工程裡都會有他。善良的他，平日還會做木工玩具給小朋友玩，喜歡照顧流浪動物，免費幫老人家修樓梯跟家具，他眞的是這一帶最能稱得上善良的人——但是？性侵變態？

警方已經證實了前兩起性侵案都是他犯的，在他家地下室也發現了曾經囚禁第一位死者的地方，各種變態道具應有盡有，也不難想像爲什麼死者屍體上會有那麼多傷。

第二位死者學姐死前也很痛苦，從撕裂的傷口可以看出她飽受折磨。

「我沒說謊，我們眞的看見她想逃出來又跌倒，那女孩還哭著求救。」聶泓珈一雙眼睛盯著桌面，雙手緊緊絞著，「可以問杜書綸……」

聶泓珈被單獨隔離詢問，她不喜歡這個地方！又封閉又冰冷，坐在她面前問話的女警說話嚴厲又咄咄逼人，從質問他們爲什麼去大草原、到爲什麼敢走進去等等，每一句話都好像他們是疑犯似的！

坐在她身邊的杜書綸毫無表情，但手指刻意不停的敲著桌面，看向警察的眼神倒是不客氣。

「有完沒完？我們是目擊者，一口氣看到兩具屍體已經夠嚇人了，你們不應該先找個心理醫生來安撫一下我們嗎？」他伴隨著冷笑，「搞得我都以爲我是凶手了咧！」

「我們只是照正常程序走，必須先瞭解事情的前因後果。」女警冷漠的說著，但眼裡也帶著不悅。

「好，那我只好老實說了！」杜書綸突然認眞趨前，坐直身子，「我跟聶泓珈知道阿原今晚會犯案，我們是去看戲的！」

聶泓珈倏地側首瞪圓雙眼，胡說什麼啊？

「……你知道你現在講的每一句話都會成為證據嗎？你知道阿原會犯案，所以你事前就知道他是性侵殺人犯？」

「不知道！我猜的！或是……我有預感，對對對，我們能通靈。」杜書綸挑了挑眉，「這樣就能合理解釋為什麼我跟珈珈都看見那個女孩求救往外走，但你們卻說她早就死了。」

找到的女孩是另一間綜合國中的學生，頭顱碎裂，碎骨都嵌進大腦裡了，但死因是窒息，她是活活被掐死的。

這讓聶泓珈不敢去深究他們看到的究竟是什麼……反正吳茹茵都出現了，那個女孩可能到死前都想著逃跑吧……因為哭聲跟求救聲是如此真實，或許她的亡魂還沒意識到自己死亡，仍在拼命逃脫。

「能正經點嗎？」女警沒好氣的扯了嘴角。

「那妳能先去把智商撿回來再來問話嗎？」杜書綸堆滿嘲諷的微笑，女警氣得一拍桌子，劍拔弩張的氣氛頓時讓屋內緊繃起來。

哎，聶泓珈沒開口，杜書綸本來就是個槓精，很難搞的傢伙啊！從小到大，她都不知道被吐槽幾萬回了，早習慣了。

「嘿。」門被打開，熟悉的人影出現在門邊，「都只是孩子，你們問話客氣點啊。」

「武警官！」聶泓珈看到熟人，突然有點激動。

杜書綸看著她的笑意，再看看門口走入的警察，「認識的？有這麼熟的靠山不先請出來？」

「他是偵辦吳茹茵案子的警察。」聶泓珈一字一字說著，沒忘在桌下踢了他一腳。

哦，吳茹茵，是啊，那位「報復性自殺」的同學也是不能忘記。

「我不是主要負責吳同學案子的人，只是協助。」武警官與詢問的警察接班。這兩個學生後院失火的事確有其事，消防隊也進入森林裡搜查，務必確認不會引發森林大火，「你們懷疑那東西是從大草原來的，所以才跑去看對吧？我瞭解，不過你們膽子也太大了吧？你們不知道之前的命案嗎？」

「命案現場不是在那一帶，而且聶泓珈在。」杜書綸大姆指指向了身邊高壯的女孩，「有她在我不太擔心。」

聶泓珈翻了個白眼，他真的很煩。

「她是女生，在性侵案未破的情況下，你不該讓女孩子陪你去那種未知、黑暗又危險的地方。」武警官語重心長的說著，婉轉的責備杜書綸。

杜書綸做了一個誇張的深呼吸，聶泓珈立即別過了頭，她知道他要幹嘛！

「警察大哥，首先要確定歹徒能看出她是女生！看不出來他們就不會下手！」杜書綸非常認眞的解釋，「你不能否認，這點聶泓珈是非常有優勢的！」

她不會出事啊！

武警官一時語塞，他想笑又不敢笑，因爲一般人眼裡，聶泓珈眞的就像個高壯少年。

「我們可以回去了嗎？」聶泓珈不耐煩的開口。

「可以了，你們爸媽都在外面等你……」武警官頓了一下，事實上只有杜家父母來，「但後續如有需要，我們還是會請你們協助。」

兩人紛紛起身，但杜書綸卻有點依依不捨。

「阿原是怎麼死的？」他突然問向了武警官，「他被拆成那麼多塊，又分別釘在樹上組成人形，這有什麼意義嗎？」

頭、四肢、軀幹被撕成上下兩塊，雖然距離很遠加上鮮血處處，杜書綸沒能看清楚，但是他總覺得不是被切割開的，尤其他的兩股之間，更是血紅一片。

「他是被樹枝釘在樹上的，法醫還在勘驗中。」武警官嘆了一口氣，「居然會是阿原，我眞的不敢相信，你們……如果不舒服，這幾天就別去學校了。」

「他生殖器被處理掉了對吧？」杜書綸沒理會他的話語，「這感覺是有人在懲罰這個性侵犯啊，但能夠在短時間肢解他，不容易啊！」

「我記得割開人骨沒這麼容易的，就算菜刀劈也不一定劈得斷。」聶泓珈自然的接話，因爲杜書綸涉獵許多書，他們也很常一起看刑案解說。

「應該是……被活活撕開的。」

武警官驀地迸出這麼一句，聶泓珈當場愣住！撕？他剛用的詞對嗎？撕開？

「看來應該也不是那個小姐姐了，她如果有這種本事的話，也就不會被殺了。」杜書綸垂下眼眸，「能把一個人撕開，要有多大的力量啊？」

武警官眉頭緊鎖，這也是現場目前最駭人、最無從解釋之處。

「一切等勘驗完，總會有答案的。」武警官只能這麼說。

杜爸杜媽在外面焦心等待，一見到他們走出，杜媽媽率先走向聶泓珈，擔心她的狀況，杜爸望著杜書綸只有無奈，反正平安就好。他們魚貫離開警局，上車前，杜書綸突然看向了武警官。

「如果有人能在短時間內撕開凶手，又把他釘在樹上，那麼——我跟珈珈看見那個女孩朝我們求救也就不意外了對吧？」

武警官擰眉，事實上不管哪一項，在常理中都是不可能的事。

「珈珈，妳晚上到我們家睡吧？」杜媽媽溫柔的說，「我已經跟妳爸說了。」

後座的聶泓珈偷偷瞧了杜書綸一眼，他點了點頭，她也就沒有拒絕。

因爲晚上發生這麼多事，她眞的也不太敢一個人在家啊！可以的話，她還希望能跟杜書綸睡在一間房，她睡地板都沒關係。

「媽，珈珈睡我房間吧，妳讓她一個人睡她也不敢的。」杜書綸彷彿知道她在想什麼似的，主動開口。

「啊？」杜爸遲疑，畢竟孩子都大了……

「我可以睡地板的！沒關係！」

「說得一副本來會讓妳睡床似的，妳當然是睡地板啊！」杜書綸沒好氣的說著，「我皮比妳嬌嫩多了，妳這種漢草，睡地上就好。」

「杜書綸！」

無視於前方母親的回頭警告，杜書綸一臉理所當然，反正床他是絕對不會讓出去的啦！聶泓珈扮了個鬼臉，從小到大，她什麼時候睡過床了？哼！

不過，只要有人陪就好了。

杜書綸轉向窗外的眼瞬間變得黯沉，他當然要聶泓珈過來，因爲他還有事要問她呢。

例如，什麼叫做：妳應該要說的。

第五章

不能說的祕密

女孩專注的看著眼前的試卷，認眞的試算著，今天江老師突然叫住她，給了她一份特殊試卷，要她花點時間做做看；由於今天是週末，補習班各時段一整天都沒有空教室，因此她便到老師的辦公室來寫。

不愧是王牌名師！江老師不僅有自己獨立的辦公室，辦公室後方竟還有一小間教室！只能容納不到十個人而已，果然菁英學生會有另外的課程，這件事不是傳聞！

她一坐下就開始認眞做答，這試卷的問題比平時的難度高了許多，倒激起李百欣的挑戰欲。

因爲這是數學試卷，所以需要百分之百的專注，以至於教室門開啓她都沒閒情留意，她只想把這份試卷做好就好，說不定就能進入專修班，那才是所有人進繁星補習班的最大心願！

進門的學生彷彿看見她的專注不敢打擾，放輕腳步的逕自往後坐，僅能容納十個人的教室，一排四位，也才三排而已，李百欣聽見對方落座在另一邊的後面，空氣裡還傳來炸物的香氣。

這也太香了吧！再專注也敵不過飢腸轆轆，尤其炸物的味道太過分了！這香氣讓她無法專心，忍不住回頭看了一眼，認識的話，還能要一條吃吃。

「喂，太香了啦！」

向右後方一轉，故作熟稔的攀談，但空無一人的教室卻讓李百欣瞬間呆住。

教室裡根本沒有其他人，幽暗的角落裡別說炸薯條了，什麼都沒有！剛剛確實有人開門進入，這麼小一間教室她怎麼可能搞錯？她甚至聽見了腳步聲、以及拖拉椅子的聲響。

而且現在瀰漫在空氣中的，依舊是那股逼人的炸物香。

李百欣不敢多想，但是腦子已經想了一大堆可怕的事，眼下試卷她是寫不下去了，竄遍全身的雞皮疙瘩在在告訴她，這裡有問題！她沒辦法給這狀況一個合理的理由，而且這間只有右前方角落一扇門而已啊！

走！她應該要走！但是江老師好不容易才看重她，給了她這樣的試卷，就此放棄的話是不是太可惜了？這是前往全國名校的門票啊！

前方的門突然再被開啓，這一次李百欣尖叫的跳了起來！「呀！」

開門的江偉毅被嚇到了，他愣在門邊，微皺起眉，「怎、怎麼了嗎？我剛有敲門啊！」

「老、老師……」李百欣人都貼上牆了，「對不起，我剛剛……我……」

她不知道怎麼解釋，索性低下了頭。

「沒事沒事，寫得怎麼樣？難嗎？」江老師走近了她。

李百欣敢忙坐下，她試卷寫不到三分之一，江偉毅來到她右側，俯身看著她的答題，這景況讓她壓力更大。

才拿起筆要繼續算，但老師這麼看著她哪算得下去啊！大掌突然繞過了她後頸，擱在她左肩上，江偉毅俯得更低了些，力道加了一點點在她身上。

「這題思路錯了喔。」他伸手指向了試卷，因為這個動作，又更貼近了李百欣一點。

不，不是一點。李百欣下意識縮回右手，否則老師的身體就要碰到她的右手肘了，可是她這一躲，老師竟又更欺近了些！李百欣意會過來時，她已經縮在一個由江老師包裹的空間中了。

「妳換一個公式試試，這裡妳是怎麼想的？」江老師依舊從容的指導，讓她立刻改算式。

她可以感受到老師的體溫、摟在她肩上的溫度、從他嘴裡冒出的熱氣，像是有意吹到她頸子上似的，而過近的距離，導致老師的下體幾乎有意無意貼著她的手臂！

怎麼辦？她覺得好緊張，但是老師應該只是在指導她對吧？只是在……

砰磅！外頭突然傳來東西掉落聲，李百欣與老師都嚇了一跳，多虧那聲響，江偉毅狐疑的朝外頭走去。

「妳繼續算，我去看看……」他不忘回頭交代她繼續寫試卷，開門走了出去。

李百欣腦袋很熱，她沒來由的打哆嗦，緊張的回頭看著這小小的房間，只有她跟老師在，她第一次覺得有些不安，如果有別同學在就好了，她這樣哪有辦法繼續寫試題啊……

咿——一陣椅子拉開聲陡然傳來，正瞪著試卷的李百欣即刻瞪大眼睛，這聲音依舊是從這間教室的後方傳來的！她沒有聽錯！

李百欣沒敢動，因為她聽見了腳步聲……那位「同學」拉開椅子後站起來，並朝她走了過來……她不知道補習班居然會有那、個！好兄弟！別來找她啊！她只是在這裡寫試題而已，冤有頭債有主，不關她的事啊！

足音從她右方走過，李百欣怕得要死但還是忍不住用眼尾悄悄掃著地面，她看見一雙青灰色的腳經過她，持續朝前走去。窒息的氛圍依舊叫她不敢動彈，她聽見有人踩上講台，那木板音騙不了人，接著傳來了粉筆書寫黑板的聲音！

不要鬧啦！李百欣嚇得顫了一下身子，一時之間，她竟不知道被江老師貼著好？還是跟這個好兄弟在一個房間比較好？

不知道過了多久，她感覺有一個世紀般的漫長，前方「咚」的一聲，板擦落下了講台，發出的回音讓如驚弓之鳥的李百欣再度跳了起來，只是這一次她因恐懼而摀住了嘴！

她不敢叫，因為她既怕讓好兄弟盯上她，也怕將老師引進來。

眼前沒有任何人，這間教室裡還是只有她一個人，但是黑板上卻赫然出現了一個大字：走！

走，還不快走！

悉聽尊命啊！李百欣把試卷胡亂的朝書包裡塞，抓起書包就衝出了那間迷你教室，外頭的江老師正在整理掉落一地的試卷與書本，聽見滑門聲困惑的轉過頭來。

「老師，我媽在催我了，她覺得我下課這麼久了怎麼還沒回去！」李百欣連停下來都沒有，她是邊講邊往外走的，「下次補習再跟老師請教！」

「欸？」江老師還在後面說什麼她沒聽，李百欣已經衝出辦公室。

她腦子亂得跟漿糊似的，左邊還是右邊，對對，左邊，她要先回到教室區，然後立刻離開這裡！李百欣慌亂的奔出了大廳，這裡還有許多學生在聊天、或是問其他老師問題，完全沒有人注意到滿身大汗的李百欣。

「李百欣？」身後傳來叫喚聲，江老師追出來了！

她要走！一定要走！李百欣看見電梯前排滿了人，或許她可以走太平梯下去的——一股力量忽然的推了她一把，李百欣整個人往前踉蹌而去，事情突然到連就近的學生都沒留意到。

「李百欣？」熟悉的聲音傳來，同時一股力量將她拉起，「妳怎麼了？沒事吧？」

李百欣抬起頭，緊緊抓住了來人的雙手，是婁承穎！

「怎麼啦？摔倒了嗎？」江老師溫柔的聲音同時由後傳來，李百欣緊張的抓住婁承穎立穩身子，趕緊用嘴型說：我要走。

「沒事！絆倒而已吧！」婁承穎立即拉過李百欣，「走吧？」

他趨前，彎身替她拾起掉落的書包，江老師也只是微笑的望著她，交代著小心一點。

「下次來時，把試題做完給我看。」江老師最後交代功課後，轉身離去。

婁承穎拎著包包回身，看著臉色實在不好看的李百欣覺得奇怪，「怎麼了？妳臉色好差喔！妳是真的能走嗎？」

「我可以的，謝謝你。」李百欣深呼吸一口氣，「我剛剛……撞鬼了。」

她想說些什麼，但是留意到四周都是同學，不好在這邊講這種嚇人的事。

但是，她剛剛不是絆倒，是有人推她的！

比冰塊還冷的雙手貼在她後背，冷不防地就把她推出去了。

「那……我要進去上課了，妳咧？」婁承穎指指他身後的教室。

「我已經下課了，那我就先回家。」她擠著勉強的笑容，「今天謝謝你！」

「小事啊！舉手之勞！」婁承穎陽光的笑笑，「妳走路小心啊！」

嗯，李百欣點了點頭，轉向了太平梯，但是她想到這裡是十七樓又遲疑了，她又不是沒走過！但是鐘聲響起，上課後在樓梯間走動的人就會變少，而這裡的樓梯是相當昏暗的。

天哪！李百欣最終還是搭乘電梯下樓，當她離開補習班時，一時不知道是那間教室的鬼可怕，還是……江老師可怕了？

木工阿原的新聞甚囂塵上，所有人的想法都一樣，因爲之前如果隨機問路人，你在這小城裡認識最憨厚老實的人是誰？只怕有七成以上的人，會擁有一樣的答案：阿原。

然而，他是性侵連續變態殺人犯的身分卻被坐實，多數人都是震驚不已，更多的是不可思議與被欺騙的感覺。

「知人知命不知心，我想這就是性侵犯的最佳詮釋了。」周呈凡看向鏡頭，「但由於凶手死狀甚慘，慘遭分屍，而究竟又是誰殺了凶手？警方也在密切調查中，請隨時關注，我們將隨時更新最新報導，我是周呈凡。」

帶著亮麗明媚的微笑，直到攝影師放下鏡頭，周呈凡的神情一秒黯淡。

攝影師也察覺得出最近周呈凡怪怪的，但實在不瞭解爲什麼，現在她可是最炙手可熱的記者，所擁有的報導都是最新消息，新聞台也非常器重，最近上的談話節目越來越多，人氣水漲船高，但人卻越來越低沉。

「妳還好吧？凡凡？」攝影大哥忍不住問了，「妳近來心情不是很好。」

「是嗎？我、我沒事。」周呈凡說得言不由衷。

她不好，一點都不好。因爲她現在不只要努力挖新聞，同時還得接受主管的性騷擾！主管現在已經不只是亂摸這麼簡單了，在她不能拒絕的獨處晚餐裡，還會要求她把裙子穿得最短，胸部的扣子解開，好讓他「欣賞」。

眞的是噁心的男人！但是她卻只能忍氣吞聲，因爲她要這個機會，她想要保有這份工作，她就只能忍！

她想過無數次一巴掌甩在主管臉上，或是拿起桌上的保溫瓶朝他頭上砸去，但是一想到她的工作、現在的網路聲量、ＩＧ飛速成長的追蹤人數，她就沒辦法硬氣起來了。

這像是交換條件，她想要嶄露頭角，就得付出代價！

但爲什麼？她不能憑藉自己的努力與才能嗎？

她不想在新聞台裡浪費青春，流放到邊疆地帶，報導那些無趣、點閱率低的新聞！

「欸，那個！」攝影大哥眼尖的朝她使眼色。

周呈凡回身看去，看見一個精神更為低迷的女孩，正拖著步伐往前走著，低垂著頭根本沒在看路，校門口前的ㄇ型車阻擋住了她的去向，眼看著就要絆倒時，周呈凡眼明手快的上前拉住了她的胳膊。

女孩略微嚇到，抬起頭一瞧見周呈凡，卻驚嚇得當即甩開她的手。

「妳幹嘛！走開！」楊芝珮緊張的想往校園裡跑，結果反而又再絆了一下。

周呈凡再次抓住她，「妳緊張什麼？看路啊！」

楊芝珮是真的站不穩當，她趕緊繞過車阻，再次抽回自己的手。

「我什麼都不知道，吳茹茵的事跟我沒關係，警方不是都說了嗎？只是小吵架而已，對於我推她的事我也道歉了，她的自殺才不是因為我！」楊芝珮劈里啪啦的唸了這麼一大串，這陣子她受到的謾罵跟壓力實在是太大了！

好不容易目標現在轉到警方跟校方、以及性侵犯的新聞，否則她都快受不了了！

周呈凡當然知道楊芝珮的激動來源是什麼，這本來也是她一手造成的，在找不到原因前，當然得先找個目標好聚焦，她不會有什麼罪惡感，因為動手的是甜樂珮、蹭同學死亡流量的也是她，「甜樂珮」會被網暴都是自己做的，她只是引流，讓大家看見這位即便同學死了卻還在直播賺流量的糟糕女孩罷了。

「我現在沒有在播報，妳放輕鬆點。」周呈凡緩和了口吻，「最近妳也都沒直播了，是被嚇怕了嗎？」

楊芝珮忍不住瞪了她一眼，她現在恨死記者了！還不都是他們，在沒有證據的前提下，刻意讓大家把矛頭指向她！

她不想回答，什麼沒有在播報？周呈凡領口的麥克風還不明顯嗎！光明正大的夾在那兒，天曉得有沒有在收音！楊芝珮撇過頭，就朝著校園裡走去，她已經被他們害得這麼慘了，她還想怎樣！

老師站在校門口，凝重的拍拍楊芝珮，趕緊讓她進校，老師們始終注意著周呈凡的一舉一動，記者在校外做的事，他們的確不能阻止，但一旦她想拍學生，老師就一定會衝出去。

啊啊……說曹操曹操就到，六班那個高個頭小子來了！

「嘿，同學！」周呈凡見到前頭牽著腳踏車來的聶泓珈雙眼都亮了，「身爲吳茹茵最後一封信的對象，又是命案目擊者，妳近來好嗎？」

聶泓珈持續往前走，其他記者見到她也蜂擁而上，她眞的很想抱怨，爲什麼同樣是目擊者，杜書綸就因爲在家自學，省了這種被記者追殺的窘境。

「我看到你們壓力就會很大！她最後一封信寫的是高中願景，跟我沒有關係，你們記者只會亂編！」她開口便是低沉嗓音，有一說一，怪有磁性，「至於命案現場，警察已在勘查，等警方吧！」

「我可從來不編新聞，我都是看呈現出來的東西，替大眾詢問的。」周呈凡說得大言不慚，「妳是怎麼發現命案的？有看見凶手被殺嗎？聽說凶手也住在妳家附近……」

聶泓珈終於停下了腳步，她緩緩朝周呈凡看去，接著再回首，看著幾乎要包圍住她的所有記者。

「與其關心性侵殺人犯，不如關心一下昨天被殺害的女生吧！」聶泓珈壓抑著不滿說道。

有一個女生死了啊！死前遭受了非人的施暴，結果這些人沒幾個關心的！

她說完甩頭便走，疾步牽著腳踏車朝校內走去，不管後面記者怎麼問，她都不再理會；校門口的老師趕緊也護住她，張開雙臂擋著記者不讓他們追，還警告不許公開未成年肖像。

進校後的聶泓珈緊接著感受到自四面八方投來的視線，說好的透明到畢業呢！她的不透明度爲什麼越來越高了？唉！她抓了書包跟袋子就朝教室衝，眞的得用跑的，才可以減少與人雙眼接觸。

不過一進班上，她就一陣眩暈，這令人窒息的氛圍是怎麼回事？她看著班上好多人身上都像被什麼纏住一樣，揉了幾次眼，還是看得一清二楚！

「早安！」才坐下，前頭的婁承穎就轉過頭來了。

「別找我說話。」聶泓珈不假思索的就脫口而出，但一瞧見婁承穎受傷的眼神又有點內疚，「不是，對不起……我不想說。」

「呃……我也沒有要問妳那個啦！」婁承穎果然一臉無辜，「我是想說妳最近有沒有遇到什麼怪事……欸豆……」

婁承穎發現他問這句話也挺蠢的。聶泓珈一次目擊兩個命案現場耶！這經歷已經夠嗆的了。班上同學的眼睛都不由自主的往這邊瞟來，聶泓珈眞的是躲無可躲，她今天應該請假的！

「要不要去買飲料？」婁承穎突然提出一個絕佳建議，聶泓珈毫不猶豫，即刻離開教室！

樓梯間有個小小販賣機，卻能緩解聶泓珈眾多的無所適從，婁承穎也很識趣的沒有再多話，她就是站在販賣機前慢條斯理的挑著飲料，她是有買早餐來，但這瓶可以在課間喝，那麼要喝巧克力？還是茶？或是……

投幣，眼前的販賣機突然亮了起來，每個按鈕閃著格外刺眼的光芒，閃得聶泓珈有幾分困惑，最後她按下了巧克力調味乳。

飲料喀咚的滾落，聶泓珈彎身，伸手進入要拿取時，機器裡猛地竄出一隻手抓住了她！

咦！聶泓珈嚇得縮回手，力道過大的反作用力導致她整個人踉蹌得向後跌去，摔個四腳朝天，平時熱心的婁承穎卻沒有過來，因為他依舊站在販賣機邊，看著她……看著她？

天哪！聶泓珈瞠目結舌的看著正彎身的自己，她看得見自己——還有站在販賣機旁，那個繫著繩子的斷頭吳茹茵！

聶泓珈嚇得直直往後退，甚至撞上了牆，吳茹茵雙腳依然懸盪，她搖搖晃晃的向她「走來」，長髮下的雙眼瞪得超大，滿滿恨意。

「報復性自殺」，這幾個字突然浮現在她腦海裡。

「妳到底想幹嘛？」聶泓珈憋了半天的話，最後她出口的卻是這充滿挑釁意味的言語，啊啊啊，她不該這樣問的！

吳茹茵突然停下，幽幽的朝上方看去，聶泓珈跟著抬頭，樓上是不認識的女孩，但她們身上也都纏繞著穢氣；再往下看，準備走上來的是他們班的李百欣，她身上的黑氣更誇張，而且吳茹茵突然舉起手，精準的指向了李百欣。

突然一陣暈眩，聶泓珈重心不穩的前額直接撞上了販賣機，「哎唷！」

「啊啊妳怎樣？」婁承穎趕緊拉住她，「妳怎麼拿個飲料也能摔！」

誰摔啊！聶泓珈不免嘀咕，重新抓住了飲料，站起來時還有點暈，不安的朝販賣機旁瞄了眼，再看向自己剛剛跌倒的地方，她是靈魂出竅嗎？

媽呀，這個AI年代，爲什麼她會遭遇這種事？

「早！」李百欣剛巧走上，「聶泓珈，妳……辛苦了。」

眞有趣的打招呼方式，撞見命案現場，的確是挺辛苦的一件事，不說昨天做筆錄到半夜，光阿原那死狀就映在她腦海裡揮之不去了。

李百欣笑得很勉強，她精神也不太好，先行上樓，當她背過身的刹那，聶泓珈看見她左肩又多了塊手印！這讓她覺得不太妙。

「欸，李百欣！」婁承穎突然趨前叫住了她，「妳還好嗎？」

高幾階的李百欣回首，有點困惑，「爲什麼這麼問？我很好啊……喔，如果說我在補習班摔倒的事，我沒事的，謝謝你！」

「妳……不覺得奇怪嗎？那天是誰推妳的？」

李百欣瞬間顫了一下身子，她、她不想知道！那冰冷的觸感，莫名其妙的推擠，小教室裡的「同學」，讓她這兩天都睡不安穩！

「我不懂。」聶泓珈是眞的不明白，但她不想晾在樓梯間，因爲大家都在看了啦！

「我一直覺得學校氣氛怪怪的，補習班更是！」婁承穎斟酌著用詞，「我不知道該怎麼說，但就很常會看到那邊似乎有人，但一轉身又沒了。」

李百欣下意識掐緊了樓梯扶把，「你說補習班嗎？」

「對啊，我有看到是誰推妳的，但是……」婁承穎哎唷了聲，雙手猛然搓著頭，「那很可怕的！」

李百欣焦急的奔下樓來到婁承穎面前，壓低聲音上前，「看到什麼？」

「我覺得是阿飄……」婁承穎說得很虛弱，「有點像吳茹茵……」

李百欣狠狠倒抽一口氣，她略為不支的後倒，聶泓珈趕緊撐住她，她瞧見她血色盡褪，刷白了臉龐，連唇都在顫抖。

「我好像，也看見她了。」她抓著婁承穎幽幽的說，「因為我看見一雙懸空的腳……」

在小教室時，那個往前走的身影，雙腳是不及地的。

「補習班，是吳茹茵之前唸的繁星補習班嗎？」聶泓珈捏緊了調味乳，「婁承穎也去了啊？」

「對啊，我在那邊補習，上週六遇到李百欣，學校很多人都在那邊補……我覺得不只我遇到，我最近聽到很多人都說補習班怪怪的。」婁承穎不安的瞥了聶泓珈一眼，「然後又發生性侵殺人案，警方還沒抓到凶手，凶手又被人殺了，整個S區感覺好不平靜喔！」

現在連吳茹茵的報復性自殺，都已經被某派解讀成是撞煞，或是被附身了。

聶泓珈率先邁開步伐，一起往樓上走去，她不喜歡被人注視，想快點躲回教室裡。

如果用怪力亂神的角度來說，倒是很可以解釋阿原的死狀，因爲他身體被分區塊撕裂，而且他的生殖器也是被硬生生連根扯斷，塞進他自己的嘴裡；但是昨天受害者的確是才剛死亡沒多久，換句話說，阿原殺掉女孩後，在幾分鐘內就被殺了，凶手還有時間把他釘在了樹上。

而且，他是被那些樹枝穿過身體、再釘進樹幹裡的，這也不該是一般人能辦到的吧？

她跟杜書綸深深覺得，他們這個安寧的小城鎮，眞的是有可怕的東西存在。

「我倒是也想去那個補習班看看。」

她沒有聽見身邊人在討論什麼，而是突然冒出了這句話，一旁的同學們紛紛錯愕，畢竟大家正在討論命案。

「繁星補習班嗎？」李百欣反而遲疑了，「現在那邊不太乾淨，我自己也都不想去了。」

雖然，她還有別的原因，對於老師的觸碰，她覺得很不舒服！

聶泓珈沒回應，她已經下定決心，繁星補習班她是非去不可的。

因爲吳茹茵似乎希望她去。

很久以前，那是她還沒上高中的時候，有一天她到H區去買東西，在車站租了共享單車後在市裡閒晃，在人行道上騎行時，因爲某間店突然有客人衝出，她閃避不及直接朝旁邊倒去，撞上了一台黑色房車。

她人靠在後座玻璃窗上，也是感謝那台車停在那邊，否則她鐵定摔個狼狽！只是在伸手撐著車身起來時，她透過那很黑的隔熱紙，看見了後座同樣驚恐的女孩！她不是坐在後座的，女孩是躺在後座，身上還用衣物遮住，因爲她的撞上才被嚇得抬頭。

車主急忙下車，先詢問她有沒有受傷，接著在她的道歉聲中，車主完全不追究，甚至查看刮傷都沒有，便急急忙忙的開走了。

她看著黑色車駛離，其實她是認得那個車主的！

遠近馳名的補教名師啊，她不會認錯的，因爲他的照片出現在各個學校、各路口的廣告看板上，正是繁星補習班！

那後座的女孩爲什麼要躲藏？

鬼使神差的，她竟尾隨了那輛車子，直到車子滑進了汽車旅館。

第六章

補教名師

男人仔細的將房門上鎖，他長舒了口氣，儘管外頭聲音嘈雜，但不會有人敢來打擾他！他打開書桌下方上鎖的抽屜，再從裡面拿出一匣帶鎖的方盒，好整以暇的擱在桌上。

回身在下層書架的頂端，找到密藏的鑰匙，一道密碼鎖加一道鑰匙鎖，開啓的是極珍貴的寶物。

將鎖放到一旁，雙手小心翼翼的開盒前，男人還煞有其事的做了一個深呼吸，最終開啓了他的寶箱。

箱子裡是折疊整齊、各種顏色的布，上頭還有另一個夾鏈袋，裡面放置一綹長髮以及照片。男人端詳著照片，再從袋中取出黑色長髮，湊到鼻尖嗅聞……這香氣多令人懷念，他眞的太喜歡這個髮香，不枉送她這牌的洗髮精。

接著，他再抽起盒子裡的布，那其實是內褲，純綿材質，樸素可愛，明明與性感毫無關聯，卻總是令他心動不已！抓著內褲用力的埋入，這氣味他一輩子都不會忘記，他珍貴的寶物啊！

「妳爲什麼會想不開呢？茹茵？」江偉毅惋惜的撫摸著盒裡的照片，「我本來以爲妳就要回到我身邊了！」

好不容易從青澀要到成熟了，他都還來不及享受成熟的軀體，她居然就這樣死了？而且還用了那麼激烈的死法！

他知道她自殺後的確心慌意亂，他擔心她是不是有留下什麼指證他的遺書，但想想他好歹洗腦了她三年，告訴她一旦事情爆露，世人將再也看不見她的努力與優秀，只會記得她是個骯髒、為了成績不擇手段、還介入老師家庭的女人！她可以不在乎，但還有父母，他們會丟臉社死，在社會上抬不起頭，被這小城的人指指點點。

年紀越小的綿羊越乖順聽話，越好調教，這點他對自己還是頗有自信的。雖然他的「寶貝學生」不只有一個，但吳茹茵是最棒的一個，她的離去叫他異常不捨……但是死去便死去了，他得找下一隻羊，年輕的身體太美好，嘗過一次就難以忘懷，他現在有好幾個候補人選，只是在猶豫要選誰——

是一樣從青澀的國中生開始選？還是已經發育的高中女孩？

他占有吳茹茵便是她國一時，嫩到可以掐出水的年紀，緊實得令人難以自拔，還有那不懂人事的淚水，聽話順從的可憐模樣，每個模樣都令人愛不釋手！不過S高中的李百欣長得實在也很漂亮，她是那種英氣美，早熟且發育得極好，他也想要讓那樣帶著強勢的女孩臣服在他身下，為他呻吟的瞬間，是他最滿足的時刻。

不急，慢慢來！為了成績，這些女孩終究會落入他的手掌心；再者，她們的父母也會爭先恐後的把她們送過來。

瞧瞧他跟吳茹茵的合作無間，他們可是蔚爲美談的名師高徒啊！不僅出現在繁星補習班的看板上，還有各校校刊，他教出來的學生，多令人驕傲——於公於私，他們的「契合」程度大家根本無從想像！

只是他萬萬想不到，一向聽話的茹茵，居然會自殺啊！

「怎麼這麼傻呢？老師能讓妳上D大的！」他看著照片，回想著女孩光滑的身體、性感的呻吟，下腹便一股燥熱，忍不住有了反應。

拉下褲子拉鍊，他正準備「睹物思人」之際，門口突然傳來敲門聲。

這瞬間讓江偉毅驚嚇不已，慌亂的站起，趕緊將吳茹茵的內褲等物品胡亂塞回盒子裡，蓋上盒子塞回抽屜中，正首卻見到桌上的鑰匙與鎖，連忙打開一旁的抽屜全給掃了進去。

「什麼事？」忙亂中故作鎮靜，他嚴肅的往外回著。

「江老師，我有點問題想請教您。」嬌甜的女孩聲音傳來，悅耳得很。

「等等。」他趕緊整理服裝儀容，唉，拉鍊！

趕忙將拉鍊拉妥，再三確認桌上沒有任何遺留的破綻後，終於走上前開了門。

門外站著一個纖細高眺的女孩，看制服是M高中的，她恭敬的頷首，不敢直視他的別開眼神。

哇……他怎麼沒印象補習班有這麼漂亮的女生？

「什麼事嗎？」他轉身走入辦公室，想要再多看看這美少女。

坐回位子上，女孩怯生生的站到桌前，手裡抱著一個資料夾，長髮披肩，膚白若雪，而且她還有一雙上挑的大眼，是五官深邃的美人胚子！

「我想……進老師的專修班。」女孩主動把資料夾遞上前，「我是爲了考上好大學來的，但是櫃檯跟我說，老師的專修班是挑人的，成績必須在各校前十才有機會！」

江偉毅拿過了文件夾，還沒打開就搖了搖頭，「沒錯，我是要讓認眞的孩子精益求精的……我話說在前頭，單就妳是M高中這件事來說，有一定的困難。」

因爲M高中不只是在這一區，而是附近幾個區裡眾所皆知的爛學校，不必考試都能入學，學生都是愛玩不愛唸書的類型，只要學費到位，人人皆可畢業。

「我知道大家對我們學校的看法是什麼，我也不否認我之前不愛唸書，所以才唸這所，但是——我現在想要發奮圖強，我要考上最好的大學！」女孩熠熠有光的雙眼，讓她看起來更美豔了。

江偉毅不作聲，先看看她的入學成績還有日常分數，高二，她的確是該校前十名，但那種學校的前十名，連一般高中的前一百名都比不上。

「原因不單純吧？」他直接道出。

只見少女囁囁嚅嚅，一臉被看穿的臉，尷尬得不知如何是好，「我、那個……」

「不管什麼原因，想上進都是好事。」江偉毅突然溫柔的爲她解危，「但是妳有那個決心嗎？如果是爲了男友，萬一你們中途一分手，就不會想考大學了。」

「不會的！我一定要考上，他並不知道我喜歡他！」女孩情急之下脫口而出，又發現失言而羞紅了臉，「就……我、我想跟他考同一所學校，再、再跟他表白。」

噢，年輕眞好，如此天眞。

少女縮起雙肩，互絞雙手的動作反而擠得胸前的雙峰更加突兀，女孩的身材是絕頂的！豐胸細腰大長腿，任何一處都是能讓男人目不轉睛的！尤其她制服穿得極爲緊身，制服襯衫扣子都快迸開了，裙子又折得極短，毫不吝嗇的露出一雙美腿。

「妳程度不高，要追上會很困難。」江偉毅有一說一，「想要進入專修班，基本水準得到才行。」

「啊……老師！拜託！我是慕名而來的！你是江偉毅啊！是那種可以讓普通學生都考上S高中的名師啊！」女孩情急的拜託，人都九十度鞠躬了，「拜託您，我一定會很努力的，您的要求我都能做到！」

她前兩個扣子都沒有扣。

江偉毅直勾勾看著彎腰鞠躬的少女，其實她在說什麼他都聽不進去了，他只覺空氣好香，她的酥胸看起來白皙柔軟，還有那雙腿，如果能被那雙腿勾著的話……天哪！冷靜！

感受到下腹又開始灼熱，江偉毅逼迫自己專心，但是他滿腦子卻忍不住想像占有眼前少女的模樣！

「有的事，不是努力就一定能成功的。」他最終還是先把專業放在前頭，「這是為妳好，妳根本趕不上的。」

少女倏地抬頭，滿眼的不依，她焦急的驅前，竟動手拉住了江偉毅的手！

「老師，拜託！你不給我機會你怎麼知道呢？說不定我一下子就可以趕上大家的進度！我只是不愛念書，不代表我不會唸書！」

她撒嬌般的說著，雙手拉住江偉毅的手左搖右晃，導致他情難自抑的移不開視線，跟著眼前那雪白雙峰一起左搖右晃……少女突地停止動作，她注意到老師的視線，低首看向自己的豪乳。

「啊……妳別亂來！」江偉毅即時拉回理智，先聲奪人，還抽回自己的手，「出去吧！妳這樣大家會誤會的，讓我再考慮一下……」

女孩凝視著江偉毅，咬了咬唇，失落的往門口走去。

忍住啊！江偉毅不停告訴自己，他的慾望勃發，竟然被這樣的少女撩撥至此！微瞄到桌上的文件，才發現女孩忘了帶走她的成績資料。

「等等，妳的東西……」

喀噠。

餘音未落，門口便傳來上鎖聲。

江偉毅正在收拾文件裡的東西，卻發現少女非但沒有離開，還把他辦公室的門鎖上了。

「妳做什麼?」他竟喉頭一緊。

「沒有人看到我進來的，我甚至不是這間補習班的學生。」她走向了江偉毅，繞過辦公桌，終至來到他身邊，「而且你門口貼著『請勿打擾』，大家都知道，你鎖門掛牌後不能吵你。」

女孩站在他面前，伸手就能觸及，但江偉毅仍舊維持最後一分理智。

「別鬧，出去。」

「我說了，做什麼我都願意的，我會非常非常努力。」女孩刻意彎低了身子，再次展現那誘人的身材，「只要老師幫我，我什麼都願意。」

「我說了！別鬧！」江偉毅生氣的把她的文件掃掉，「出去！」

數張紙落在她面前，女孩嚇得微縮了身子，低頭望著一地的紙張，頹然的轉過身，就這麼背對了江偉毅；然而她並沒有蹲下來、而是選擇直接彎腰拾撿！

天哪！這樣的姿勢，讓已經夠短的裙子根本無法遮掩什麼，渾圓的臀部與內褲，就這麼直接的呈現在江偉毅的眼前。

如果他是個正人君子，應該要立即站起，喝斥這位學生，要她不許再把裙子折成這麼短，並且立即將她趕出辦公室。

不，如果他眞的是正人君子，他根本不會允許自己與女學生單獨相處還鎖門了。

他伸手罩住了少女臀部，少女因驚嚇自喉間發一聲令人心癢的細叫聲。

「啊……老師！」少女轉過身，滿臉通紅，羞赧的望著他，這才一邊尷尬的扯著裙子，像是想把裙子扯長點似的。

這嬌羞的模樣，只是引得人慾望大發。

「妳穿得太短了……學校允許妳們這樣穿嗎？」江偉毅一臉嚴肅的說，「在我的班上，有些規矩妳得要守！」

少女喜出望外，「老師意思是，可以收我嗎？」

江偉毅擰眉，狀若深思，少女竟二話不說跪了下來，雙手還放上他的大腿上，「老師，我什麼都願意的，不管你教什麼、你訂什麼規矩，我都能做到！我只求讓我考上D大。」

江偉毅低首看著她，這個角度，只讓他看見酥胸呼之欲出，「妳眞的會聽話？」

「一定會！您說的我都會照做！」少女欺得更前，竟擠進了他的大腿之間。

江偉毅貼緊椅背，但心跳加速，血液也在奔騰。

「師父引……引進門，修行在個人。」他強忍著慾望，一字一字的說，「我就算讓妳進來，妳也得認眞才行，不能靠、靠這些……」

旁門左道？

少女突然笑了起來，雙手冷不防地竟直接覆在了他的炙熱之上。

「那得先引進門對吧？」少女動手拉下了他的拉鍊，「老師這方面也要指導我，看看我哪裡做得不對！」

不該這樣的！太過主動的學生眞的沒有意思……但是……啊！江偉毅幾乎在被碰觸的瞬間就失去了理智，這個女孩太有魅力了！

少女悄悄瞥了沉醉中的江偉毅一眼，她的雙眼，閃過了一絲金黃色的光芒。

哼，人類哪……

杜書綸操控的空拍機沒有幾秒就被發現了，眼看著警方拿起芒草地裡的石頭就朝空拍機扔來，他也無動於衷，再飛高一點，拍得廣一些，能抓到幾張高清特寫照更好！

畫面是同步傳回的，他再回神時，空拍機已斷線，看來已被擊落。沒關係，他要的畫面已經到手了。

那天晚上的命案現場當然很令人震撼作噁，但想起性侵變態已經伏誅，感覺又舒坦了些，只是有件事他挺介意的，便是那些被壓斷的芒草堆；原本是想找到受害女生，但一路走過去，他看見地上許多芒草都已經被壓扁，而且是焦黑一片，死死的壓入土裡的地步。

今天如果是變態在那兒性侵女孩或是殺了她們，絕對會壓倒芒草，但不會壓扁得那麼徹底……而且，作案時應該是一個區塊的壓地，而不是「線狀」。

他看到好幾處是線狀就算了，還間隔一段距離就有別的形狀，昨晚很暗，但手機的手電筒亮得很，他怎麼看都直覺浮現「麥田圈」。

麥田圈圖案通常是在一夜之間形成的，而且圖案複雜，麥桿還會全數被壓平，跟他在芒草原裡看見的太相似。

手在滑鼠上點著，他急忙看著錄回來的影像，空拍機自家裡出發，飛過了馬路，來到大草原，停在路邊的警車有好幾部，芒草原裡的凹陷處就是空地，警方在那兒拉起封鎖線，勘查命案現場。

啊！杜書綸瞪圓雙眼，他終於看見全貌了。

「我就知道我沒想錯！」他趕緊另存新檔，然後急著把影片發送出去，「在這之前還得要……」

他起身朝旁邊的架子裡翻動，他記得他有一本畫冊就在這裡的啊，哪邊、哪邊……找到！他喜出望外的翻出了一本Ａ４的空白畫冊，再拿出炭筆，準備調動那晚黑暗中的記憶。

「杜、書、綸！」樓下傳來了磅磅磅的足音，老媽的腳步重到有一天會把樓梯拆了。

「幹什麼？」他回應著，第一時間把電腦螢幕關掉，畫冊擱到一旁，塞進隨手的書架裡。

足音來到門口，在避免門板被敲壞前，他趕緊先拉開門，一開門就迎上母親的一臉怒色。

「你爸剛剛傳訊給我，說警方在現場擊落一台空拍機，是不是你？」

爸爸跑去現場看熱鬧了嗎？杜書綸平靜的歪了頭，「好奇怪，爲什麼那邊發現空拍機，會覺得跟我有關係啊？」

女人沒說話，只是用一雙銳利眼睛瞪著他，「不要讓我去清點你倉庫的空拍機。」

「請。」杜書綸大方得很，因爲他有另一批私藏的空拍機，是放在床底下的，那都是他最親愛的姐姐偷偷買給他的，才不會傻到放在地下室呢！

結果，杜媽直接推開杜書綸，逕往房間裡走，這讓杜書綸嚇傻了，急忙拉住了母親。

「媽媽媽，我親愛偉大的母親大人，倉庫在地下室啊！」

「你姐是慣壞你了是吧？有求必應是吧？」杜媽瞥向床底，「要我蹲下去拿，還是你自己拿？」

唉，杜書綸立即高舉雙手做投降狀，他跟姐姐再厲害，還是逃不過母親大人的法眼！

「對對對！那台我的，我爲了查點東西啦！」他立即變成撒嬌模式，「我就……覺得有點怪怪的，我想自己查點事。」

杜媽狐疑的睨著他，「你幾歲？你警察嗎？查什麼案？我眞的應該把你扔去學校，不該讓你自學！」

「你看籬笆明明被燒成那樣，卻只有尖端被燒，不覺得奇怪嗎？」杜書綸提出了自己的疑問，「而且啊，珈珈她說……」

「喔，好。」杜媽突然點頭，轉身往房外走去。

啊？嗄？這驚喜來得未免太快，杜書綸錯愕的跟著母親往外走去，媽媽乾脆得讓他心驚膽顫耶！

「你可得好好保護珈珈。」杜媽在門口時，不由得轉過身語重心長，「她從小就沒了媽媽，之前又遇到那些事，你是哥哥，必須好好保護她。」

原來是因爲扯到聶泓珈喔！她眞的是超強護身符耶！他老覺得只要聶爸點頭，爸媽會立刻把聶泓珈拉回家裡當女兒！

「她應該是不會有事啦！但她的確也感應到了一些很難解釋的事，所以我才會……」

「不必解釋，總之，她是女孩子，你要保護妹妹。」

杜書綸很不想在這時吐嘈，但是這句話眞的太離譜了！

「媽，妳知道聶泓珈單手可以把我拎起來嗎？」他沒好氣的說著，光這體型差，誰保護誰啊？

杜媽雙眼立即迸出殺氣，叫他閉嘴不許亂說，然後就砰砰砰砰的轉身下樓了。

反正媽默許了就好！杜書綸趕緊衝回房間，發現照片已傳過去，訊息窗那頭的人明明已讀，怎麼沒反應呢？

焦急等待時，手機直接響起，上面顯示：「學校教學組」。

「我說有必要嗎？我們是自家人聊天！還搞個……」

「你那圖哪裡來的？」對面的口吻卻相當嚴厲。

「命案現場，我們這裡最近有性侵殺人案，昨天凶手被殺了，我跟珈珈是第一發現者。」杜書綸倒也正經起來，「就在大草原那邊，芒草有些奇怪，果然像極了麥田圈。」

「……這不像麥田圈，那像是魔法陣啊！」

「我知道，但是——我們這裡怎麼會有魔法陣？而且妳說麥田圈疑似外星人算了，那這魔法陣難道是什麼小仙女或是……」

「惡魔。」

電話傳來的聲音讓杜書綸一凜，他腦海裡浮現一個令他很在意的畫面，他擱在桌上的手背汗毛直豎。

「妳不要一本正經的嚇我。」他沉著聲音回應，但其實都沒人在開玩笑。

「如果是撞邪我還能找廟應付一下，現在又是魔法陣又是惡魔的，我要去教堂找人嗎？」

「我來找人。」對方深吸了一口氣，「你自己小心一點，沒事不要去惹事！」

「……妳找誰？哇，姐，妳人脈廣到連魔法陣達人都認識喔？」

「也不算，我只是剛好認識對惡魔有點瞭解的人而已。」

「甜樂珮！」

張國恩大聲在教室後面刻意喊著楊芝珮的網路名，她明顯的顫了一下身子，正握著書包的手掐得用力。

「妳最近怎麼都沒有直播或是拍影片了？」他一路滑到她身邊，誠懇的說著，「我喜歡聽妳唱歌耶！」

好幾個同學都緊張的站了起來，張國恩真的太中二了吧！他是故意嘲諷？還是認真的在期待楊芝珮直播啊？

她之前蹭吳茹茵的自殺案已經被黑得很慘了，就算現在班上也很多人不待見她，除了因爲她是網紅加藝人外，平常的所作所爲有點囂張、動輒直播也爲人垢病，現在一犯錯，就是牆倒眾人推啊！

人人跟著落井下石，反正網暴千千萬萬，也沒人會被處罰。

楊芝珮惡狠狠的瞪向張國恩，「你夠了沒？」

「啊？」張國恩被這一瞪嚇到了，「我、怎麼了嗎？我只是很久沒有……」

「張國恩！」受不了的李百欣出了聲，「你別鬧她！」

「鬧她？我沒有！」張國恩好無辜的回頭看向李百欣，「妳也知道啊，我之前就很關注……」

噓！李百欣比了個噓，這傢伙怎麼能這麼白目呢？雖然她也很討厭楊芝珮的網紅做派，更討厭她利用同學死亡蹭流量，但也沒有想網暴她的意思。

她叫張國恩過來，低語叫他少講兩句，楊芝珮需要低調啊！現在事情好不容易沉了點下去，矛頭都指向學校跟吳茹茵的父母了，他何必哪壺不開提哪壺？

「妳臉色很差妳知道嗎？」附近的周凱婷突然出了聲，「黑眼圈很重，還瘦很多。」

楊芝珮喉頭緊窒，別過視線，「不關妳的事！」

「當然不關我的事啊！我怎麼會在意一個蹭我好朋友死亡的網紅？」周凱婷說話倒也不客氣，班上同學詫異的交換眼神：該阻止嗎？

正在收書包的聶泓珈看著前方熟悉的情況，才開學一個多月就開始分派吵架了嗎？眞快啊……還是得當透明人才可以撐過三年吧？

楊芝珮氣急敗壞的起身，椅子向後推的聲音超大，她冷然的把東西扔進書包，這些天天只知道上學放學的幸福人們，有誰知道她現在過的什麼日子？

「但吳茹茵畢竟不是妳殺的，妳好歹是個藝人，注意一下外貌吧！」周凱婷突然攔住她，遞出了一瓶能量C飲料，「振作一點，這樣就被網路留言打倒，還想當什麼藝人！」

嗯？同學們個個面面相覷，這是哪門子刀子口豆腐心的現場演練啊？婁承穎忍不住泛出微笑，雖然是吳茹茵要好的同學，但幸好周凱婷還算是理智派的。

楊芝珮卻呆住了，周凱婷直接抓起她的手便塞了進去，轉身揹起書包就走。而楊芝珮卻看著手裡的能量飲，無法言說的委屈頓時湧出，豆大的淚水奪眶，大滴大滴的往地上掉！

唉唉，怎麼突然哭起來了？張國恩從李百欣桌邊抓過衛生紙就往前衝，整包遞給了哭泣中的楊芝珮。

她看了他一眼，哭得視線都已模糊，並沒有接過衛生紙，而是緊抓著書包轉身就走——她已經沒有回頭路了！

聶泓珈朝右望著後門，直到看到楊芝珮疾步奔離，她一直沒注意到，楊芝珮整個白色制服上全部都是黑手印！

「她委屈什麼啊！那是因為吳茹茵不能說話了，否則該委屈的是她吧！」

「裝模作樣！」

班上果然還是有許多人並不喜歡楊芝珮，就算上週班會她主動跟大家道歉，並保證以後不會隨意拍攝同學，但買帳的人並不多，只怕這氣氛得維持三年了。

「好了啦！她就算有犯什麼錯，也沒必要這樣吧？好像你們都不會犯錯似的！」婁承穎直接開口，「大家都是同學，吳茹茵也不是因她而死，得饒人處且饒人啊！」

幾個女生回頭瞪了婁承穎一眼，冷哼一聲，嗤之以鼻的起身離開，只用白眼給予回應，走出教室時還可以聽見她們笑著說：「男聖母。」

聶泓珈有點緊張，班上要分成挺楊派跟厭楊派了嗎？婁承穎一轉眼就變成男聖母，可能接下來周凱婷也會變成其中一員。小心啊，一定要格外小心，她絕不站任何一派。

「婁承穎，今天你要去補習嗎？」聶泓珈拉回他的注意力。

「哇，妳怎麼關心我？」

「我想去繁星補習班看看。」聶泓珈面無表情的起身，「你順便帶我去吧！」

婁承穎更傻了，「妳要去繁星補習？妳？」

這有什麼好吃驚的！聶泓珈不想做多餘的回應，她已經揹好書包，準備去旁聽一堂。

「妳怎麼突然要補習？繁星可能沒多餘的位置了耶！」李百欣替她緊張的走來，「妳本來在哪裡補的？」

「……就是想去看看有多好。」這是個好理由，聶泓珈點了點頭。

「好啊，乾脆一起走！」婁承穎倒是乾脆，一起去補習班也很熱鬧，「補習班附近有家炸花枝圈超好吃的。」

李百欣連忙搖頭，「我最近請假，我沒要去……」

「爲什麼？最近請假的人很多耶！」婁承穎嘶了聲，「是因爲那、個嗎？」

「你們沒聽到傳言嗎？」斜前方的劉潔欣突然回頭，一臉嚴肅，「繁星好像鬧鬼啊！」

鬧鬼！聶泓珈悄悄倒抽了一口氣，緊了緊拳。

李百欣趕緊使眼色，「噓！別這麼大聲！」

「大家都知道了，群裡很多人在講啊！」劉潔欣擰起眉，「我這幾天都不敢待太晚，而且完全不敢走樓梯！」

婁承穎倒是沉默，他很早就覺得有問題，但是他卻沒實際遇見，「我才想說爲什麼連單科科目的人都變少了！」

「很多人遇到啊，教室、廁所、樓梯間，連電梯都有咧！」一直好像在狀況外的張國恩突然補充說明，「我今天在福利社才聽到一堆人在講，還說喔……」

李百欣突然用手肘頂了張國恩一下，示意他閉嘴，有些事不能亂說的！聶泓珈留意到了這小舉動，李百欣跟張國恩聽說也是一起長大的，張國恩功課其實很差，他是體育保送生。

大條、中二率直，但其實人還挺好的。

「要不是我媽不准我不去，我也不想！」劉潔欣沒好氣的把椅子歸位，「我先走了。」

她頷了首逕自先走，大家不那麼熟，所以硬要湊在一起走也太刻意。

這些事倒是沒有讓聶泓珈打退堂鼓，因爲她就是想去那間繁星補習班看看，順便去看一下那位名師。

「走吧。」聶泓珈別過頭，朝著教室外走去。

她會說的，只是想用她的方式說。

第七章 性掠食者

男人一陣歡愉的顫動後，從她身上翻了下來，少女望著天花板，天花板、牆上全是鏡子，映照著她與男人苟合的所有畫面，還有她衣衫凌亂的制服；她坐起身子，怯懦地把制服拉妥，蓋上裙子，遮掩著外露的春光。

「妳有新工作了喔！」男人在廁所裡說著，「而且也要準備錄專輯。」

「咦？」楊芝珮微怔，她以為聽錯了。

建哥探頭而出，「怎麼？不高興嗎？」

「不是，我沒聽清楚……」楊芝珮相當吃驚，「我有工作了嗎？」

「當然，現在風向不是已經變了！多虧那個周呈凡，她現在著力點都在妳同學的爸媽身上，因為吳茹茵自殺前晚在家裡發生過什麼事，他爸媽說詞對不上！」建哥非常感謝記者，「但是妳的名氣已經打開，雖然是黑紅，可是至少很多人認識妳了！也證實了事情跟妳無關，接下來公司對妳會有有一連串的計畫。」

楊芝珮掐緊了制服，既然她已經擺脫風向跟嫌疑了，那、那是不是可以不用再做這種事了？

「綜藝、錄歌，還要抽空上表演班！必須加強演技。」建哥的聲音被水聲淹沒，他已進入乾濕分離的淋浴間洗澡了。

楊芝珮趕緊下床，為了這些工作、為了轉移風向，她付出了多大的代價？現在建哥私底下要如何摸她，她都無法反抗，一聲令下她就得交出自己的身體，除了生理期外，她幾乎沒有一天是休息的。

事情是怎麼開始的她自己也很清楚，她每天都在掙扎幻想，如果回到那天，她是不是能反抗建哥？她能不能大聲的說不要？

而不是在建哥揉捏她的胸部、對她亂摸、甚至伸出舌頭時，選擇一動也不動的任他恣意妄爲。

她是不想的！她是覺得噁心的！她一點都不想被碰！

——但是，她現在卻每天都在做這件事。

她每天每天都覺得自己好骯髒！

但她只能說服自己，因爲建哥掌握了她的演藝事業，一旦得罪建哥，她將什麼都沒有！而且記者把她塑造成太妹，以霸凌他人爲樂的太妹，她太想擺脫那樣的困境，只有靠建哥才做得到……所以這算是交換條件吧！建哥說喜歡她的，他們在一起後，他就會更「疼」她。

「換妳去洗！」建哥很快的洗好澡出來，「餓了沒？來點東西吃！」

楊芝珮依舊會羞赧的遮掩身子，建哥喜歡她這樣害羞的舉動，在擦身而過時刻意的捏了她的臀部！

「別！」她嚇得跳起來，卻轉眼被建哥的臂彎勾住！「建哥！」

「裝什麼!我們都什麼關係了!」建哥咬了她的耳朵，又引起她的顫抖，笑著放手讓她去洗澡，「好了，快洗!等等換上這套!」

建哥指向椅子上的袋子，楊芝珮看著那袋子心頭一驚:還沒完?

「我今天……不太……」

「想吃什麼?我叫外賣!」建哥根本沒在聽她說話，楊芝珮揪著衣服，回首悲傷的看著滑手機的建哥。

她該說的!現在就說，感謝建哥幫我，但是這種事她不想做了!

「建哥，我……」楊芝珮咬著唇，深呼吸，「我們以後可不可以不要再、再這樣了?」

背對她的男人有明顯的一頓，接著緩緩回頭，楊芝珮嚇得發抖，建哥扳起臉的嚴肅模樣，讓她打從心底恐懼!

「不要鬧脾氣，事到如今了，在說什麼傻話!」建哥狀似輕鬆的笑著，但眼神裡是不容她反駁的冷漠。

他朝著楊芝珮走去。

女孩嚇得直覺往後退，卻撞上了浴室的門框……然後她便不敢再往後退了。

「我是覺得，我……我……」

「妳在怕什麼呢?現在沒有人罵妳了，我還幫妳安排了這麼多工作，我是不是跟妳說過，妳要對自己有信心，妳一定能紅的！」建哥撫摸著她細滑的臉頰，「哭什麼！我們要合作無間啊！一切我幫妳安排好了，按部就班，絕對能大紅大紫！」

楊芝珮無力反抗，她抬起頭，那梨花帶淚的模樣叫人心生愛憐，建哥情不禁的又吻了上去。

「妳懂吧？沒有我，妳怎麼辦呢？」建哥溫柔的說著，「妳要做的只有聽話照做，懂嗎？」

「可是，我……」

「不要任性！珮珮！」建哥的聲音突然沉了幾個分貝，「做一樣的事情，妳要一無所有？還是想在鎂光燈下？」

不！她就是不想做這樣的事啊！

看著她瑟瑟顫抖的身子，建哥也有點憐惜，直接將她摟入懷中，給予紮實的擁抱，「我知道，我也不喜歡把妳分享給別人！但要轉移風向，就必須靠警察的幫忙，等這陣子風頭全過了，我就不讓他再碰妳，好嗎？」

不！她不希望任何人碰她！也包括建哥！

「快洗好，先吃點東西，王組長一個小時後就來了。」建哥抓起椅子上的袋子塞給她，一邊推她進浴室。

袋子裡一定又是性感ＳＭ內衣，那個王組長是個性虐狂……而且建哥都是騙她的，什麼捨不得分享？有多少次她必須一次應付他們兩個人！

關上浴室的瞬間，楊芝珮痛苦的放聲大哭，但卻只能無聲。

她趴在門板上，歇斯底里的做著無聲哭號，手抓著門板卻連搥打都不敢，只能狼狽的滑坐在地。

爲什麼爲什麼啊啊啊……這種日子什麼時候會到頭？

而且就算現在她用身體交換事業，等到未來即便她眞的闖出一片天了，是不是建哥永遠都能對她予取予求？她連想逃離他都成爲奢望，因爲他有她的裸照，還有那些不堪入目的影片！

救命……救命啊！

楊芝珮絕望的趴在地上，咬著自己的制服不敢哭出聲，誰來救救她啊啊啊啊！

少女曼妙的胴體呈現在自己面前，不管看幾次，他都覺得女人是造物主最美的作品。

楊芝珮穿戴上ＳＭ屬性的性感皮衣，說是衣服卻僅僅只是幾條帶子遮住重點部位而已，雙手被縛在後，頸子上項圈正被扯動，她知道接下來她又要遭受一輪折騰了！爸媽都以爲她在接受各種演藝特訓，把她交給建哥就好，而她不敢聲張，多怕跟爸媽說了之後，他們會以她爲恥，因爲她就像個妓女一樣！

建哥也說過，事情一旦曝光，爸媽的工作一樣會受到影響，大家都會對他們指指點點，知道他們有個出賣身體的女兒，因爲他還會把她的裸照跟性愛影片都發布到網路上，到時連爸媽的同事們也會見過她的……

好可怕！她覺得從那天起，她就已經墮入了地獄當中！

「可愛的甜樂珮，想我嗎？」王組長爬上她的身體，大手任意撫摸著，「我幫了妳多大的忙，妳知道吧？」

趴在床上的楊芝珮咬著唇，對每一個觸碰都感受到噁心異常，但是她就是刀俎上的魚肉，只能任人宰割！

建哥則坐在一旁，像欣賞現場直播般的看著他們，總是這樣的，嘴上說著是保護她，但等等他們就會輪番的折磨她……直到她帶著全身傷回家，媽媽還會覺得這是她努力練習表演的辛勞。

「已經沒人在怪妳了對吧？好好感謝我是妳該做的，好好給點反應啊！」王組長不客氣的一鞭打在女孩光裸的背上，「叫大聲一點！」

不要！不要不要不要！楊芝珮屈辱般的在內心吶喊，我不要！

啪！又一掌拍下去，少女的身體震抖著，王組長得意的朝她臀部鞭去，他知道這女孩不情願，但就是這樣的征服才顯更令人血脈賁張！

「叫啊！」他趴在她身子上方，附耳說著，「再不叫只有苦頭吃喔！」邊說，他撫摸了滑嫩的肩膀……然後摸下了一大塊血肉。

「哇！」王組長瞬間向後彈，跌坐在床，只見肉塊竟從楊芝珮肩頭滑落，染了他一手腥紅！「搞什麼！」

「王組長？」建哥狐疑的起了身，這是怎麼回事？珮珮趴在床上好端端的，王組長反應爲什麼這麼大？

「她的肩膀……」王組長回頭看向建哥，「她肩膀受傷了！」

王組長一邊喊，一邊正首指向楊芝珮，她正側臉趴在床上，雙眼淚水打轉，但肩膀完好如初。來到床邊的建哥被搞迷糊了，他刻意上床撥開楊芝珮擋住肩頭的長髮，沒事啊！

王組長望向自己乾淨的手，可是他剛剛眞的看見……他緊擰起眉，房間裡的燈快速的閃了一下，身爲警察的他還是敏銳的察覺到這裡不對勁！

他已經全然無性致，轉身下床就要著裝。

「王哥，這是怎麼回事？」建哥相當緊張，畢竟平時王組長可是對楊芝珮愛不釋手的。

「沒心情了。」他穿上內褲，回頭又瞥了楊芝珮一眼，她已經起了身跪坐在床上，雙手依舊被縛在後，低垂著頭瑟瑟顫抖。

「這麼快就要走了？」楊芝珮突然仰起頭，看向了天花板的鏡子，「您還沒懲罰我呢！」

哇！這邊建哥才在讚嘆楊芝珮的主動懂事，一旁的王組長卻是跟著抬頭往天花板的鏡子看去——床上的哪是美麗靈動的少女，而是一個全身腐爛的女鬼！

「哇啊！」王組長這次嚇得直接向後欲跑，結果後方是椅子，一絆就給跌上位子了。

建哥被這氣氛搞得慌亂，他也抬頭看向鏡子，看見的卻是已經自動解綁、正在撫著手腕的楊芝珮……咦？她怎麼解開束縛的？

「珮珮，妳的皮帶……」建哥即刻看向楊芝珮，她被綁的道具，是不可能自己解開的啊！他才在困惑，就看見她腳旁的皮帶環，是被撕開的。

那種皮帶環撕得開嗎？建哥尚在詫異中，只見楊芝珮緩緩的朝床沿移動。

「站住！妳不許過來！」王組長驚恐的大喝著，下一刻竟手忙腳亂的操起了槍，「不許動！」

楊芝珮挺直上身，直挺挺的跪在床沿，她輕輕的撥動自己的長髮，雙眼帶著笑意看向他們，嘴角勾起一股撫媚，跟往時的楊芝珮完全不同，那個帶著青澀、恐懼與不甘願的少女，是不會有這種勾魂懾魄的神情的。

「怎麼了？不是要我開口求你嗎？組長……」楊芝珮一邊說，一邊自喉間發出呻吟聲，「你喜歡聽這樣的？還是說……我錯了？請你用力的懲罰我？」

珮珮？建哥狐疑的看著她，怎麼感覺不太一樣啊？但是現在更可怕的是，有槍口對著她啊！

「王哥，別開玩笑！這是槍啊……槍！」

「不要動！她……」王組長瞪著眼前妖媚的少女，那不像平常的女孩，她整個人都散發著詭異的氛圍。

楊芝珮微微歪著頭，嗤笑一般的微顫身子，然後從輕笑乃至於狂笑，「呵呵……哈哈哈哈……嘻嘻嘻……」

「妳笑什麼？妳是什麼東西!?」王組長大喝一聲，跟著將掛在胸前的護身符握了緊。

「大哥！別衝動啊，她是珮珮啊，你這樣……」建哥亂了，他轉向楊芝珮，「趴下！妳趴下……別笑了！楊芝珮！」

「她已經說不要了，你們沒聽見嗎——」楊芝珮倏地放聲咆哮，尖叫聲幾要刺穿人的耳膜！

「閉嘴！」建哥忽地上前，一巴掌揮向楊芝珮，她整個人被打飛掉下床，但隨著她跌落之際，房間內的燈泡竟眞的被她的音波震碎，玻璃迸裂伴隨著火花，讓房內陷入一片黑暗……然後緊急照明燈跟著亮起！

王組長拿著槍慌亂的左比右劃，等雙眼適應了周遭後，房內卻靜寂得不像話。

「沒事，大哥！沒事！」剛被嚇得蹲下身子的建哥還未回神，他趁機抓住了王組長的手，不讓槍管亂揮，「拜託你把槍放下！放下！」

王組長呼吸急促，房間裡都聽得見他的呼吸聲，他看著趴在地上昏過去的楊芝珮，指向了她。

「她瘋了嗎？人怎樣了？」

建哥趕緊到楊芝珮身邊，已經暈過去了，雖然黑暗中看不出來，但只怕臉頰明天會腫一大片吧……誰叫她突然發什麼瘋，王組長也奇怪，好端端的爲什麼會擎槍呢？

「我剛打得太用力了，暈了。」建哥皺起眉，「剛剛發生什麼事了？大哥，爲什麼要拿傢伙呢？」

王組長已經慌亂的穿起褲子，上衣連穿都懶得穿，直接抓起一堆衣服就要衝出去；門上緊急逃生燈散發著森幽的綠色光芒，讓整個房間的氣氛更加窒息。

「大哥！」建哥追著他想要個說法，雷厲風行的究竟是爲什麼？

門旁的鏡子映著正要開鎖的王組長，但即使再慌，他也沒忘記一個重點……他回身看向建哥，得有人幫他確認外頭沒有人，他再出去比較安全，即使這是汽車旅館也一樣，小心駛得萬年船。

「你，去看一下外——」王組長回首，叫建哥開門。

但就在他回頭的瞬間，卻看見一個人影直挺挺的從地面，像根棍子一樣彈站而起！

那個趴在地上、應該昏死的女孩，絲毫沒有任何遲緩或是手撐地，僵硬如冰般，直挺挺的從地板立了起來……那完全不可能是人類起身的方式，她就這麼背對著他們，站著。

一股惡寒竄遍全身，王組長衝向了一步之遙的門口，而建哥已經確定了外頭安全！

「滾開——」王組長粗暴的抓著建哥往後甩，就要奪門而出。

說時遲那時快，他的腳突然被什麼東西圈住，剎地一下就被往後拖離了門邊！他因此往前撲倒，重重撞上門板！建哥急忙的抱住他，同時間房間的門磅的關上！

兩個男人雙雙跌坐在地，建哥尚且丈二金剛摸不著頭腦，伸手摸索定神一瞧，才留意到王組長腳踝竟繫了一根繩子。

「哇啊——哇——」王組長接著驚恐的大叫，以手代腳的拼命往後挪！

建哥順著繩子往前看去，才看見背對著他們、站在那兒的楊芝珮……繩子的另一端，是從她長長的黑髮下拉出來的？

「珮……」建哥應該要問她有沒有事的，畢竟他剛下手太重，但是……相當瞭解楊芝珮的建哥現在覺得，眼前的少女似乎哪裡怪怪的。

『她說了不要，你們聽不見嗎？』少女緩緩的轉過了身，門上的青色逃生燈，剛好就照在她那死白的臉上。

她歪著的頭已經可以斷定脖子已斷，而繩子的另一端，是繫在她頭子上的。

而且，她不是珮珮！

「哇啊啊——」建哥終於知道該叫了！

斷頭少女渾身上下有著發紫腐敗的皮膚，隨著她前進的動作，肉泥啪噠啪噠的往下落，她伸手舉起一旁的椅子，一秒內折斷椅腳，咧開了嘴。

『我也喜歡玩懲罰遊戲的。』

她笑著，把椅子隨手拋到角落去。

建哥連滾帶爬的推開王組長，抓著門把死命要開門，但此時此刻的門，卻紋風不動，門把能轉，但就是打不開啊！

少女緩步走向了嚇到臉色蒼白的王組長，『繼續玩啊，換你們求饒了……』

他見過這個女孩。

這模樣、這吊死的頸骨斷裂，那新聞中未提及的死不瞑目，雙眼瞪圓睥睨一愍的恨意——這是那個資優生，吳茹茵啊！

他胡亂的抓起手裡的槍，「哇啊——滾開！妳滾——啊啊啊——」

砰！

砰——砰——砰——砰——砰——

槍聲？

聶泓珈驚愕的停下腳步，她正巧站在窗邊呼吸新鮮空氣，這補習班人數太多，場地太小，剛剛那間教室還沒窗戶，她有種缺氧的感覺。

不只是她，有許多學生都聽見了，那是種悶響，一共六聲。

「鞭炮嗎？這麼少？」

「對啊，沒後續啊？」

有人到窗邊探看，期待著哪兒會有煙花乍起。

是槍聲吧？聶泓珈很熟悉這種聲音，因為爸爸會去林子裡打獵啊，他們後面的森林其實是個保護區，範圍橫跨三個區，裡面也有許多野獸，爸爸跟杜爸都有獵人證，沒事兩個人會結伴去打獵或是捕魚。

槍枝不同，但那應該就是槍聲，這麼多發……她有點擔心，該不會有什麼匪徒或是惡性案件吧？

「李百欣又沒來嗎？」

「啊，江老師！她說身體不舒服，一直沒好，所以這週都請假。」

江偉毅！聶泓珈聽到關鍵字，立刻回身，她還以為今天碰不到這傳奇的名師了！

在吳茹茵的告別式上見過，也才一個星期而已，他一樣是那樣的溫文爾雅，一頭灰白頭髮，戴著金邊眼鏡，身高不高，體型略胖，凸著個肚子，頭頂禿得比較嚴重，髮型梳成條碼款，雖說就是個中年男人，但他的氣質倒是很突出。聰穎、有氣質，和善溫柔，但又不乏嚴厲，如此才會是補教名師。

跟她記憶中的一樣。

「是嗎？記得關心狀況。」江偉毅眼神充滿惋惜，但很快的注視遠方，又亮了起來，「那個……劉潔欣？」

咦？聶泓珈立刻轉向兩點鐘方向，在她看不到的右方走廊看來站了班上同學啊！只見江偉毅笑吟吟的朝她招手，接著劉潔欣便走出了人牆，進入聶泓珈的視線範圍。

她跟江偉毅距離三公尺而已，可以清楚的看見當劉潔欣靠近時，他的眼神明顯的是從上到下的打量。

其實他看得不露骨，但因為她有先入為主的想法，所以會格外觀察。

「我記得妳跟李百欣同班對吧？她怎麼生病了？有去學校嗎？」江偉毅關切的問。

這位劉潔欣稱不上美，但是她腿長又勻稱，每次看到也是會心癢……雖然他現在已經有個腿更長的「貼心學生」了。

「呃……她有去上學，但精神不太好。」劉潔欣其實被這問題問得錯愕，但她反應極快的謅著，「應該是這樣沒辦法來補習。」

「喔，好！那妳……轉告她，病好了趕快回來，趕不上進度的話，我可以額外幫她補上。」

「咦？」四周突然發出驚嘆聲，看來能被江偉毅特殊輔導，是大家夢寐以求的事。

劉潔欣也相當詫異，看著江偉毅轉身離去，不太情願的咬咬唇，旋即追了上。

「江老師！江老師！」她追上了江偉毅，「所以這是代表李百欣會進專修班嗎？那我也可以嗎？我成績跟她差不多，如果我下次也考進全校前十的話……」

「別、別急。」江偉毅溫和的笑著，「我相信妳考進前十本來就沒問題，至於李百欣……我覺得她資質不錯，可能是欠缺唸書方法，只是額外指導而已。」

「這也太好了吧！我也欠缺唸書方法啊，老師幹嘛不幫我？」

「江老師看學生很準的，記得那個吳茹茵嗎？她國一時成績也很差，誰都沒想到最後會是全區榜首啊！」

現場許多羨慕的討論聲起，真的很多人都想進專修班。

聶泓珈難掩不爽的暗自握拳，如果他們知道這個課程的上課地點，也包括汽車旅館的話，不知道會怎麼想？

「老師這幾天不是收了一個M高中的？那間有名的混學歷啊，結果老師居然讓她進了！」

「我知道那個女的！前幾天在補習班第一天看到她時，那個身材喔……裙子超短、胸部好大！」幾個男同學忍不住嘖嘖出聲，紛紛點頭，看來大家都注意到了。

「但隔天開始她就變得超低調的，聽說進專修班後，連那些學霸們都很驚訝！也聽說了程度真的超差。」

「說不定她就是下一個吳茹茵！」

「江老師！」

嬌甜的聲音突然在人群中傳來，左邊走廊裡走出一個高䠷纖細的女孩，她穿的正是M高中的制服，中規中矩的模樣，就像一般學生……但還是特別漂亮的那種。

「老師，我有些問題還不懂。」她輕輕說著，手上抱著一落習題。

「好，等等就幫妳補課。」江偉毅說著，卻連正眼都沒瞧她一眼，看上去道貌岸然。

女孩看起來有些羞澀，點點頭後轉身就又進入左邊走廊，那是江偉毅辦公室的地方；而江偉毅卻走向其他老師的公開辦公區，討論一些事項，直到告一段落後，江偉毅才朝自己辦公室走去。

補習班學生陸續放學，江偉毅一一對學生微笑道別，有幾個女孩瑟縮著身子偷瞄著他，被他意味深長的笑容嚇得更加緊張，焦急忙慌的離開；江偉毅正在忍耐，等學生都走光了，就是他跟新學生的獨處時間了。

小雨的身體眞的是極品，他喜歡這些年輕女孩，整個補習班有的是形形色色的女孩供他挑選，即使他最喜歡的是茹茵、關係最密切，但同時也不乏有其他不同女孩……但是，目前就沒有一個像小雨那樣，令他欲罷不能。

自從嘗過小雨之後，他幾乎無時無刻，都「興致高昂」，甚至連對劉潔欣那樣的女孩都會有感覺了！以前普通女孩他根本不會有慾望啊！

聶泓珈深吸了一口氣，盡可能從容的走上前去，她腳長，沒幾步就追上了正要進入辦公室的江偉毅。

「江老師！抱歉，耽誤您一分鐘。」

江偉毅強忍著滿身慾望，微笑的回頭，「什麼事？」

「我想請問您——關於吳茹茵的事。」

江偉毅難掩詫異的看向聶泓珈，他沒見過這個男孩，相當清秀，難道是吳茹茵的男友嗎？

「我跟她同班；同一個實驗小組，她曾經寫信給我，如果您有看新聞的話……」聶泓珈簡單的交代著，從江偉毅臉上讀出無限問號。

江偉毅一時無法理解，「等等……是新聞說到被隱瞞的最後一封信嗎？但我記得她是寫給班上女同學的！」

他當然知道這件事，對於吳茹茵生前竟然寫信給同學這件事，令他大吃一驚！但由於警方毫無動作，表示應該完全沒有人留意到他。

聶泓珈無奈的不知道該怎麼接話，翻白眼又不太禮貌，微笑會顯得自己很蠢，指正時態度還得要好，避免對方覺得尷尬……深呼吸。

「是，就是我。」她很努力的改變發聲方式了，遺憾聽起來就是低沉。

江偉毅愣了一下，他後退了一步，從上到下認眞的打量聶泓珈一遍，跟剛剛看劉潔欣是截然不同的方式，而是帶著震驚、震驚、再震驚。

「妳沒穿裙子。」江偉毅冒出了風馬牛不相及的話，「所以我一時沒認出來，抱歉……但我記得你們學校是不能這樣穿的？」

「因爲我如果穿裙子，被檢舉的次數會更多，會給學校帶來更多困擾，所以我有特權。」這的答案她講很多次了，說得語調輕鬆自然，「老師，我是來請問您，知道吳茹茵生前在補習班遭遇過什麼嗎？」

江偉毅眼神明顯閃過一絲震驚，但他依舊在打量她，而且是不太禮貌的那種，聶泓珈比江偉毅整整高出十五公分，平視的他，視線落在她無起伏的胸上。

「啊？什麼……什麼？」江偉毅假裝平靜的回應，這才抬頭看她。

女的？這是女的？這身高這體格還有骨架，伴隨著中性偏低的聲音，一頭短髮，方型的下頷角，英挺外貌，這誰看得出來是女生？

等等，她爲什麼來這裡問吳茹茵的事？

「我不明白妳問的問題，她在這裡會遇到什麼事嗎？」恢復理智的江偉毅腦子轉得飛速，「那封信我看過新聞揭示，也只是說有機會想跟妳交朋友。而且，妳爲什麼會來問我？」

「信上她用尖銳物寫上了文字，用鉛筆塗黑才看得出來，她寫著她恨補習班。」聶泓珈平靜的回應著，「這是我後來看到的，記者當然不清楚。」

是杜書綸看到的。

在他們目擊命案現場那天晚上，她睡在地板，杜書綸說想再看一次那封信時，因爲房間只點了小夜燈，昏黃燈下，他突然看到信紙邊緣有刻痕，而且寫得很小，繞著邊緣像裝飾。

因爲吳茹茵不停找她實在不合常理，杜書綸想找個原因，所以重新審視了那封信，塗黑後明顯的出現：妳為什麼沒說？

這也是吳茹茵的亡魂不停出現、重複，甚至用責備口吻對她說話。

江偉毅臉部肌肉緊繃，但還是維持老師的模樣，「很抱歉，我眞的聽不懂妳在說什麼，對於吳茹茵的離世我也很難過，對我而言，她就像我的女兒一樣……」

是嗎？聶泓珈暗暗握拳，你會跟你女兒上汽車旅館嗎？討論功課？還是討論人生？

江偉毅的辦公室在左方，聶泓珈知道剛剛那個漂亮的女孩正在等他，淡淡的影子從裡頭倒映在右邊牆上，來回走動著，似乎也在偷聽他們說話。

「我跟吳茹茵不熟，但我知道她應該個是相當聰明的人，留這個線索給我也讓我很疑惑。希望老師看看能不能想起什麼，正如您說的，她跟您女兒一樣，所以表示你們很親密。」聶泓珈意有所指的說著，在江偉毅準備反駁她的用詞前先行鞠躬，「如果您想到什麼，請務必告訴我。」

「哇哇哇——」身後突然傳來驚呼，「是甜樂珮！是甜樂珮！」

「甜樂珮在街上裸奔！就在對面！」

「咦咦——」補習班頓時炸成一鍋，原本還在問問題或聊天的學生，紛紛朝太平梯奔下。

該走了。聶泓珈直起身子，還想跟江偉毅再說句再見時，卻陡然僵住。他辦公室裡的人站得離門口更近了。

對方的影子已經清楚的倒映在白色的牆上，被拉得很長很長……聶泓珈下意識的後退，連再見都忘了說，幾乎是奪命而逃！

「老師？」她最後聽見的是嬌甜的女聲，那個小雨步了出來。

聶泓珈渾身冷汗的加入了在樓梯間疾走的看熱鬧人群，她一刻都不敢停留，也不敢往上看，因爲——剛剛映在牆上的影子，根本不是人！

那像個龐大的怪物！

第八章

無法解釋的現場

周呈凡都還沒靠近，就看到好幾個警察掩著嘴衝出房間到一旁嘔吐，還有人失控的哭嚎著，那場面讓外圍的記者們都沒敢舉起攝影機，人人嚴肅的互相交換眼神，這裡面是個怎樣的慘狀啊？

聽著警察們的對話，死者之一已確定是警察，剛剛有人崩潰的大喊學長，而另一個人身分未確定，但是單就剛剛被帶回警局的網紅「甜樂珮」所言，另一個應該是他的經紀人，建哥。

甜樂珮以幾近全裸的姿態出現在大街上時，引起了莫大騷動，她身上穿著SM的皮衣，那根本稱不上是衣服，連重點部位都遮不全，但引人注目的不是她的裸露，而是滿佈她全身上下的血跡。

她彷彿被人潑上紅漆似的，只是那不是油漆，因為鐵鏽味極重，那質地就是血……最可怕的是，她的指甲裡，還藏著人體組織。

她頹然的走在路上，雙眼完全失焦，看起來甚不正常，不管怎麼呼喚她，她都沒有反應，只是不停重複著一句話：「對不起建哥，對不起……王組長，我錯了……」

周呈凡問著攝影大哥現在的狀況，連跑新聞多年的大哥都表示，最好先按兵不動，尊重一下現場的死者。

遠處美妙的引擎聲傳來，一輛紫羅蘭色的跑車吸引了所有人的注意，接著一個甩尾，倏地就停在了案發現場那一棟汽旅前。

「別拍！千萬別拍！」有位警察趕緊上前，對著所有現場記者說，「這不是威脅！但我奉勸大家別拍，是爲了你們好。」

此言一出，反而讓記者們更加狐疑，剛補好口紅的周呈凡趕緊從車裡出來，這種威脅聽在她耳裡，就等於是「大新聞」！

副駕駛座的車門開啓，一個帶著大波浪的長髮女人，一身皮衣皮褲的勁裝下了車，晚上十點，她甚至還戴著墨鏡。

「這是誰？」周呈凡問著他社記者，看上去是個美女，但……她沒見過吧。

他社記者只能聳肩，他也眞不知道。

女人站在自己車頭，快速掃視了一整間汽旅，摘下了墨鏡，「陰氣這麼重，現在才叫我來？」

嗯？現場所有人突然靜了下來。

「之前沒有過這種案子！」警察緊張的要她先進屋，「妳先別在這裡嚷嚷……不是還有另一位？」

「不，你待在車上。」女人回頭，看著駕駛座的俊秀男人說著，她得有後援。

說罷，她便闊步跟著警察往內走去，周呈凡抓緊機會，趁著她經過自己身邊時，趕緊湊前。

「請問這位是檢察官嗎？還是法醫？爲什麼警方要請她進入案發現場？或是死者的親屬？」

「喂，周大記者！」警察現在看到周呈凡就頭疼，她豈止帶風向，她都在創造風向了，「妳能不能休息一下？這幾天妳忙翻了吧？不是正在質問吳家父母，怎麼會跑到命案現場來？」

「這是甜樂珮啊，同一班兩個女生出事，這太巧合了！」周呈凡挑了眉，一副你別想把我當傻瓜的臉。

「妳自己也小心點吧！」女人突然看著她，嘴角一抹冷笑，「自己身上煞氣這麼重了，都被做記號了，建議聽警察帥哥的話，休息一下。」

什麼……煞氣？記號又是什麼？周呈凡趕緊看著自己全身上下，她哪有記號？

「建議在場各位都去廟裡淨化一下，每、一、個。」女人原地繞了一圈，指著每一個人，然後便跟著警察進屋了。

外頭一陣死寂，接著有人莫名其妙打了寒顫，連周呈凡也都沒來由的起雞皮疙瘩……敢情警方請來的人是什麼特殊人士嗎？

「媽呀！這些案子跑得我心驚膽顫的！」他社記者邊說邊嘆氣，連忙掏出身上掛著的護身符默默唸起阿彌陀佛。

周呈凡一時氣燄被削弱，默默走回攝影師身邊，「講得我毛毛的。」

「這命案現場啊，上次資優生那個就很陰了。」攝影師也是語重心長，「妳最近一直針對她父母，自己也要小心一點。」

「我那不是針對，我只是想挖真相，直覺告訴我背後有什麼事。」周呈凡依舊相當堅定，「那個女孩是報復性自殺，但為什麼報復？總要有原因啊，結果什麼都查不出來，母親還說她不時很乖，但講到出事當晚時，兩個人眼神就閃爍，說詞還兜不上！」

那也是她努力得到的採訪機會，她幾乎睡在車上跟著，好不容易在超市堵到吳家父母，開門見山就問吳茹茵自殺當晚是不是發生了什麼事？結果吳父差點脫口而出，是吳母急忙拉住他的！

雖然什麼都沒得到，但她也像什麼都得到了。

「那個就讓它過去吧，不就一個學生自殺！優等生很常會有想不開的，聰明的人腦子跟我們不一樣！」他社記者也加入勸說，「現在這件比較大！妳都沒採訪過命案，撐得住厚？」

看看連警察都衝出來嘔吐了好幾波，看來這案子新聞價值極高。

只是被剛剛那皮衣美人一說，搞得人人都毛骨悚然了。

「姓唐的來了沒？」高挺的警官擰著眉在樓梯間問著時，恰巧看見步入的唐恩羽。

「您好，我唐恩羽。」唐恩羽主動上前伸手。

「武彬，是A區章警官介紹您的。」武警官讓她小心上樓，「這個眞的超出我們的專業了。」

唐恩羽套上了鞋套，就站在房門口往裡瞧，「媽呀……這是屠殺吧。」

「這就是我請妳來的原因——」武警官指向地上的屍體，「一個只有四十公斤的女生，能夠把一個成年男性的皮膚撕開嗎？」

是啊，唐恩羽看著這慘不忍睹的現場，用正常觀念去想，這都不是正常人幹得出來的。

房內一共兩位死者，一位呈大字型躺在床上，體無完膚，看起來是被鞭笞過的，鞭鞭入骨、皮開肉綻，他的血肉組織濺了整牆都是，她先爲鑑識人員掬一把同情之淚；或許還有些刀傷，因爲死者的嘴裡就插著一把美工刀……對，最細最薄的那種美工刀，但還是刺進了死者的口內，看深度說不定還刺穿了頭顱。

而地上那具屍體是呈現趴姿，很性感的那種，屁股撅得很高，如果是身材曼妙的女人，那可是藝術……不過現在，男人的肛門處插了一根木棍，直接戳出下腹，棍子頂著地板，撐起他的身體，讓他跟串燒一樣，固定住這撩人的姿勢。

男人的臉朝向門口，看那凍結在驚恐痛苦的神情，應該是先被捅穿身子，再被扭斷頭子。

「不說別的，這位整個臀部是從中間被撕開成兩半，再被木棍穿過，頸骨被扭斷，連我都做不到。」武警官無奈的搖搖頭，「目前嫌疑犯只有那位瘦小的女孩。」

「一般敏感點的都能感覺到這裡的陰氣森森了……我盡量處理。」唐恩羽扭頭離開，「你們這區最近案子很多啊，不到十天一堆命案。」

「忙到吐。」這是肺腑之言。

連續性侵殺人、高中女生報復性自殺、性侵犯慘死……不過就算性侵犯該死，也容不得私法正義！所以殺害性侵犯的凶手一樣要追查，但所有一切都沒有眉目之際，又來一起殘殺命案。

「你們這個城鎮不太安寧，有不乾淨的東西在。」唐恩羽說得很小聲，「我專長的那種。」

武警官皺起眉，說眞的，他們絕對尊重那些神鬼之說，尤其常有案子都是冥冥之中破的案，很難用科學去解釋。但是，這位唐恩羽，以及車上那位唐先生，都是在首都的前輩介紹的，據說應付好兄弟們有一套，但他們卻自稱「驅魔人」。

魔，是個聽得令人恐懼、但是又搞不清楚是什麼玩意兒的東西。

「我這陣子都會住你們這兒，保持聯絡。」

「住這兒？」武警官暗叫不好，感覺情況似乎真的很糟，「那這裡的事——」

「你們就按正常程序進行吧，工作結束記得都要去淨化拜拜一下，有什麼護身符的都戴著，制服警徽別離身，啊——」她回首一個巧笑倩兮，右手食指與姆指相互搓搓，「重點，工錢。」

錢！武警官擰起眉，這眞的是最難辦的！「妳知道我是公務人員，我們哪可能……」

「沒要你出啊，這種事一向都是找當地有權有勢的人處理！如果這裡變得腥風血雨，對他們也沒好處，哪天難保他們就被捲入！爲了世界和平，奉獻一下也是正常的嘛！」唐恩羽說得理所當然，在門口把鞋套扔進了垃圾桶裡，再婀娜的走出去。

一瞧見她走出，跑車即刻發動引擎，準備走人。

武警官只覺得頭疼，趕緊追上前，「如果他們不願意怎麼辦？妳知道這有難度的！」

要跟那些政治人員或富商說明，需要他們捐錢給「驅魔人」當酬勞，誰會理啊？

「放心！你就這樣跟他們說——」唐恩羽微笑的拉開車門，「再多死幾個人，再讓他們考慮考慮吧！」

這是Me Too。

周呈凡看著這奇妙的組合，立刻就猜出個大概，才十六歲的少女，對演藝界充滿幻想，與圈內知名的經紀人簽約後，覺得未來一片光明，但只要經紀人有心，隨時可以運用他的權力逼迫女孩就範。

想要成名，就要乖乖聽話，即使陪他上床、或是陪他指定的人上床都一樣，因爲經紀人能讓她成名，同時也能阻斷她的道路，手握權力的人，就擁有生殺大權，這就是現實。

至於另一位是警察，這倒是很奇妙，不過王組長剛好是負責吳茹茵案子的人，而在她提出報復性自殺後，風向也很快的轉變，正是那位王組長面對鏡頭說明，與其說他在交代偵辦進度，更像是在昭告天下：這件事與校園霸凌無關、與甜樂珮無關。

所以甜樂珮接受了肉體交易嗎？眞的太單純了，她怕不聽話會被經紀人捨棄、又因爲被網暴急著想擺脫嫌疑，就給了有心人士可乘之機。

空氣中飄散著令人作嘔的氣味，周呈凡回了神，緊接著一隻大手直接摟住她的左肩，略施力的將她往懷裡摟。

「這麼晚還加班，果然認眞的女人最美麗！」羅哥俯著身，幾乎貼著她臉旁說話，擱在她左肩的手開始緩緩往下滑。

呵呵，可笑！她有什麼資格說楊芝珮呢？她自己不也在接受這種事？任這噁心的傢伙上下其手，就爲了換取工作機會！

「年輕女藝人與經紀及警察三人開房，這太多可以寫的了，而且這事情也持續一陣子了，我找到了離職的前汽旅員工，他說他們幾乎每天都會去開房到晚上。」周呈凡刻意坐直身子，自然的扭掉肩上的手，假裝要打字，「你看這樣寫如何？『資深經紀人潛規則未成年少女，警方不阻反而加入』？」

聽見潛規則三個字時，羅哥倒是沒有任何反應，他只是聞著周呈凡迷人的髮香，想著到底今晚能不能拿下她？

這幾天有機會她就躲，他又不是傻子，想要有好位子跟好新聞，她就該付出對等的代價。

「妳不是在追吳茹茵的父母？她死前那晚究竟發生了什麼事？」羅哥挑逗的將手指自她頸項一路滑到了背部，「這種血淋淋的凶殺案，妳就別寫了……而且還扯到什麼警察……」

周呈凡癢得顫了身子，又想甩掉之際，羅哥忽地雙手扣住她的肩頭，力道大到讓她嚇了一跳。

「別欲擒故縱。」他沉聲附耳，「今晚妳沒有表示的話，這新聞就換小李。」

又來？周呈凡瞪圓杏眼，忿忿的轉頭看向他，「爲什麼不能公平的只看我的能力？一定要把新聞專業搞成這樣嗎？」

「公平？呵……周呈凡，妳太天眞了！」羅哥收了手，站直雙手插兜，「妳只是個新人，才入職幾個月，哪可能讓妳出線？去報導重要新聞？」

「重要新聞？這個新聞是我炒起來的！否則一個學生自殺案能有多少火花？」周呈凡也氣得起身，「是我先發明報復性自殺這個詞、我追著甜樂珮搞熱度、再報導警方隱匿信件，然後追著死者父母，讓優等生的報復性自殺更有故事性，新聞才備受矚目，這都是我一手打造的！」

羅哥看著振振有詞的周呈凡，事實上她沒說錯，這女人有著強大的野心與手腕，刻意揪著這起自殺案不放，把熱度炒到即使性侵變態案子都無法撼動，大家都在討論死者當晚究竟發生了什麼事？是什麼逼死了優等生？父母在隱瞞什麼？讓女兒要採取激進手段自殺，連自殺都選擇垂掛在父母窗前！

「妳的能力的確有目共睹，現在新聞熱度高，妳的名氣也響了，我還是很佩服的。」羅哥突然軟了語氣，上前數步，「所以我才會這麼欣賞妳，妳是我選中的，妳來面試時，我就知道妳是可造之材了。」

說著，羅哥一把摟過她的腰，貼上自己的身體。

「羅哥……」周呈凡沒擋住也沒推開，她其實也不懂，這些應該要尖叫推開、大喊變態的簡單舉動，爲什麼永遠都做不到！

電視劇演得都太不眞實了！事實上她從來都沒有辦法一秒反應，凶悍的推開這變態！

「我剛說的妳好好想清楚。」他還是沒想放過周呈凡，這麼漂亮的人，不吃太浪費了，「妳也不想把好不容易炒起來的聲量拱手讓人吧？」

「觀眾喜歡看我。」周呈凡忿忿不平。

「觀眾是健忘的，妳消失個一星期，就沒人記得妳是誰了，還以爲自己是什麼？周呈凡，妳就是個小記者，比妳優秀、比妳識時務的人多得很，我隨時能找人接手。」

雖然他不是什麼大老闆，但是只要有權力，就能享受不對等的紅利。

周呈凡咬著唇，她好恨這種局面，但她就是個位階低的記者，而羅哥說的也沒錯，他能隨時調派記者啊！

她創出的聲量，只要一句話，主管就能給另一個願意脫光衣服的人！

冷不防的，男人大手竟大膽揉捏了她的胸部，周呈凡嚇得倒抽一口氣，但僅此而已。

她還是僵住了。

「我們未來是要合作無間的啊，是吧？」羅哥側了首，突然朝周呈凡的頸子上吻去，「我只會相信，我的人……」

吻上滑嫩的頸子，羅哥留意到周呈凡不再掙扎，即刻正首，抬起左手打算趁勝追擊，扣住她精巧的下巴、吻她的唇——突地一條舌頭無力的垂掛在嘴外，女孩歪著的頭顱啪噠的落在他的掌心上，羅哥眼前是一張血肉模糊的腐爛臉龐，還有瞪圓暴凸的血絲雙眼。

「哇啊——」羅哥嚇得鬆手驚恐後退，雙手在空中亂揮一通。

周呈凡也被他的舉動嚇到，狐疑的瞅著他，「羅哥？」

「走開！妳走——」他直指著周呈凡，但卻見到又是美麗的她在面前，「剛剛那是……」

周呈凡左顧右盼，這辦公室裡只剩下他們了，爲什麼羅哥一副見鬼的樣子……見鬼？她自己突然愣了一下，怎麼自己嚇起自己來了？毛毛的耶！

「這裡……有什麼嗎？」周呈凡也怕到了。

她朝後方黑暗望去，再一正首時，她又突然變成那個頸子折斷的女孩！

「哇！——」下一秒，羅哥跟逃命似奪門而出。

然後，黑暗中就剩下周呈凡一個人。

「混帳！」她全身上下頓時竄起雞皮疙瘩，剛剛那是什麼狀況啦!?

周呈凡全身警戒著，一點點風吹草動都讓她全身發毛，她飛快的整理資料，胡亂的往包裡塞，然後急著要關掉電腦，只是螢幕突然一個閃現，出現了她自己的臉！

「哇呀！」她被突然出現的自己嚇到，彈跳向後，還跌坐在自己的辦公椅上，才發現是自己前置鏡頭開了，「我的天……我的……」

她僵在位子上，因爲她的身後，站著一個……不，懸著一雙腳。

只有大腿以下的雙腳，還有一根長長繩子垂下，長度還超過了那雙腳尖的三十公分以上。

『妳說不要了嗎？』

⚜

喘息聲迴盪在小小的教室裡，被壓在桌上的女孩滿臉淚痕，至今依舊不敢相信發生了什麼事。離開她身上的男人清理完自己，再回頭溫柔的爲她清理。

「不……」她宛如驚弓之鳥的合起雙腳，曲起的躲避。

男人卻輕易的抓住她的腳踝，明明未曾施力，但女孩卻覺得那是不容反抗的力道！她顫抖著身體，任男人處理她的身體，然後她渾渾噩噩的坐起來，下身撕裂的疼痛感讓她體認到一切都是真實的。

男人看向女孩，他做了什麼？他竟然在這裡強上了這個其實不符合他標準的女孩！不夠美、身體也不夠豐腴，她只是來問一個普通的問題而已，但是他卻……怎麼忍不住呢？

但過程還是很好的，年輕的身體就是讚！

他伸手，女孩嚇得退後，他不以爲意的溫柔拭去她的淚水，每個第一次的女孩都是這樣的。

「很疼吧？這麼可憐！」他趨前低語，「放心，以後會越來越好的。」

女孩雙腳抖個不停，她想走，她想離開這裡……「老、老師……」

「別怕，這是屬於我們之間的祕密。」江偉毅捧住了她的臉，「只有我們兩個知道喔！」

女孩不敢反抗，戰戰兢兢的點點頭。

「老師有些話還是要跟妳說，如果妳說出去的話……」

一門之隔的外頭，婀娜的女高中生無趣的站在一旁聽著裡面的洗腦與威脅課程，讓一個男人性慾勃發對她來說輕而易舉，但這個男人未免太無趣了！她完全不必進行誘惑，因爲他本身就是個色慾薰心的傢伙。

無趣，太無趣了。

她朝著辦公室外走去，補習班裡已經都沒人了，許多老師也已下班，這條辦公室的走廊上只剩一位清潔人員，正在拖地。

那是個約莫五十歲的男人，灰白的頭髮，他看見小雨時禮貌的點了點頭，已經十點多了，居然還有學生還沒走啊，現在孩子眞的非常競爭。

小雨瞅著男人，勾起了微笑，朝著他走了過去，幾乎就在一瞬間，她已經光裸著身體了。

總是要有點挑戰，才對得起他惡魔的稱號吧！

第九章

妳應該說的

楊芝珮全身赤裸、渾身是血走在路上的影片在網路瘋傳，雖然後來新聞播出馬賽克版，但原始版本早就到處都是，連班上群組都傳遍了。

新聞當然立刻報導此事，「甜樂珮」幾天前才是同班同學報復性自殺的關鍵人物，結果才洗脫嫌疑，立即又成了殺人犯。

警方目前對外沒有任何說明，不過楊芝珮的父母倒是很醒目，凡事未有定論卻挺樂於在鏡頭前各種表現。老實說，這種時候話越少越好。

「我早就知道那個建哥不是個好東西！他是不是都欺負我家甜樂珮？她最近每天都很晚回來，我以爲去上課，結果都被他們帶去汽車旅館了！」楊父氣急敗壞的在鏡頭前咆哮，「她什麼都沒說，妳妳妳只會顧著到處炫耀女兒，都沒在管！」

邊說，楊父直接推了妻子一把，楊母回頭一點也不客氣的揮掉，「她是我一個人的嗎？是誰每晚回來都在問她有沒有好好上課？什麼時候有工作？家裡好靠她養？」

「我什麼時候說過那種話！當初她玩直播時我就反對了！」

「妳看到她一個月賺十幾萬後就閉嘴了！」

「那是我拗不過她！看看現在，她居然直接給人玩——丟臉！太丟人了！」

楊芝珮的爸媽直接在鏡頭前吵了起來，聶泓珈是皺著眉把電視關掉的，她不明白事情爲什麼會變成這樣，想起放學時楊芝珮那一臉欲哭無淚，原來她正遭遇著可怕的事。

她總說不補習，要忙著練習舞蹈跟上表演課，剛剛有記者說了，不具名的汽旅前員工已經爆料，她的經紀人很常載她過來，要求偏僻的房間，從放學後待到十點才離開。

而且，還有訪客。

命案的第二具屍體，竟然是警局的王組長，正是負責吳茹茵自殺案的那位。

楊芝珮不可能會殺人的，聶泓珈只能想到一種很糟的可能。

後門傳來敲擊音，聶泓珈趕緊走了出去，杜書綸不知何時已經翻到了她家後院，坐在大樹下的鞦韆上，見她步出，扔掉手裡的碎石，指著桌上的一盒蛋糕，他媽媽做給她的。

「妳們班上眞是多采多姿。」杜書綸開口向來沒好話，「我開始覺得高中生活似乎也不錯啊，挺豐富的，這才開學一個多月耶！」

聶泓珈翻了個白眼，抓起蛋糕就塞，不忘回頭朝向杜家後門，「謝謝杜媽！」

「那個網紅是吸毒了嗎？眼神不正常啊，而且哪來這麼大的力量，可以殺掉兩個男的——其中一個還是警察！」

「我當時還有聽見槍聲，可能警察的還擊吧！但從槍聲到她走在路上，沒有二十分鐘，這麼短時間可以下手，還這麼狠？誰辦得到？」聶泓珈緩步朝鞦韆走去，「楊芝珮連我單手都掙脫不了，你覺得她可能一口氣殺掉兩個男人嗎？」

而且有新聞第一時間播出警察衝出命案現場嘔吐，也確定了現場絕對慘不忍睹，楊芝珮真的辦不到。

「客氣了妳！妳單手抓我，我也掙脫不了啊。」杜書綸非常禮貌的說著，聶泓珈眞想拿蛋糕砸他，「所以啦，我才說她是不是吸毒了？有些毒品會使人出現幻覺且力大無窮。」

「少在那邊……你也覺得是『她』對吧？」

「我盡量想用科學的方式解釋一切。」杜書綸理智的說著，「對我來說，人應該比好兄弟好抓一點？」

聶泓珈望著他，沒想參考他的意見。

「跟阿原一樣，那都不是正常人能做出來的！我能想到的就是吳茹茵親自動手，或是……附身。」聶泓珈想起被阿原殺掉的最後一個女孩，她也渾身是血，她身上也有疑似阿原的跡證，「她附身在上個女孩身上時，女孩已經死了，但這一次附身在楊芝珮身上就過分了。」

「她的對象是性侵犯嗎？阿原、經紀人跟警察……還是性騷擾？」杜書綸跟著推敲，「反正她直接代替楊芝珮懲罰他們了。」

「這哪是懲罰？這是害楊芝珮啊！」聶泓珈略爲激動，分貝高了點，「今天就算凶手不是楊芝珮，但所有證據都指向她，還讓她穿成那樣走在路上，全世界都知道她跟別人在汽車旅館的事，她的一生幾乎都要毀了！」

杜書綸冷靜的望著她，擠出一個沒有善意的微笑，「而且她還是凶手，妳得加這點上去，這樣才眞的是完了。」

「所以這能叫幫她嗎？」聶泓珈握緊雙拳，「我實在搞不清楚吳茹茵想做什麼！而且……就我們所知，如果眞的是她，一直殺人的話，她、她就不怕變成厲鬼嗎？」

傳說中，只有狠厲、殺人的好兄弟，才會是厲鬼啊！

「有沒有一種可能？她就是想變成厲鬼呢？」

嘹亮的聲音從後方傳來，聶泓珈倏地回身，看見陌生女人從杜家後門走出，靴子蹬下木階梯咚咚作響！她的身後也跟著一位高大男子，纖瘦頎長，戴著一副銀絲眼鏡，長得相當斯文，禮貌的遠遠朝他們微笑。

誰？聶泓珈下意識的後退數步，以壯碩身軀直接擋在杜書綸面前，一隻手甚至打橫護住了他。

鞦韆上的男人輕嘆一口氣，巴著她打橫的手站起來，「我偶爾也是要面子的啊，好歹我是男的吧？」

聶泓珈蹙眉，頭也沒回，「這種事無關男女。」

是是是，他打不過她。

「賭輸人長大了耶，已經是青少年了。」唐恩羽就在兩家的籬笆界線上，熱情的打著招呼。

「身高倒是沒長多少。」身後的唐玄霖直接補刀。

杜書綸雙眼一亮，壓下聶泓珈的手臂往前，試探的掃了眼，「是……唐姐姐？」

「唐恩羽，他是我弟，唐玄霖。」唐恩羽大方介紹，「我們直入主題，我去過汽車旅館現場了，厲氣很重，的確有滿懷怨恨的厲鬼在，但是我來這裡，是因爲你姐給了我一張空拍機的照片。」

「我——我拍的！」杜書綸即刻回應，「我姐說那個不是麥田圈，只怕跟魔物有關。」

「那是惡魔陣，有惡魔在你們這裡作怪。」唐恩羽的確開門見山，「一般來說，你們最近各種不太平，應該都跟惡魔有關……只是，又不如我想的單純，居然還有厲鬼混在裡面啊！」

惡魔，聶泓珈心頭一驚，想到了晚上在繁星補習班見到的影子。

「等我一下！」杜書綸即刻往前走，順手拿過桌上未竟的蛋糕，直接塞給唐恩羽當見面禮，旋即再翻過籬笆朝自己家去。

唐玄霖看著籬笆不由得莞爾，「你們爲什麼不乾脆在中間做道門？這樣翻來翻去多辛苦？」

偌大的後院僅剩聶泓珈呆站著，隔著數公尺與這對陌生但颯爽的姐弟相相對望。

「剛剛……妳說，她就是想成爲厲鬼。」她小心翼翼的問著，「爲什麼？」她都能殺掉阿原、以及傷害楊芝珮的人了，她卻沒有去找江老師？

「有怨氣就是要報復，讓她心生怨恨的人導致她死後不安寧，很多人的想法是很執著的，死後更偏執，這種很難解釋，但是一般這種鬼只會殺紅眼，越殺越上癮。」

「那您……看得見她嗎？」聶泓珈不安的環顧四周，想著吳茹茵會不會在附近？

「看情況吧！妳也看得見不是嗎？」唐恩羽笑了起來，「不必把這種事想得太複雜，什麼八字輕、什麼陰陽眼的人才看得見，簡單一句話——他們想讓妳看見，妳就會看見！」

咚，聶泓珈心跳叩鐙一下，吳茹茵自殺那天，是不是就已經試圖讓她看見了？

唐玄霖觀察了聶泓珈好一會兒，事實上他們來之前，杜書綸的姐姐就已經告訴他們大致情況，關於她弟弟從小一起長大的青梅竹馬，住在隔壁的「女孩」班上發生的事。

說實在的，聶泓珈的骨架跟他差不多，而且他還比她瘦！

「妳身上也有怨氣吧，就有些紅色的怒火……總之妳也是被做記號的一員。」

唐玄霖指著聶泓珈全身上下，「不過妳磁場挺強的，大概沒什麼感覺。」

「我？我身上？」聶泓珈可吃驚了。

「嗯，妳跟那厲鬼有什麼過節嗎？」唐恩羽也同意弟弟的說法，事實上眼前這高大女孩渾身上下散發的氛圍，跟那間血肉四濺的旅館房間相差無幾。

聶泓珈瞪圓雙眼，她跟吳茹茵根本就沒交集！她寫信給她已經夠令人吃驚了，遑論會有過節！唯一的問題只是因爲她看見了吳茹茵跟江偉毅去汽旅！

吳茹茵因爲這樣，對她記恨在心嗎？

還想說些什麼，後門再度被推開，杜書綸拿著畫冊走出，遞給了唐恩羽。

「之前我們曾看過有奇怪的東西飛過來，撞到我們的籬笆……最底那排都燒焦了，再落到遠處的草原，最後跑進森林裡。」杜書綸一邊說，一邊走到已經被聶爸重漆好的籬笆邊，「但我跟珈珈那天在這兒聊天，所以看見了！」

唐恩羽不可思議的看著眼前的畫，上頭畫了一隻龐大的怪物……巨大像老者的頭顱、瘦小的身軀，頭上還有一對長至少五十公分的角！

「你有看見那東西的樣子？」走近的聶泓珈只覺得不可思議，「我只看到東西飛過去而已啊！」

「牠掉到草地時我看見了！還回頭看了我們一眼，就一秒！」杜書綸倒是有點小得意，「天太黑沒看清楚，但外形就是那樣，八九不離十。」

聶泓珈到了交界處，低語一聲抱歉，再度俐落的翻過去，也湊上前看了那畫一眼——她當即倒抽一口氣，驚恐後退，同時看向了杜書綸。

「怎麼？」唐恩羽望著她，女孩臉色都刷白了。

「我……我今天也看見那個……一對長角。」聶泓珈調整著呼吸，「在繁星補習班，有個叫小雨的女學生的影子，就長那樣……」

唐恩羽跟唐玄霖詫異的交換眼神，同時再看向聶泓珈，這女孩看得見惡魔影子嗎？

「這應該是色魔之一，引起人類色慾的惡魔，」唐玄霖很快的辨識出來，「等等我們去芒草原那邊看看魔鬼陣，好確認該對應那種惡魔。」

色魔？這聽了令聶泓珈極度不暢快，「所以是因為惡魔嗎？一向老實的阿原才會變成性侵殺人犯？不停的侵犯女孩……然後那個警察才會去傷害楊芝珮？」

「或許吧！也不一定都是惡魔所爲，而且他們跟鬼不同，他們不需要附身也能操控人類，他們更喜歡是誘惑人類……只要你心志堅定，惡魔也難以施展。」唐玄霖邊說，一抹冷笑，「但必須說，堅定的人屬於少數。」

「不過最近這些烏煙瘴氣跟他脫不了關係吧？那東西摔到我們這裡時，正是我們聽見阿原慘叫聲之後，然後他被活生生拆成好多塊。」杜書綸越思索越疑惑，「所以？難道是吳茹茵把惡魔趕走？再殺了阿原？」

聶泓珈更傻了，「惡魔會輸鬼？」

「不不，不同族類，沒事不會互相傷害的！我想可能是那亡魂突然出手，傷及了那個軀體，惡魔當下選擇立即捨掉現在的玩具，換一個就是了，反正禁不起誘惑的人那麼多，沒必要執著於一個。」唐恩羽開始科普，「如果厲鬼要那個人的命，給她便是了！至於爲什麼會這麼狼狽的摔到這裡……」

她跟唐玄霖一同查看那個籬笆，最終聳了聳肩，「那隻惡魔應該不想跟亡者有交集，但這麼急著離開……我只能猜能力不高，而且說不定是想躲著你們才失去重心。」

杜書綸倒沒太多心，「總之，我姐說你們對惡魔挺瞭解的，甚至可以解決掉惡鬼跟惡魔，那麼事不宜遲——」

「喔喔，可愛的小朋友，心太急囉！」唐恩羽當即打斷，「第一，惡魔跟小強不一樣，不是隨便打就好。第二，你們那個變厲鬼的同學已經殘殺了三個人，她現在也非同小可，也不是我隨時可以叫出來就解決的。」

杜書綸可困惑了，「但是我姐說，你們——」

「那是以前，過激的解決手段是我老姐拿命去換的！我們現在走溫和路線，在不傷害我老姐的前提下，去解決這些妖魔鬼怪。」唐玄霖嚴厲的回應，「我們現在要先去芒草原看魔鬼陣，必須百分之百確定是哪種惡魔，然後也要繪製對應陣。」

「對……對應？不同惡魔有不同的對應陣？」聶泓珈聽得很混亂，這聽起來很麻煩啊！

「當然啊！魔法陣複雜得很，一小個元素畫錯，召喚出的東西就不一樣了……送回去的也一樣。」唐玄霖皺著眉連連點頭，所以他最討厭練習畫陣。

兩個高中生瞠目結舌，杜書綸滿腦子都在想：這是姐姐說的專家？

「那我冒昧請問……你們以前有這種經驗嗎？因為按你們說的，你陣都沒畫好，應該就被殺掉了吧？」

芒草原裡的照片是他拍的，他當然知道那個圖案有多複雜，麥田圈比起來都是小CASE好嗎！

「這就是商業機密了。」唐恩羽挑了挑眉，「我們先走了，累死了，這陣子我們就住在市中心的旺旺商旅，有事聯繫。」

「咦？等等！」聶泓珈激動的上前，「那厲鬼呢？」

惡魔難辦，可是鬼呢？吳茹茵都已經做到這地步了，難道要放任她繼續？

唐恩羽逕自就踩上木梯進了杜家，唐玄霖回首看著兩個高中生一眼，「時候未到。」

錢還沒到。

兩姐弟穿過了杜家，禮貌的與杜家父母道別，發動那炫目的紫色跑車揚長而去；而後院的孩子們腦袋一片空白，聶泓珈完全無法接受這個說法。

「什麼叫時候未到？要讓吳茹茵再繼續殺人嗎……不，不是，她是附身在別人身上殺人耶。」聶泓珈不敢相信剛剛聽見的，「她現在已經讓楊芝珮成爲殺人凶手了，這樣還會有下一個嗎？」

杜書綸靠著籬笆，看著激動的聶泓珈，心裡是有點高興的。

這時的珈珈，更貼近過去的、他所熟悉的人。

「今晚的訊息量很大，惡魔加厲鬼，我都不知道該去想哪個了！如果都是被惡魔控制，厲鬼的屠殺好像又有點過分！不過如果只是被誘惑的話……」他不知道用哪個形容詞比較貼切，「但是可以確定一點，如果厲鬼確定就是吳茹茵，那她就是針對好色之徒！」

聶泓珈再度緊緊握拳，她該針對的，不該是這些人吧？

「明明那個人還在的……」杜書綸望著她，「她爲什麼寫信給妳？爲什麼一直現身讓妳瞧見？爲什麼對妳有怨氣？」

聶泓珈吃驚得倒抽一口氣，「你偷聽了？」

「欸，他們在我家院子裡對妳說話，聲音是向上飄的，我窗戶開著啊。」杜書綸嘿唷的起了身，「先想清楚原委，接著如果有需要幫忙，別客氣。」

杜書綸經過她身邊時，輕拍她的肩，交代她早些回去休息後，便進了屋。

聶泓珈難受的翻過籬笆回了家，爸爸今晚依舊不在，偌大的家中只剩她一個，都是因爲唐恩羽那席話，讓她覺得整個家每個角落都怪怪的，連洗澡時都很怕突然有什麼跑進來。

但是又不好意思突然跑去找杜書綸，已經叨擾太多天了。洗好澡，門窗鎖好後她就躲回被窩裡，可是人很奇怪，明知道不要想，卻會一直想，而且越想越毛。

她已經掙扎很久了，一旦她說出去，她就會受到矚目，她只想當透明人，越邊緣越好，最好全世界都不要注意到她！

她都這麼努力了，還是攤上這種事了啊！

「不是我！我沒有！」

楊芝珮在拘留室裡歇斯底里的哭喊著，她已經換了一身衣服，身上的所有東西都已採樣完畢，但她全程都像是丟失魂魄一樣，任鑑識人員採樣、醫護檢查，像個提線木偶般聽話，直到一分鐘前……她像是從夢裡清醒似的，還連聲問爲什麼她在那兒。

女警冷靜的告訴她現在所犯的罪名，還有事發經過後，她就激動的歇斯底里了。

「我不可能殺人的！就算我眞的很恨他們，我也……天哪！天哪！」她看著桌上手機裡，她渾身是血、衣不蔽體的模樣，「我不記得我穿那樣上街！我也不記得我殺了人！我只記得、只……」

「妳記得什麼？」警察當然非常留意她說的每句話，每句都將是呈堂證供。

楊芝珮咬著唇，悲傷的痛哭失聲，「我不能說……你們明知道我不能說的，這種事不能傳出去……我要離開！放我走！」

她再度激動的站起，但是雙手都有手銬，她根本不可能離開！女警趕緊上前抱住她，因爲楊芝珮的情緒眞的太失控了。

「妳現在是兩起命案的凶嫌，妳還在擔心性交易的事？」女警只覺得這女孩不知輕重，而且演技還挺好的。

從在大街上把她帶去醫院，直到現在都已經凌晨了，四、五個小時的時間，除了「我殺了他們」以外，其餘都沒說；可是所有動作聽說照做，然後現在突然瘋也似的哭喊著她是無辜的！這是把大家都當傻子嗎？

「我沒有性交易！我沒有在賣！」聽見關鍵字，楊芝珮異常激動，「妳以爲我願意嗎？我每一次都覺得很痛苦，但是我、我……又能怎麼樣！」

「妳意思是說，妳被威脅侵犯嗎？」警察平靜的問著，「妳的經紀人跟一位警察，他們逼妳就範？」

逼她……楊芝珮淚眼汪汪的看著眼前的警察們，她不知道該怎麼回答了，她是不願意的，但他們也沒有強暴她，因爲她根本沒有反抗，她甚至配合著他們的所有要求，不管變態與否……

沒有反抗，就算自願嗎？

「妳得說出來，我們才能釐清案情，或許對妳也有幫助。」女警們其實已經意會到眞實狀況了，經紀人、藝人，涉世未深的少女，說不定是被Me Too了。

楊芝珮嗚咽出聲，她無助的趴在桌上失聲痛哭。她跟建哥與警察的關係一定曝光了，她的演藝生涯就此結束了！全世界都知道她是個骯髒下作的女孩！為了工作不惜用身體交換，為了讓輿論轉移焦點，也甘願任警察玩弄。

她眞的沒有殺人！她只記得雙手被反綁的趴在床上，被王組長鞭打著，恐懼著接下來的疼痛與折磨，她不停的在心裡哭喊著不要不要，然後……然後？

『我幫妳跟他們說吧。』

當時有個聲音彷彿傳進腦子裡一樣，她完全反應不及，再一眨眼時，她就已經坐在這裡了。

能說嗎？這麼弔詭的狀態，而且她突然想起來，那個聲音很熟悉啊！

吳茹茵？

✠

嘎——

足音傳來，聶泓珈驚醒的揭被而起，值夜班的父親，不該會這麼早回來的……小偷？她把手機放進口袋裡，從牆上勾子隨便拿過一條圍巾，再抓過啞鈴，小心翼翼的蹲在門後，聽著門外的動靜。

眞的有人走上二樓，然後一直傳來窸窸窣窣的聲音，是在偷什麼嗎？還是安靜的等他們進她房間？聶泓珈屏氣凝神，可是樓梯旁是媽媽的房間，那裡都維持著媽媽生前的模樣，裡面的東西不是小偷可以玷污的！

她趴在地上，從門縫看出去沒見著人，便悄悄開了門，小心的潛行出去，打算對小偷來個突襲。

她躡手躡腳的朝樓梯的方向走去，走上樓梯右手邊就是媽媽的書房，她仔細的探查，緊緊握著手上的啞鈴，一小步、一小步的接近房……啪啦！從上方突然落下了東西，直抵她的肩頭，聶泓珈嚇得掩嘴，差點就叫出聲了！

是……繩子？

她愕然的抬首，吊在她樑上的吳茹茵正瞪大著血紅雙眼，與她四目相交！

「哇啊——————」聶泓珈忍不住放聲尖叫，整個人驚恐踉蹌！

而渾身青紫的吳茹茵直接跳了下來，她依舊歪著頭，折斷的頸子上還是有勒死自己的繩子，但是她已經變得猙獰駭人，五官幾乎都皺在一起，朝著聶泓珈疾步而來。

『妳為什麼還不說——』她尖叫著，雙手使勁朝著聶泓珈一推！

「哇！」聶泓珈被使勁一把向後推倒，狼狽得四腳朝天！她嚇得不敢抬頭看，只閉著眼大吼，「妳為什麼要找我！妳為什麼非得要找我！」

她只想要平凡而已！

剎！電光石火間，她整個人騰空飛起……不是，是被吳茹茵整個人抓了起來，頸子一陣窒息感，繫著吳茹茵的繩子另一端，曾幾何時竟也圈住了她的脖子！

吳茹茵又吊在她家樑上了，她臉部腐爛的肉開始往下滑，雙眼腥紅的瞪著在下方的她，而繩子緊緊勒住她頸子，兩腳懸空的聶泓珈拚命的掙扎，她不能呼吸了！不能──

『誰讓妳看見了！』

誰讓妳、那天、看見她了！

她撞上車子玻璃的瞬間，後座躲藏的女孩被嚇得驚恐撥掉蓋在頭上的外套。那天，她們也是像這樣的四目相交！只是當時騎腳踏車的她在高處，躲在後座的吳茹茵在低處──但是，她又是不故意的！

緊接著，她被吳茹茵踹了一腳，向後飛進了自己房間──

鈴──！

喝！聶泓珈驚恐的跳開眼皮，耳邊傳來手機刺耳的鬧鐘聲，她兩眼發直的瞪著天花板，渾身都已濕透。

惡夢。

聶泓珈坐起身，窒息感仍舊強烈，真切得彷彿真的被繩子勒住一樣，她用力的做著深呼吸，試圖多吸幾口空氣，感覺會舒服一點。

「珈珈！」樓下傳來父親的聲音，他買早餐回來了。

「好！」她試圖如平常般回應，聲音卻發不太出來。

趕緊起身梳洗，一進浴室，就在鏡子裡看見自己通紅的頸子。沒有繩印，而更像是……她緩緩舉起雙手，掐住了自己的頸子，頸上的掌印與她的手掌，完全吻合。

她自己掐住自己嗎？所以那份窒息感是眞的……撐著洗臉台的手不住的顫抖，聶泓珈害怕得不敢再瞧鏡子，這幾天發生了這麼多事，她不會相信這些是什麼巧合了，那就是吳茹茵！

她只是用夢境傳達而已，她是眞的對她有怨！

聶泓珈直覺的想哭，憑什麼啊？她憑什麼要承接這份怨氣？就只是因爲她看見了他們的祕密？

用手背抹去了淚水，她甚至不敢關上廁所的門，急忙梳洗後就趕緊衝下樓，樓梯下的魁梧男人穿著可愛的圍裙，微笑的看著寶貝女兒，然後聶泓珈直接衝進懷裡。

「哎哎哎……」聶父高舉著手裡的杯子，牛奶差點都要灑了，「怎麼啦？我的小白花？」

聶泓珈只是緊緊的抱住父親，她咬著唇不讓自己崩潰。不講，就不問，聶父也是抱持著這個原則。

「坐下來吃早餐吧！我今天買到圖書館旁那個鬍子叔的生煎包喔！」

「咦？真的假的？」聶泓珈聽到關鍵字猛然一抬頭，那可是只賣到早上七點的熱門早餐耶！

身高一百九十公分的聶父低頭看著寶貝女兒，這一抬頭便紅著眼眶，雙眼都是黑眼圈，梨花帶淚的看得他心疼。

「居然買到了！那你買幾顆？」下一秒，聶泓珈轉向寬大的中島餐桌，迫不及待的打開袋子。

「放心，賭輸人那份我一下車就先拿去隔壁了！」他們全家都愛吃啊。

「開動開動！好久沒吃到！」聶泓珈興奮的趕緊準備餐具，聶父默默觀察著，雖不至於強顏歡笑，但也不是打從心底高興的。

而且寶貝的頸子上，怎麼有手掌印？

「妳脖子怎麼回事？」聶父警覺的查看，「這是……誰掐妳？」

聶泓珈沒有要遮掩的意思，她是耳上極短髮，在家繫圍巾也矯情，塞著生煎包語焉不詳的說著：「夢遊。」

「夢遊？妳什麼時候會夢遊了？妳掐自己？」都留下指印了。

「我沒事的！爸，別擔心。」聶泓珈直接下結語。

他擔心，他怎麼不擔心？

那年她也是每天帶著紅腫雙眼說沒關係，但最後發生了什麼事？

「是因爲目擊到命案嗎？爸沒辦法去警局陪妳，妳是不是被嚇到了？」這是聶父自責之處，他的工作很難隨時照顧孩子，孩子的媽離開後，都是多虧賭輸人一家，「還是因爲班上同學的事？那個鏡頭沒拍臉，但我聽得出聲音是妳！」

「不是……這都不是原因，爸！別擔心，杜爸杜媽，還有杜書綸都在。」聶泓珈平和的說著。

「我不是說不要補習了，妳每天從大草原經過，爸爸會擔心啊！」聶父說得激動，「我好不容易養大的寶貝女兒，如果出了事那我怎麼對得起妳早去的媽？」

「我不會有事的，而且你也知道凶手已經……」

提到凶手，聶父神情一凜，因爲那也是他認識許久的人，阿原就住在他們這一帶，聽聞消息時他只覺得不可思議，至今仍不可置信。

「我無法相信阿原是那樣的人。」他嚴肅低沉的說著，「雖然證據確鑿，但我就是覺得……哪邊不對勁！」

她理解那種心情，大家都一樣，但如果是跟那位姐姐說的一樣，與惡魔有關的話……似乎又解釋得通了。

「昨晚汽車旅館凶殺案，那個女生也是妳們班的？是不是被潛規則後反殺？」聶父緊皺起眉，煩惱都寫在臉上，「最近的事情眞的讓我很擔心，好歹妳也是女孩子，女孩子的父母就是會比生男孩的更加擔心……」

「咳！」被屋中樓梯擋住的角落裡，傳來了輕咳聲，聶泓珈倏地向右邊看去，那可是後門的方向。

「聶爸早安，謝謝您的生煎包。」杜書綸果然一臉好孩子模樣的出來，「我媽讓我拿一盒義大利麵過來，您今天放假，可以好好享用。」

「哇！謝謝阿芬！」聶爸可開心了，好不容易的假日，都會有美味的佳餚！「每次都受你們家照顧了。」

「別說客氣話，我也一直受珈珈照顧啊，看看這體魄！」杜書綸毫不客氣的用力拍向聶泓珈的背，「我是覺得啦，您眞的不必擔心她，因爲她出事的機率很小很小很小的。」

「可是，看看那些下流男人！」聶父憐惜的望著聶泓珈，杜書綸眞怕他下一句就是：這可是我的小白花啊！

小白花，噗！

「吃一吃我們等等就走吧！」杜書綸完全不想接話，立刻跳上中島的椅子。

什麼？去哪？聶泓珈丈二金剛摸不著頭腦，但是沒立刻揭穿，只是點點頭說好！今天是週六，她的英文補習下午才開始，上午是有時間的。

杜書綸自然的拿起桌上的水果啃著，眼尾瞄著她發紅的頸子，此時手指印已經不明顯了，他也沒多想。由於聶父才值大夜回來，所以他吃完早餐便去休息，剩下的一切都由聶泓珈收拾，杜書綸也很自然的幫她擦碗，越早做好越能及早出門。

「所以？去哪？」人都在腳踏車上了，聶泓珈要一個答案，「我可不想去芒草原喔！」

杜書綸一臉失望，他就是想去那邊啊，唐家大姐搞不好人正在那邊探查呢！

「那是命案現場，封鎖線都還在！」聶泓珈覺得他們根本不可能進去，「而且我們什麼都不會！我也……沒有很想再去一次！」

那晚即使光線不足，但現場瀰漫的血腥味依舊令人想吐。

杜書綸難掩失落，難得最近有他感興趣的事啊！那可是課本或是現存知識學不到的東西！

「那我自己去吧！妳……自己找地方玩吧！」杜書綸對於想做的事，向來就沒有猶豫過，也不容妥協。

「好，那我去吳茹茵家！」聶泓珈原本就打算去了，杜書綸有沒有陪倒沒差，她只是社恐，但不代表依賴。

杜書綸已調轉的龍頭又給轉了回來，這個目的地他可有興趣了，「妳？妳要去人家家裡？又不是好同學、又沒說過幾句話、又……」

「她昨天來找我了，在夢裡掐我……讓我掐自己。」聶泓珈雙手交錯的掐住自己頸子，「唐姐姐說得沒錯，她對我很不滿。」

杜書綸面無表情的踩下踏板，「走吧，帶路！」

聶泓珈心裡有小小的暖意，杜書綸一向不會過問太多，給她很大的空間，而必要時會選擇陪伴著她。

這就是從小一起長大的默契吧！

昨晚的夢境最後是——她在空中盪著，突然被甩向後滑入自己房間，吳茹茵猙獰的直接飛撲過來，壓在她的身上，雙手二話不說就掐住了她，在這混亂的夢境中，她轉頭發現，那不是她的房間。

吳茹茵，要她去那個房間。

她的房間。

第十章

報復性自殺

空氣中瀰漫著腐臭味，因爲日前許多四散的人體組織或是內臟實在太碎了，鑑識人員很難將它們收集齊全，那些組織便在這片芒草原裡腐爛發臭，空中不停的有烏鴉盤旋，牠們可高興了。

芒草比人都高，穿梭在其中一點都沒有浪漫的感覺，唐恩羽只怕突然有什麼從芒草裡衝出來。

「我們走了好一段了！怎麼還沒到？」後頭的唐玄霖實在受不了芒草不停的朝他身上招呼。

「命案現場那塊不能走，只能繞路了吧……哎唷！」她一邊說，一邊不耐煩的打掉搔到她頸子的芒草，「煩！按方向沒錯啊！應該找那個小子帶路。」

「在這裡面即使在地人也不知道吧！草這麼長哪能找到路……」唐玄霖嘟囔著，卻突然止了步，「老姐！」

唐玄霖低下頭，他的鞋尖往一點鐘方向看去，隱約的在地面露出點焦黑，唐恩羽不假思索的轉向，撥開了長草，瞬間豁然開朗，他們來到了一處空地！

一大片的魔法陣啊！整個範圍被夷爲平地，焦黑一片，唐恩羽隻手貼在地上，還能感受到隱約的熱度，來自地獄。

「爲什麼選在這裡小城市？我以爲惡魔喜歡挑人多的地方，才能誘惑更多人啊！」唐玄霖繞著魔法陣行走，要找到關鍵的圖騰。

「惡魔也是有躺平族的，沒事幹嘛這麼努力，有人可以誘惑、有靈魂可以吃就好了。」唐恩羽雙手抱胸的朝外頭望去，「這種低階惡魔先是誘惑人色性大發，而那些被性侵殺死的女孩，恰好成爲祭品，所以每個女孩幾乎都會被帶到這兒殺掉。」

「但速度有點太快，第一個被擄走一個月還比較合理，至少是讓凶手玩夠了再獻祭，但後面兩個直接在這片芒草原逞完獸慾後就殺掉，不太符合常理。」唐玄霖看著這片染血的土地，不管凶手在哪兒殺掉女孩，土地都會吸滿恐懼與血腥，再吞噬掉那些女孩的靈魂，真便利。

「不知道是在趕什麼……而且他們的惡趣味一般都是把人逼到絕境，再一併收割啊！」唐恩羽想琢磨點什麼，但還真的想不出個所以然。

「的確，像昨天那種模式，經紀人藉著權力去性騷旗下藝人，再脅迫那個女藝人妥協，就能進行長期交易。」唐玄霖再一個彈指，「再讓經受誘惑者慾望無窮，不停的性騷其他人，最終不是自爆、就是被舉發，陷入絕境，惡魔就喜歡這種痛苦的靈魂。」

「是啊，結果沒想到會被那女孩反殺吧！厲鬼動起手來可沒那麼好說話。」唐恩羽有點煩躁，「我比較煩惱這個厲鬼，殺氣太凶了。」

「登！」又一個彈指拉回她的注意力，唐玄霖蹲在魔法陣的一處，他找到了關鍵圖騰。

這種陣就像個傳送門，可以雙向開啓，只要稍微更改一下，就能把那個惡魔送回去！事不宜遲，唐玄霖即刻卸下背包，開始準備改圖，這樣隨時就能把那傢伙送回家。

唐恩羽也蹲了下來，她很不喜歡做精細的事，這種繪圖的工作還是交給老弟就好。

「還得找到那個惡魔，好色的傢伙啊……」唐恩羽下巴抵在手臂上晃著，「有點煩，如果直接——」

手拿筆的唐玄霖倏地停下動作，抬頭就瞪向她，「不許！」

「說說而已。」她撇嘴。

「我認真的，妳不要開玩笑。」唐玄霖眼鏡下的雙眼的確跳躍著怒火，「正常人的身體禁不起一再的被撕碎與重組，再如何折騰都有期限的。」

唐恩羽看著生氣的弟弟，心裡還是暖的，只能苦笑聳肩，「我這身體還能叫正常嗎？誰體內會住一尊惡魔？」

「正因如此，才要更維持正常！不能像以前一樣，一點小事就讓體內那傢伙出來把威脅一口吞掉，然後妳得躺上好幾天！」唐玄霖認真警告著，「學了這麼幾年惡魔學，能用和平的方式解決最好。」

「知道知道啦！」唐恩羽沒好氣的說著，「跟老媽子一樣，碎碎唸！」

「我們老媽可不會碎碎唸，她會直接動手！」唐玄霖中肯！

唐恩羽不再吵老弟更改魔法陣上的咒，多年前因為一場意外，導致她體內封印了一隻惡魔，惡魔若為刀，她就是刀鞘，她能很好的讓刀乖乖待著，除非接受到她的命令，刀才能出鞘。

而且，還要再加一道封印，刀出鞘一定要是受威脅的狀態，免得這惡魔為了想吃人類靈魂，隨時都衝出來飽餐一頓。但他每次出來，眞的是把她五臟六腑都扯開，就算入鞘後傷口會恢復，但精力還是大受損耗，內臟也需要時間復元，最重要的是——他馬的痛死了！

之前有一次遇到非常棘手的惡魔，她整整躺了一個月。

那次之後，老弟就反對她叫惡魔出來，外掛強大好用但傷身，他們既然都有惡魔的典籍，應該是要利用這些知識去反制才對！道理她都懂，但就是嫌麻煩。

惡魔某些方面麻煩很多啊，不是什麼護身符或是佛珠可以解決的，而且也不好找，他們無論附身或是化身，都很難輕易找到。

「這個惡魔是要誘使人都陷入色慾當中，為了解決性慾不擇手段對吧？然後，現在還有個亡者卻在殺這些……好色之徒。」唐恩羽開始分析，「所以我們是不是跟著厲鬼走就好了？」

「跟著屍體走會砸招牌的！」唐玄霖淡淡的說出一個名詞，「專注找性掠食者吧！」

「咦？」唐恩羽略蹙起眉，「Me Too嗎？」

「那個報復性自殺，原因並不單純，但因爲是自殺，父母不追究就不會有深入調查。」唐玄霖幾乎可以有八成的把握，「但就她自殺的模式、變成厲鬼的過程看來，她應該就是被掠食的人。」

唐恩羽深吸了一口氣，人眞的比惡魔複雜得太多太多了。

「錢進來了嗎？」這是重中之重。

唐玄霖立刻察看手機，搖了搖頭，「還沒。」

「那就不急。」唐恩羽二話不說，轉身就走，「我們去吃東西吧，直接去找網路上的當地美食推薦！」

這裡的人都不急，他們急什麼呢？是吧！

兩姐弟說走就走，毫不猶豫，唐玄霖將手裡那枝三十公分的「筆」，好整以暇的收進一個匣內，蓋上的瞬間，盒上居然有金色的流線在跑。

姐弟的身影離去，沒入了芒草內，而在魔法陣的另一端，被風吹開的芒草裡，隱隱約約站著一個渾身青紫的人影。

滿佈血絲的雙眼已經進展到全紅，女孩瞪著消失的背影，雙手緊緊握拳，握住了勒頸繩的另外一端。

再一陣風掃過，芒草低頭時，人影又已消失得無影無蹤。

周呈凡的車停在吳茹茵家的社區外，雙手緊緊握著方向盤，手機訊息不停的跳出，都是同事的疑惑，還有攝影人哥的不解：她被調職了！

一封訊息，直接把她調離原本所有的採訪線，直接讓她到生活類，去街訪「當代年輕人對於物價上漲的因應之道」，所以涉及藝人甜樂珮、該經紀公司、汽旅命案甚至是吳茹茵的自殺案，她都完全不能再碰！

「啊啊啊啊啊——」她怒不可遏的胡亂打著自己無辜的方向盤，發洩著滿腔怒火，「馬的！」

就因為她拒絕了上司一再的觸碰！她一開始的確沒有拒絕，因為她想要這份工作、想要成為一線記者、想要上主播台！所以每次獨處時，她都忍耐著任由他上下其手，但是當他想要更進一步時，她是全身心的抗拒！

她努力的把新聞炒熱，盡量的曝光，就是希望自己建立起名聲後，就不必怕被上頭掌控，結果……到頭來一封訊息就把她撤掉了！

她這麼努力、這麼忍耐、還得被鬼嚇，然後得到的下場就是這樣！公平嗎？這不公平啊！

昨晚在辦公室裡看見螢幕裡的鬼眞的把她嚇到發傻，她甚至連尖叫都忘了，突然意識到爲什麼剛剛羅哥會像看到鬼一樣的逃離，或許他眞的看見了鬼？

而她認識那個懸在上空的女孩，臉她是不敢細看，但那模樣就是報復性自殺的吳茹茵啊！

她嚇得閉上雙眼拼命唸阿彌陀佛，再一睜眼時什麼都沒有了，但是隔壁同事憑空拉開的椅子，就能把她嚇得魂飛魄散，東西一抓就奪路而出！

回家路上還去廟裡拜拜，求了護身符，一邊認眞的跟吳茹茵道歉，她只是在做自己份內的工作，沒有要誣衊什麼，但如果她有事情要告訴她，歡迎託夢或給點線索。

她是害怕，但更怕沒辦法報導自己執著的新聞，例如現在！所有的一切化成泡影，她不甘心！

那些噁心的男人利用職權之便進行性騷擾，大家爲了工作隱忍，因爲不想忍的話，這就是她的下場——咦？

周呈凡突然看見遠遠騎來的身影，前面那個高壯的女生，就是吳茹茵的同班同學啊！

她飛快的瞧著後照鏡整理儀容，努力的平復心情，看著聶泓珈兩人跟社區警衛溝通，想也知道他們是要去吳茹茵家吧！

「同學！同學請等等！」周呈凡朝著正要進入的聶泓珈跑去，慌張的鎖著車門。

聶泓珈回頭一瞥見她，當即倒抽一口氣，「不要！」

她加快腳步往社區裡走，好不容易才登記好，吳爸爸他們也願意見他們，怎麼可以帶記者進去！

「我朋友。」結果身後的杜書綸居然轉頭就跟警衛說，周呈凡是他們朋友？朋友？她怎麼會有那種朋友啦！

「那是記者。」警衛不客氣的白了杜書綸一眼，「現在最夯的周記者，她試溜進來好幾次了，我會不認得嗎？少年仔？」

「快不夯了，我已經被調走了。」周呈凡跑過來，還有點上氣不接下氣，「我今天沒帶攝影師，什麼都沒有……看！我是以私人名義來的！」

警衛哪可能聽她說話，毫不猶豫的推搡著她，「記者的話都不能聽啦！出去出去！」

「我今天眞的是私人身分來的！我就是想知道個答案——難道吳茹茵的父母眞的就不想知道他們女兒發生什麼事嗎？」周呈凡一邊抵抗一邊嚷著，「你幫我跟她爸媽說說，我、我夢到她了！他女兒託夢給我了！」

咦？聶泓珈聞言回身，吳茹茵也找她了？

「問問！大哥，你問一下！」杜書綸上前阻止警衛推人，「必要時我跟吳爸爸說說，你就先問問！」

他一邊說，一邊轉向都已經走到中庭的聶泓珈，過來啊，妳站這麼遠幹嘛？聶泓珈不情願的皺眉，拖著步伐折返，她個人覺得這是不情願的步伐，但在周呈凡眼裡，這每一步看起來都威脅感十足，這個「女孩」真的超級MAN。

「為什麼？」她一到杜書綸身邊，滿滿質疑。

「妳不想知道嗎？為什麼妳同學她爸媽，對於她這種自殺法完全不想探究？」杜書綸低語著，「我不是看她漂亮，我是能理解她在追求真相。」

「我是好奇啊，那我們自己去問不就好了，今天就是要來……」來什麼？她其實是因為吳茹茵要她來的。

聶泓珈突然止住了話，緊張得嚥了口口水，這一切都沒逃過杜書綸的雙眼，他對聶泓珈太過瞭解，那件事過後，能讓她這麼積極、背後絕對有「迫不得已」的原因。

「一樣都是被找的，一起去吧！」杜書綸下巴點點警衛室，聶泓珈不情願但還是上前，主動說服吳家父母。

她口才很差，最後還是杜書綸上陣，他還說了周呈凡是來道歉的，而且她有重要的線索要跟他們講，吳茹茵的父母才放行。

三個人進入電梯後，聶泓珈皺著眉瞪向杜書綸，這傢伙說謊都不打草稿，還這麼泰然自若的耶！

「好凶啊同學！妳看起來都快揍人了。」周呈凡打起圓場來，「我還是要謝謝你們，怎麼稱呼？」

聶泓珈撇過了頭，默默的盯著按鈕。

「她是珈珈，我是讀書人，這樣比較好記！」杜書綸偷瞄了聶泓珈一眼，「妳之前針對過她，她不喜歡妳也是正常的，然後她可以一拳揍倒我。」

讀書人咧！哼哼，聶泓珈在心裡咕噥十遍：賭輸人！

「我沒針對人的，我對事不對人。」周呈凡認真的澄清，「那麼狠絕的自殺，背後絕對有原因，然後沒有人在乎？」

「誰說的？」聶泓珈不爽的扔下這麼一句，電梯抵達二十六樓，「至少我們現在都在乎。」

一出電梯，吳父就已經站在門口等他們了，他滿臉鬍渣更顯憔悴，眼眶都是黑的，孩子的死怎可能不難過？畢竟是同班同學，聶泓珈被杜書綸往前推著當代表，緊張的猛行禮。

吳父勉強的笑著回禮，對於身後的杜書綸有點陌生，接著臉色一變，充滿敵意的迎接最後一個步出電梯的周呈凡。

「這不是採訪，希望妳不要錄音錄影。」他開門見山的警告。

「我已經被調離這些新聞了，我單純想過來……」周呈凡想起杜書綸剛剛的藉口，「想跟您道歉、對吳茹茵致意，然後跟您們說我找到的線索。」

聶泓珈滿臉不悅的看著周呈凡，又滿是責備的衝著杜書綸發出無聲抱怨，但最終她也什麼都沒說，魚貫進入吳茹茵家中。

一進屋便是焚香味，吳家父母在自家神桌旁供了吳茹茵的相片牌位，吳母有氣無力的招呼他們，人都瘦了大大一圈，眼睛都哭腫了。

氣氛是沉悶且令人窒息的，他們紛紛先上香再說，聶泓珈看著照片裡的吳茹茵，她不是美女，但卻散發著一種極度聰明的氣質。她現在看見照片裡的模樣，腦子裡會出現那斷頭吐舌、雙眼充斥忿怒的吳茹茵！

聶泓珈雙手緊緊握拳，不讓自己抖得太嚴重，退到一旁再讓杜書綸他們上香，然後悄悄環顧四周，在一扇緊閉的門縫下，竟看見了有人走過的影子。

「茹茵很少說學校的事，我以爲她最要好的朋友是周凱婷，沒想到是男孩。」吳父端著茶水走出，「謝謝你過來看她。」

「我跟吳茹茵並不熟，但我們實驗同組，然後我就是那個她破冰寫信的對象……嗯，我知道看不出來，但我眞的是女的。」在吳父詫異的眼神中，她直接一口氣說完，「我來這裡是想知道，吳茹茵爲什麼會自殺？」

有夠直接，連一點點鋪陳都沒有……杜書綸暗暗搖頭，珈珈就是這樣，要嘛不做事，要嘛就是急！他轉頭瞟向周呈凡，請助陣。

「您們一直不肯透露那天發生了什麼事，就許多同學對吳茹茵的印象，都是那個堅強熱情的人，主動去找甜樂珮溝通不能拍攝，主動輔導同學功課，這樣的人會突然自殺眞的很怪。」周呈凡不穩的開口，「而且她最後一封信對未來是充滿希望的。」

吳母顫抖著手握不住香，她別過頭去，淚如雨下。

「報復性自殺雖然是周小姐編出來的，但她講得沒有錯吧？你們是怕社會譴責所以才隱瞞不作聲嗎？」杜書綸接口，話比刀利，「所以，其實是你們逼死了自己的孩子嗎？」

「杜書綸！」聶泓珈驚呼出聲，他怎麼能這麼說話？這等於拿刀在父母心口上剜啊！

「……出、出去！」吳父頓時暴起，隨意放下手裡的杯子就要趕人，「我以爲你們是誠心來看茹茵的，還說有什麼事情要告訴我，結果……滾！」

吳父使勁的朝聶泓珈推去，不過半寸都沒讓她移動，聶泓珈的身材不只是看起來高大而已，她是真的壯啊！

「我是眞的來看她，是她讓我來的！」聶泓珈情急之下喊了出來。

吳母一怔，「什麼？」

「我也是！」周呈凡趕緊搶白，「我夢到她了，她讓我一定要……讓大家知道，她跳下去的原因。」

吳家頓時又靜了下來，聽著這種怪力亂神的事情，應該要覺得離譜，但最終卻換得吳母淒厲的哭聲。

「啊啊啊……我的茹茵啊！有什麼事妳要跟媽媽說啊，妳爲什麼不入我的夢，妳去找那種記者？」吳母雙腳一軟，癱坐在地的失聲痛哭。

吳父難受得飽拳緊握，淚水安靜滑落，他又皺眉又搖頭的走向妻子，「是我的錯，是我！我不該對她那麼嚴格、我不該逼她的。」

「嗚嗚……」女人抬起頭看著丈夫，悲慟的搖著頭，「不光是你，我也是！我不讓她喘息，我一秒都捨不得讓她休息，我逼她唸書逼她考高分逼她去補習，是我們聯手逼死了茹茵啊啊啊……我的女兒！」

吳父嗚咽的蹲下身子，緊緊抱住吳母，兩老哭作一團，而聶泓珈眼尾瞟向了那間房間，突然喀的一聲，開了。

「她是因爲課業壓力太大，所以自殺的？」這是坊間流傳的普遍版，優等生自殺常見，理由多半也是因爲被逼到覺得人生毫無生趣，但是──「我採訪的學生都說，開學以來，她在學校是活躍的啊，沒有那種沉寂的模樣。」

「是我！是我逼她去補習的！她說好不容易考上高中了，她不想立刻補習，但我沒放過她！」吳父痛哭失聲，「她不聽話我更生氣，所以我說替她報了名，不容許她有意見，要她立刻就去報到！」

「不對吧？」杜書綸蹙起了眉，這不合理，「她用來上吊的繩子是很久以前就買的，甚至還特地丈量了從頂樓到你們家這一層，還得再加上自己身高的長度，這都是有預謀的，並非你們所說：因爲突然要她去補習！」

「明明就是她很久很久以前就有輕生的念頭了！全S區榜首壓力有多大我們也不知道，但繩子早買好卻沒有執行，直到……」周呈凡想知道的是，壓倒駱駝的最後一根稻草是什麼？

「你們對她態度有多強硬？沒有商量空間？我知道你們現在覺得我們問這些很怪，但我必須老實說你們說，吳茹茵的死法充滿了恨意。」杜書綸再度不客氣的蹲下身子，看著這對父母，「頂樓好跳的那面她沒選擇，她硬是選擇了你們房間的窗戶，她還刻意先量好長度，就是要讓自己死在你們眼前……這得多恨你們啊！她是恨你們的！」

這男孩說話實在有夠難聽的，豈止毒辣，連周呈凡都有點招架不住……但卻字字屬實，這也是她提出「報復性自殺」的原因，吳茹茵是在報復家人。

「……我只是希望她好！希望她不要驕傲自滿，要上D大才是重點！但是她……她以前很乖的，從來不會反應那麼激烈，可是這次、這次她居然說死都不去補習班！」吳父崩潰得很！「我不知道她是說眞的，她明明是那麼聽話的孩子……」

「……多少父母都以為自己很瞭解自己的孩子，我的孩子最乖了、我的孩子才不會做那種事、我孩子最聽我的話，以為小孩永遠都會是幼兒，能在自己掌控之中。」周呈凡口吻轉為冰冷，「你們不想面對他們已經長大的事實，也沒有心要瞭解自己孩子，只想著掌控、只希望他們聽話，弄到孩子自殺了你們都還不知道為什麼。」

「閉、閉嘴！妳是什麼東西？妳憑什麼這樣指責我？」吳母突然激動的站起來，搥打著周呈凡，「妳就是個唯恐天下不亂的記者，妳想把我們塑造成無良父母嗎？我們是全天下最愛她的人，一切都是為了她好！」

「喔。」杜書綸無奈的嘆了口氣，「現在呢？」

為了她好的「她」，現在怎麼了？

吳母望向杜書綸，她難受得心都在抽痛了，噗哇一聲又掩面痛哭了起來！吳父趕緊起身抱住妻子，這幾個孩子說話比刀還尖，一刀刀往他們身上割啊！

「走！你們都出去！我不該讓你們來的，你……」他才在喊著，突然一陣錯愕，「那個男孩呢？」

咦？杜書綸回過身，身後哪有聶泓珈的身影，他也緊張的立刻回身，「珈珈？聶泓珈！」

才往裡走兩步，就看見了聶泓珈居然進入了某間房間，他人是機車但至少有禮貌，驚訝於她怎麼可以隨便進入別人房間啊！

「你做什麼！你怎麼可以擅闖別人房間！」

果不其然，身後的吳父暴跳如雷的咆哮著，撞開杜書綸就往那間房衝去！連吳母也踉踉蹌蹌的起身跟上，只是驟然站起，兩眼一黑，周呈凡趕緊攙住她，免得她跌下去。

「不不……不……」她站都站不穩，卻直指著前面，「去！快點走……」

周呈凡撐著她的身體趕緊尾隨在後，只見聶泓珈一個人跪坐在該房間的粉色拼墊上，膝前擺了一本黑色的筆記本，而吳父正站在她面前破口大罵！

「滾出去——一點教養都沒有，誰准許你進來的！」

「啊……」吳母好不容易看清楚了，一手扣著門緣，慌亂不已，「這門我鎖著啊！妳是怎麼進來的？」

吳父錯愕，看著吳母從上衣裡拉出一條項鍊，墜子就是一把鑰匙。

是啊，吳茹茵死了之後，他們決意不動這個房間，固定打掃，但誰也別想進去，要維持原樣。

如果房門鎖著……

「妳怎麼進去的？」周呈凡有點難爲情，她還沒搞清楚狀況，只知道珈珈這樣做太沒禮貌。

「可能是……吳茹茵讓我進來的。」聶泓珈腿上的雙手互絞著，有點惶恐的越過吳家父母，努力看著後頭的杜書綸……矮子，她看不見啊！想安心都難！

這個房間，跟她昨晚夢境裡的一模一樣。

剛剛門是開了一條縫，接著無風又敞開了些，她一開始似曾相識，踏進來後幾乎就確定了正是昨晚她被吳茹茵掐脖子的地方。

她是腳向門口，被壓在地上，當時的她很想找東西反擊，將壓在她身上的吳茹茵推開，然後吳茹茵那斷掉的頭，無聲無息的驟然磅的摔落在地上，就在她的左側！

那裡有兩個四層櫃併在一起，聶泓珈完全不需費神，就看見夾在櫃子縫中的那本黑色筆記本。

「你們要她去補習，是江偉毅老師的繁星補習班嗎？」聶泓珈小聲的開口問道。

「……當然！她能有這麼好的成績，一切都是因爲江老師！江老師又不只在國中有名，高中也有課程，她理所當然是要去江老師那邊的。」吳父最不解的就是這個，「明明是她的恩師、明明是讓她能變榜首的老師，她明知道在他那邊才能有機會考上第一志願……」

「不要一直明明、明明，這都你們在想的，眞的這麼好她會死也不去？」杜書綸趕緊找個縫鑽了進來，「我就問，吳茹茵有跟你們表明過不去的原因嗎？」

吳父第一時間看向吳母，吳母搖著頭，越搖越用力，「沒有！她什麼都不說，問她爲什麼她也、她也說……」

跟你們講沒有用！

她想起茹茵每次都說這句，爲什麼會沒有用？她原本想說什麼？

「說什麼？」周呈凡看出吳母的臉色陣青陣白。

「沒有用……跟我們講什麼都沒用！」吳母皺起眉，「所以是有什麼事我們幫不上她的嗎？」

杜書綸逕自踏上巧拼墊，來到聶泓珈身邊，拾起了那本本子。

「不要動！那是什麼？妳、妳在哪裡拿的？」吳父又是一驚一乍。

杜書綸沒敢翻閱，他瞄著聶泓珈，她朝櫃子中間使了個眼色，他便知大概了。

「吳茹茵從來沒說過……補習班發生過什麼事，或是不想去補習班嗎？」聶泓珈再度鼓起勇氣問，「或是說，曾經說過不喜歡江老師……」

「哪個孩子喜歡補習？更別說江老師對她寄予厚望，常常額外補課，她一定會抱怨！」吳父不耐煩的說著，「但這都不是理由，結果才是最重要的，她成為榜首、考進好學校……」

「他們是在汽車旅館補課。」聶泓珈驀地衝口而出，打斷了吳父的話語。

什麼!?周呈凡頓時倒抽一口氣，瞪大雙眼聽著剛剛那與吳父重疊的語句！吳氏夫妻愣住了，他們根本無法反應。

「什麼汽車旅館？這種事不能亂說的！」周呈凡也擠進了房間裡，「證據呢？」

「我親眼看見的，他們在H區的市中心，我尾隨看見他們進去汽車旅館的。」聶泓珈緊張的抓起褲腳，「我一直沒敢說，也是、也是因為沒有證據，江偉毅又德高望重，吳茹茵是好學生……」

這種事是不能亂說的，矢志當小透明的她，才決定當作沒看見。

「妳在胡說什麼……汽車旅館？」吳母果然過度震驚。

「有沒有一種可能，吳茹茵是不想繼續被猥褻，才不想去補習的？」杜書綸再度做著銳利總結，「我覺得她可能也不敢講，也或許有講過，但你們對那位江老師那麼推崇，她也就不再提了？」

吳母腦袋一片空白，那個江偉毅對她女兒出手？

「媽，我不想繼續去補習了，可以嗎？」

「媽，每次補課都只有我跟老師一對一，我會覺得怪怪的。」

「爲什麼爲什麼？老師他才不是好人！你們就因爲他常打電話來關心我、照顧我，就覺得他是好人，那你們知道他怎麼照顧我的嗎？」

片段的回憶浮現，那些都是他們未曾在意的事情，那些該都是茹茵耍脾氣時的情緒發言，每一次他們都是以「老師對妳多好！妳要感恩！」以及「不要忘恩負義！沒有江老師，哪有今天的妳！」來訓斥孩子。

「不可能的！你們不知道江老師對她多用心！他每週都打電話來告訴我們茹茵的學習近況，未來規劃，優缺點剖析……補課晚了還會送她回家，連餐點都是他請孩子吃……」吳父完全無法接受這荒唐的理由，「逢年過節、茹茵生日，他都會上門拜訪，送禮聊天，他儼然就是茹茵的恩師慈父，像另一個乾爹一樣——你們怎麼可以誣衊！」

「許多性侵案都發生在熟人間，更別說老師與學生更有上與下、權力不對等的現實！老師掌控著學生成績，她們只是小孩子，遇到這種事根本不知道怎麼處理！」周呈凡當即反駁，「他跟你們關係好，更是無形中在警告吳茹茵：不要想亂說話，因為我對妳的一切瞭若指掌！」

如天般的老師，誰敢反抗？

聶泓珈一陣心慌，她設想過很多次：如果她是吳茹茵的話怎麼辦？說不定她也不敢反抗、而且根本也不敢講！

她當年只是撞見而已都不敢說，因為一邊是知名的補教名師，一邊是她這種普通國中生，沒有證據，老師只要說她是在騙人、造謠生事，她就不知道能怎麼辦了。

「有點噁……而且國中生知道什麼是被侵犯嗎？她對性了解多少？」杜書綸不太舒服的深吸了一口氣，「我不相信吳茹茵都沒求救過，你們是不是忽視了她的求救？都認為她在胡說八道？」

吳父再度看向吳母，周呈凡對這點非常反感，搞得孩子好像是吳母一個人似的。

「吳先生，你一直看吳太太做什麼？吳茹茵也是你的孩子，你什麼都不知道嗎？」周呈凡不客氣的說著，「如果吳茹茵真的有跟江偉毅發生什麼事，你們也渾然不知，還不停的推崇那個狼師，把她往虎口裡送……最後把她送上絕路。」

她瞬間明白，如果吳茹茵真的被江偉毅性侵，那她的報復性自殺突然就變得合理了。

「不可能！不會有這種事，這都是你們胡亂推測！」吳父驚恐莫名，回身走向呆掉的吳母，「孩子她媽，孩子都是妳在顧的，妳說！」

周呈凡看向地上的本子，伸手想拿，立刻被杜書綸擋掉，「這不是妳該看的。」

她咬了咬唇，滿心的渴望，但也不敢貿然奪取。

「這哪裡來的？」

「這應該是吳茹茵的重要日記吧。」聶泓珈剛剛拿到時，已經先翻過了，「昨晚我夢見這個房間，和那個四層櫃……」

杜書綸指向四層櫃，還挪動了一下，「你們居然都沒發現那本本子，也挺厲害的，它就擺在這兒。」

吳母踉蹌走進，她完全沒注意到櫃子中間的縫隙，她只看得見茹茵桌上那些習題做完了沒……

「我覺得你們應該看一看。」聶泓珈站了起來，順道拉起杜書綸，「我們先走了。」

吳母撲向那本本子，激動到拿都拿不穩，想趕緊看看孩子寫了什麼，吳父也趕緊上前要同看，周呈凡還貼心的挪了個位子，她可——

後衣領被人粗暴的拎起，周呈凡直接被拖出了房間外，她回頭看著人高馬大的身影，這種體型跟力氣，哪是女的啦！

她真的被一路拖出了吳家大門，杜書綸還幫他們關上門，聶泓珈這才鬆手。

「幹什麼……妳！為什麼不讓我看！我就是想知道──」

「妳想知道什麼？情況不是再明顯不過了嗎？」杜書綸打斷了她的怒火，「吳茹茵就是不想再回去被性侵，但父母堅持逼她去，她才以死明志。」

電梯門開啓，聶泓珈默默的進入電梯，周呈凡很想待著，但杜書綸威脅說他們下去後，他就要警衛上來趕她，她才不情願的一起離開。

「她……可以說的啊……」聶泓珈無法理解，「為什麼要採取這種方法……」

應該還有很多種方法的吧？吳茹茵，妳為什麼選擇了最可怕的一條？

「或許她試過所有她認為能做的事，結果徒勞無功……」杜書綸無奈的嘆了口氣，「我只覺得眞的很噁心！太……她國中三年都在江偉毅那邊耶！」

換句話說，她是不是國一就開始被性侵了？整整三年啊，這不是地獄，什麼才是？

周呈凡略微打了個寒顫，她想起了自己被羅哥揉捏胸部時的感覺，動不了、不敢動，考慮的事情比身子被觸摸還要更多，而且明知道對方這樣是錯的，卻仍舊隱忍下來，什麼都不敢說，甚至默默承受下一次、下下一次……直到她的底線。

跟這些學生比起來，她是個大人了，又身在這種處處都有潛規則的圈子，她尚且如此，這些孩子又能怎麼應對呢？

那位名師只要搬出權威，進行威脅，甚至以國中生來說，搞不好還教育對方這是正常的，未經世事的孩子怎麼懂？

看看甜樂珮的經紀人只要用工作與前途當要脅，她就屈服了！就怕不能成名、怕被封殺、怕沒有工作！那種無形的恐懼就像繩子，綁住了她們的四肢；等到的被性騷猥褻後，強烈罪惡感與噁心感又會包圍著自己，揮之不去，更不敢開口跟別人說！

就算是她，她都不敢想像她如果報出上司性騷她，會得到怎樣的眼光？她不是沒有看過前車之鑑，男同事會在背後說她輕浮，恣意開黃腔，女同事瞧不起她，認為她輕浮不要臉，用性換取所需，一定是條件沒談攏，所以才舉發。

公司會很快的「調職」，明明是舉發上司性騷擾的受害者，沒有三個月就自動離職，銷聲匿跡，而被舉發的人，一年後再度回來，還升了一級。

「她可能根本不知道該怎麼做，那就像掉進沼澤一樣……全身被噁心的泥濘包住、一張開嘴泥巴就會灌進去，又黏又重的纏著妳，爬不出去又求救無門。」

周呈凡幽幽的開口，「她可能已經盡力了，只是沒人拉她一把。」

還推她入火坑。

杜書綸觀察著她的臉色，記者小姐臉色很沉重啊，有點不知道她是在說吳茹茵，還是她自己？

電梯抵達，周呈凡不再糾纏的步出，聶泓珈看著她離去的背影，周呈凡身上也有許多黑色手印。

在她肩頭、她胸部、她的大腿、她的腰……聶泓珈忍不住反胃的發抖，她想到李百欣她們，那麼多同學身上都有那些手印，而她們全部都在江偉毅那邊補習！

「啊……」她突然間不能呼吸，張大嘴換不了氣，不支得往一旁的牆邊倒去。

杜書綸見狀立即拽過她往外走去，一邊從包包裡拿出一個氣喘吸入器，先讓她吸一劑藥再說！

聶淞珈情緒激動時都會犯氣喘，但她卻總是認爲自己已經病癒。

「妳自己稍微出點力，妳很重……喂！」杜書綸撐著她的身體，好不容易挪到中庭的椅子上坐下，聶泓珈就這麼大方的枕在他身上換著氣，感受著新鮮空氣的流動。

呼吸，記得呼吸啊聶泓珈！她看著藍色的天空，跟這高聳的建築物，吳茹茵當初是從哪一面跳下來的？

「太噁爛了！」她突地一個翻身，人就往杜書綸的肩頭埋去，「江偉毅第一次性侵她時，她才十三歲！」

唔，杜書綸覺得肩胛骨要碎了……他也只能安撫著懷中這個雄壯威武的女孩，他就知道，這傢伙看了那本日記。

「我們應該悄悄帶走日記的，至少告發得有證據。」

「那個吳爸爸他們會做吧？」聶泓珈抬起頭，果然已經哭成淚人兒。

杜書綸不知道怎麼說，他怎麼覺得沒啥把握？

但說穿了，似乎也不關他們的事。

「別哭了，妳哭起來跟我見猶憐毫無關係，我怕警衛看到會誤會！」杜書綸捧起她的臉，唰地就把淚水往外滑掉，「我現在比較關心的是，吳茹茵希望妳講出去，是要到什麼程度！」

「咦？」聶泓珈眨了眨眼，這什麼意思？

「是要告訴她爸媽？還是公布給媒體報導？或是……」杜書綸才講兩句就得到瘋狂搖頭的回應。

「我不要……這不是我需要做的！剛說了，吳爸媽他們會做！」聶泓珈緊張的站了起來，「這件事不關我的事，到此爲止，我不想扯上任何關係……」

說著，她疾走的朝外走去，警衛已經看著他們好一會兒了。

杜書綸嘆了一口氣，珈珈太天眞了！事情都已經走到這一步了，怎麼可能跟她無關！

別忘了唐恩羽說過，她同學對她有怨耶！

「妳要真的想透明到底，跑去繁星補習班幹嘛？」跨上腳踏車時，杜書綸故意挑她不愛聽的說，「還不是擔心其他同學，還想看看江偉毅對吳茹茵的死有什麼反應！」

聶泓珈咬著唇，「就只是……去看看。」

聽聽，說得這麼輕描淡寫，人哪，是沒那容易改變本性的。

他們決定先騎去吃點心，只是沒騎多久，就聽見令人頭皮發麻的警笛聲傳來，而且是一輛接一輛，兩個孩子停在十字路口，看著警車從眼前呼嘯而過。前往的方向，很討厭的是他們家的方向。

「我眞煩聽到這種聲音！」杜書綸由衷的說。

「應該……沒有什麼事吧？」聶泓珈說得好不確定。

「我們先去找東西吃吧，吃些甜的。」杜書綸調轉龍頭，與警車背道，「去吃雪花冰怎樣？」

「嗯！」聶泓珈用力的點頭，「我最愛吃了！」

嗯哼，他當然知道。

先得讓珈珈緩緩，然後，他想知道日記裡到底寫了什麼東西。

第十二章

屠魔者

溫暖黃光的電梯裡，幾個年輕女孩大方的看著站在一旁的俊秀男子，他戴著銀邊眼鏡，清秀斯文的外表，不管到哪裡都極受歡迎；而他身邊同樣高䠷的女人則雙手抱胸，看著這些竊笑的女孩，只想翻白眼。

電梯停下，一票女孩安靜的離開電梯，但是在電梯門關上時，就能聽見她們吱吱喳喳興奮的喊：「好帥喔！」

唐恩羽沒好氣的往右瞟了唐玄霖一眼，再從上到下打量一遍。

「那叫世人的眼光。」唐玄霖倒是挺得意的，「跟妳說過我條件很好的。」

「嗯哼。」唐恩羽敷衍的應了聲，「我實在不懂。」

「那是當然，妳是我老姐，可以說是全世界最瞭解我的人，這區區外貌怎麼會入妳眼！」唐玄霖說著一套不知道是奉承還是陰陽怪氣的話語，唐恩羽直接不客氣的瞪著。

「少來這套！跟你相處她們會氣死！」電梯抵達，唐恩羽不耐煩的拎著飲料步出。

早上先去吃當地有名的道地早餐，現在走廊上已經開始在做清掃了，房務人員剛巧走出來在車上補貨，微笑的朝他們打招呼。

「我們的房間不必打掃。」唐恩羽不忘再交代一聲。

「好的！只要您外面有掛牌子我們就知道了！」房務人員客氣的回應。

他們的房間位在底間，這是特地交代的，不想有人來回走動；兩人手上都拎著餐點，等等午餐直接在房間解決，連出門都懶了。

「啊！小姐！」正嗶卡，房務人員抱著飲料趕了過來，「這個請你們喝的。」

唐恩羽逕自開門走進去，跟在後面的唐玄霖一手擋住門，卻騰不出手接飲料，「老姐！」

唉，唐恩羽東西扔下回了身，讓他先進門，她趕忙上前扳住門緣。

女人雙手捧著飲料，笑容可掬的遞上，唐恩羽還沒接過，她便一步踏進了房裡。

「哇——」眨眼間女人像被電到一樣向後彈開，兩瓶飲料跟著落在地上。

唐玄霖倏而回身，看著滾進房內的飲料，還有那個狼狽倒地的房務人員，她一秒跳起，穩當的立在門口，忿恨的朝著他們咬牙切齒！

『可惡！』她低吼著，聲音沙啞粗嘎，『你們居然能擋下我！』

女人皮膚瞬間如同獸皮，粗糙堅硬，上有無數疣突，看上去是個五官扭曲的老者，一雙占了臉部一半以上的眼睛，金黃燦燦的。

居然找上門了！唐恩羽大退一步，幸好他們在房間內設了針對惡魔的結界！否則現在只怕已經慘遭不測了！

『不要防礙我，沒惹你們！』惡魔連連擺動頸子，每次擺動會出現可怕的骨頭關節聲，『我吃夠了就走！』

「……你是專門來吃靈魂的嗎？是想吃多少？不怕撐死！」唐恩羽想著自己把刀放在哪裡了，離門口有點遠啊！

唐玄霖剛剛就已經移動到桌邊了，老姐的大刀擱在桌上，惡魔進不來的話，刀子扔過去應該不會怎樣吧？

『這裡麻煩的人類太多了！我晚上飽餐一頓，就此井水不犯河水！』惡魔一隻眼珠瞄向唐玄霖，另一隻斜瞪著唐恩羽，『大家各自安生！』

她說完，突然間在他們門口以十倍速的模樣腐爛，唐恩羽二話不說即刻甩上門，這是想噁心誰啊！

刀子扔至，她趕緊接住，這時武器在手才有安全感。

「進不來吧？」唐玄霖憂心忡忡。

「應該進不來，否則他會站在門口跟我們聊天？」唐恩羽抓起剛買的飲料大口灌著，試圖平復緊張的心情。

唐玄霖看著毫無動靜的門，一顆心也懸著。

「為什麼惡魔會找上我們？」難道他發現遭竄改魔法陣的事？

「別亂想！」唐恩羽當即搖頭，因為魔法陣必須搭配咒文的，未曾召喚，惡魔自然不會發現。

唐玄霖一臉嚴肅，這樣不就更糟了？

「我們只是普通人，妳體內的東西一般惡魔也覺察不到，那怎麼會有人知道我們是誰？來這裡做什麼的？」唐玄霖飛快的篩選人，「誰告密？警方？不爽付錢的人？那兩個孩子？」

這絕對是有人說出去，但知道他們兩姐弟曾驅魔的人，根本屈指可數！

「那兩個孩子應該不是吧，警方是請我們來……但不排除有內鬼──不是啊，誰會跟惡魔熟？」唐恩羽一一否決，但是──「錢入帳了嗎？」

唐玄霖搖了搖頭，「中間人說快了，要說服那些人有點難。」

「這邊倒是有可能，如果剛好有跟惡魔有關者在中間人週邊，就會得到消息。」唐恩羽深吸了一口氣，「靜下心來，我們不急。」

她邊說，直接栽到床上去，雖然是低等惡魔，但他們很少在沒戰鬥的情況下，被直接找上門的！

「嚇得我……我去換衣服。」唐玄霖終於也略鬆口氣，準備換下被冷汗浸濕的衣物。

唐恩羽躺在床上，拿著手機查看訊息，看見杜書綸早上問：「唐姐姐你們在哪兒？何時去芒草原？我想要去看看。」

眞是個好奇的孩子，膽子也不小，而且那一臉機車樣，果然是「她」的弟弟。

聽說智商很高，完全都不必去學校，他願意的話，應該早可以直升大學了，但這小子不願意。

對於聰明人來說，學歷的確根本不重要了……啪噠。

一滴冰涼落上唐恩羽的手背，她怔了一下，抓著手機反過手背，她手背上居然有一滴血？

她挪開手機，看著天花板上曾幾何時居然滲出一大灘紅色，像是樓上有個血池漏水似的，一滴、一滴的往下落……唐恩羽瞪圓雙眼，腦子還轉不過來，上頭那朵血花中倏地有個東西掉下來了！

刹！一個人從上方直接掉了下來，唐恩羽完全無法反應，連尖叫都來不及，那個人直接撲向了她……的上方。

有股拉力瞬間扯住來勢洶洶的女孩，女孩的身體在空中震了兩下，她那白眼上翻的臉正面對著唐恩羽，自口中掉出來的舌上爬滿蛆虫，舌尖距離她的臉就只有一公分！一公分！

『離開這裡……』上翻的眼白在眨眼間染成鮮紅，黑色的眼珠翻了下來。

滾開！唐恩羽雙手交叉胸前，手腕上的兩串佛珠發出清脆聲響，伴隨著鈴聲，一股力量瞬間彈出，將從天而降的少女彈回天花板上，她沒入血花時，居然還有血珠四濺……哇啊！

「呀——」唐恩羽同時翻身滾下床，耳裡聽見的水聲與感受同時傳來！

咦？剛換完衣服的唐玄霖聽見叫聲，立即開門衝出，卻看見一床的鮮血！

「老姐！」他飛快的衝到兩張床間，在那邊看見了渾身鮮血淋漓的女人，正狼狽的趴在地上。

深褐色的血……他仰頭向上，此刻的天花板卻純淨潔白，再低首抓住唐恩羽時，所有的血在瞬間已消散得無影無蹤。

唐恩羽緊緊握著他的手蹲起，力道大到快把他的手掐斷了。

「啊啊啊啊啊——」她氣得發出尖叫，「噁心死了！」

就算只是幾秒的幻覺，但氣味、觸感、跟濺進嘴裡的味道都是眞實的！她氣急敗壞的衝進廁所，那味道讓她把剛剛的美好午餐全給吐完了。外頭的唐玄霖並沒有閒著，他趕緊在房間裡貼上符紙，把唐恩羽的被單捲起來，直接扔進衣櫃裡，然後再到床上畫了另一個符咒。

「是那個跳樓加上吊的女高中生嗎？」聽著唐恩羽從浴室出來，唐玄霖正用金剛杵在床上畫符，「這樣似乎也知道爲什麼惡魔會找上我們了，他們該不會聯合陣線吧？」

唐恩羽踉蹌的步出浴室，氣不打一處來，對付惡魔他們還算擅長，應對鬼是弱了點，而且「鬼」比惡魔麻煩多了。

她身上封印有惡魔、學習惡魔法的她，屬於黑暗世界的人，很難同時配戴各種宗教的法器，所以她都跟老弟分工合作，他負責持有法器，只是功力限於自保而已。

「她搞這麼多事，就是警告我們離開……」唐恩羽緊緊握住大刀，「馬的！我唐恩羽跟她槓上了！」

唐玄霖扶了扶眼鏡，唉！年輕人終歸是年輕人。

妳惹錯人了孩子。

杜書綸跟定格似的，湯勺有一半卡在已融成冰糖水的冰裡，眼神看向不知名的遠方，又不知道神遊到哪裡去了！打從她悄聲跟他說了日記大致的內容後，杜書綸就心不在焉了。

她沒看全，但是重點都有翻到，那是本充滿絕望與吶喊的日記，所有的悲傷恨意都灌在那兒了。

她求救過嗎？事實上有的，她用她方式對外求救過，但是不知道爲什麼，她的求救信寄出卻沒有得到回應，所以無人對她伸出援手，直到她自我麻痺，撐到畢業，等待著脫離補習班的高中生活，結果……

這讓她想起楊芝珮，不過杜書綸說她現在收押禁見，意思就是誰都不能見，所以她的爸媽依舊在鏡頭前舞得開懷，彷彿想幫女兒一把，趁她在裡面，再幫她締造一波流量；結果又是黑紅路線，楊芝珮的父母拼命的指責經紀公司的不是、女兒一定是被逼到不得已才動手傷人的，然後還開始展現楊芝珮的「潛力」。

他們好像天真的以為楊芝珮只是劃了經紀人跟警察幾刀，保護管束一下就能出來了！即使她未成年，但她還是殺了兩個人啊！

「聶泓珈！」一個托盤突然啪的放到她身邊，「妳也跑來這裡吃冰啊！」

婁承穎興奮的坐下來，聶泓珈抬頭才留意到好多個同學在一起，少說也有十幾個，有他們班的，也有其他班級的人！她第一時間想跑，她不想在假日還要跟同學社交啊！

「聽說了沒？有人失蹤了！」婁承穎一坐下就打開話匣子，「剛剛有人發現她的書包，是B國中的。」

「失蹤？」杜書綸回過了神，想起剛剛的警車。

「對，昨晚補習完就沒回家，而且她爸爸在樓下等著要接她，都沒等到！大家原本在傳，是不是被那、個抓走了。」婁承穎說得很含蓄，杜書綸沒聽懂，因爲只有班上幾個人聽過鬧鬼論。

「都找到書包了，別扯那些有的沒的！」緊接著右邊又坐下李百欣，聶泓珈全身都開始緊繃，「比較可怕的是，她從補習班被帶走，居然沒人發現！」

杜書綸看著對面的聶泓珈極度不自在，把手裡的冰往她那邊推，「幫我吃點。」

聶泓珈皺眉，「你這都融化了！」

「把料吃一吃啊！」下一秒他轉向李百欣，「妳爲什麼確定她是在補習班被帶走的啊？」

「因爲那是我們補習班的學生！大家都知道啊！」

哦……聶泓珈想起來了，今天週六，大家下午要補習，所以才會這麼剛好同時出現在這兒啊！

「妳……今天要去嗎？」聶泓珈問著，眼神落在她身上的黑印。

一個個手印清晰可見，那是大人的掌印。

「我是不想，我想再拖過這星期吧！但家裡不許，所以我等等會去圖書館混時間。」李百欣非常不安的趨前，「我聽說失蹤女生的手提袋跟內褲都在補習班的廁所裡，幾乎可以確定是在那邊被帶走的了！」

「內褲？」這兩個字聽了令人不安，其他學生跟著吱吱喳喳，「不會吧？又來？我以為阿原已經——」

「我都不知道我們這裡有這麼多變態耶！」婁承穎不太爽的說著，「有本事就去交女朋友啊，為什麼要這樣傷害別的女生？」

杜書綸認眞的看向婁承穎，眞是個天眞陽光燦爛少年，如果對方可以自在的跟女生交往，或許就不會幹這種事了吧？

阿原大家都誇他老實，但他就是內向且怯於跟女生相處，常被女孩瞧不起或是欺負也是常態，畢竟他說話就是怪怪的；成為木工後，女孩子們又喜歡訕笑他、整他，他心裡如果對女人有怨氣也可以說是自然。

他只是不擅表達、笨拙內向，但不代表沒有脾氣與怨恨，這時如果跑出個惡魔誘惑一下，說不定就把不滿極大化了，然後——

「剛剛聽說是找到外套了，也是扔在路邊，感覺眞可怕，又是性侵犯嗎？」李百欣邊說邊起了雞皮疙瘩，「反正我也不想再去補習班了，我已經在找別家了！」

咦？這次是聶泓珈跟婁承穎不約而同的看向她，「離開……江老師的補習班？我記得上禮拜妳才信誓旦旦的說想進專修班！」

「妳是因為那、個嗎？哎唷！搞得我現在去補習也覺得毛毛的！」婁承穎跟著不安起來，「但現在才開學耶，學費都繳了，妳怎麼能說離開就離開？」

李百欣扯了嘴角，「反正我就是要走！」

不是因爲撞鬼。杜書綸幾乎在第一時間篤定了！

「這還蠻特別的，就算不唸專修班，在自己原班也可以，這樣離開也太浪費錢。」聶泓珈也覺得不尋常，李百欣不僅請假一週，現在還在物色其他補習班！

李百欣擺明不想說，她囫圇了幾口冰，碎碎唸著就這樣，頭也不抬了。

婁承穎面對聶泓珈看來的視線，連忙搖頭搖手，他眞的不知道怎麼回事啊！上次在補習班見到李百欣，就是他也好像看到阿飄的時候！

「我先說我沒敢亂看，但撞見阿飄的人很多！而且有其他學校的人說，他們確定看見的就是吳茹茵！」婁承穎現在覺得煩死了，「唉，最近眞的超烏煙瘴氣的，還有楊芝珮，我眞的不敢相信她會、會殺人！」

「人被逼急了什麼事都幹得出來！我覺得一定是那經紀人跟那個警察逼她，一定是逼她到絕境！」李百欣突然接了口，「眞的有夠噁心的！我還看到網路有人竟在辱罵楊芝珮蠢！有沒有想過她不敢？或是沒有證據，也有可能不知道該怎麼做？」

隨著激動程度提高，李百欣音量越來越大，小小的方桌上盈滿她的怒火，她對面的婁承穎錯愕得圓睜雙眼，因爲李百欣可是非常討厭楊芝珮的啊！

「他，對妳做了什麼嗎？」聶泓珈小心翼翼的問，完全面對了李百欣，然後用嘴型說了一個：江。

李百欣頓時驚愣得倒抽一口氣，她什麼都沒說，但也都回答了。

杜書綸此時手機訊息聲響起，他拿起來看了眼，耳邊傳來婁承穎焦急問著：「怎麼了？妳們在交換什麼訊息啊？」的嘈雜聲，突然定定的看向了聶泓珈。

聶泓珈頓時緊張得冒了冷汗，杜書綸這種表情後面總是會伴隨不太好的事情。

「別嚇我。」她戰戰兢兢的說著。

一隻大手突然擋在她面前，上下用力揮了揮，聶泓珈下意識後縮身子朝左看去，婁承穎微擰著眉滿臉不悅。

「你們到底在講什麼加密訊息，不讓我知道的？」婁承穎狐疑的瞟向杜書綸，「對了，還不知道你是哪位？之前在告別式見過，你跟聶泓珈很好的樣子？」

在班上都把自己窩到透明的聶泓珈，在這個男生面前倒是挺自在的嘛！

他們還共吃一碗冰！

「我叫杜書綸，她鄰居。」杜書綸簡單的交代，「我有個……」

話沒說完，李百欣的湯匙掉在碗裡發出鏗鏘聲，她張大嘴看向杜書綸，一臉不可思議。

「杜……杜書綸？那個天才少年？」李百欣詫異的站起，「東部成績最高的那個。」

杜書綸敷衍一笑，他向來不在意這種無聊的虛名。

「我是想問，你們想不想盡快有和平日子過？不要每天這麼緊張——沒有鬧鬼、平安上學放學、安心補習。」他兩邊都看，問的是婁承穎與李百欣。

但是他沒注意，旁邊與前後的桌子都靜了下來。

不會吧？聶泓珈頭垂得老低，都快跟桌子吻上了，爲什麼要這麼引人注意啊？杜書綸！

「說吧！」杜書綸背後的他班女生主動開了口，「有什麼我們能做的？」

「對！支持！這樣上課太窒息了！」另一桌的男生也站了起來，「我親眼看過那、個！」

聶泓珈悄悄抬眼，雙眼就這麼盯著杜書綸，她需要一點肯定，她必須肯定杜書綸沒有在開玩笑。

男孩嚴肅的點了點頭，摘下了無邊眼鏡。

「首先，妳今天就別請假了！」他望向李百欣，「去補習吧！」

女孩關上電視，懶洋洋的從沙發中站起，修長光裸的腿在窄小的空間裡走動著，跨過一地垃圾與衣物，終於走到了廁所門口，她推開門，看著裡頭癱軟的少女，蹙起了眉。

身後傳來關門聲，女孩回頭，男人拎著一袋食物站在玄關，兩眼發直的盯著她修長的美腿，她那短到可以看見臀部的裙子，更是令他嚥了好幾口口水。

「你挑的這個太瘦小了，禁不起你玩幾次了，都快壞了。」小雨回過身，指指他手裡的食物，「那個給我吃吧，給她吃浪費了。」

男人直勾勾的看著她，慾望再度集結成火團，聚在他的下體。

「年輕……嬌小。」男人沙啞的說著。

「真看不出來你喜歡那樣的！我也年輕啊，身材還好多了！」小雨逕自接過他手裡的便當，拎著朝客廳走去，「我昨天差一點以為我失敗了呢！」

昨晚怎麼誘惑都不為所動，原來他喜歡平胸嬌小的少女，越幼態越喜歡，找對方向，慾望就能輕易點燃。

男人直接走進浴室再展開大戰，他有著完全停不下的慾望。

小雨則在外頭看電視吃麵，人間的食物也很美味，但再好吃，也沒有墮落的靈魂來得美味！原本想去暗算驅魔師的，結果反倒害她受傷了，這樣今晚的靈魂得要補充多一點了。

「動啊！妳都不動是怎麼樣！妳不是很囂張嗎！」

廁所裡傳來怒吼聲，昨天一整晚都這樣，這男人一邊侵犯著女孩，一邊罵她們狗眼看人低、故意把飲料倒在地上、亂丟垃圾、不分類、把桌子畫得亂七八糟等等工作上的事情，看來平時也沒少受那些學生的氣，現在就一併發洩了。

但那個女孩太瘦弱了，剛剛都已經奄奄一息了，哪還能有什麼反應？

好一會兒後，男人才走了出來，依然是蓄勢待發的模樣！

「很沒意思吧？因爲你只找了一個啊！那些瞧不起你的女孩應該很多吧？我上次遇到的男人，他可是綁了一整窩，每天換一個玩，好幾個星期都玩不完呢。」小雨主動朝著男人走去，「想想看，多少活色生香的女孩子，都只能是你的玩物。」

男人雙眼飢渴難耐，他滿腦子想的都是補習班裡頭，那些年輕的女孩，她們有著無敵的身體、美麗的臉龐、驕傲的青春、那些讓他渴望踐踏的驕傲！

刻意在他拖地時打翻飲料，垃圾隨手亂丟，椅子桌上也會有黏膩的殘渣或油漬，垃圾不分類，還會訕笑的說：不然要你做什麼的？收垃圾的！

那些青春，都是他想毀滅的。

「我想要，讓她們痛苦，我想滅掉那個光。」男人瞪直了眼，忍耐得青筋暴露。

小雨來到他面前，嬌媚的撫上他光裸的身體，「今晚來狩獵吧！捕獵五個女孩，滅掉她們眼底的光。」

「五個……」

「對，挑你喜歡的，隨便你想對她們做什麼。」小雨蹲了下來，「有我在，你絕不萎靡。」

有她在這裡，每個男人都能雄壯威武、昂然挺立，不會有任何一刻的頹軟跟疲憊。

包括那位江老師，不知道他的忍耐能到什麼時候呢？

✟

江偉毅回到辦公室，忍耐到滿身是汗的他，吃力的坐了下來。

他不知道自己是怎麼了，今天看著許多學生，總有種難以控制的衝動！尤其看見他平常的「寶貝學生」們，都很想立刻把她們拉到廁所去發洩一番。

女孩們秀色可餐沒錯，但日常他不會這麼飢渴的。

今天是週六，本來就不會有太多獨處的機會，以前只有吳茹茵會有單獨補課的福利，她是最特殊的學生，即使單獨帶走她也不會有人覺得奇怪……現在要再培養一個特殊生出來，也不能躁進，必須慎選。

乖巧、聽話、懂事，成績還得優異，這樣他們誰也不耽誤。

他心癢難耐的打開抽屜，從裡頭拿出另一支手機，不悅的看著未讀未回的視窗，小雨是怎麼回事？說好的要付出一切代價、不惜考上第一志願，居然第一個週末就曠課？

他還想著利用晚餐時間，先找她出來「補課」的……

叩叩，敞開的門邊站著幾天未見的身影，女孩禮貌的敲了門，帶著僵硬的微笑朝向他頷首。

江偉毅自然鎮定的把手機放回抽屜裡，還從容的上了鎖，「請進。」

李百欣緊緊抓著自己手裡的課本，鼓起勇氣的走了進去。

「老師。」

「李百欣啊，怎麼這麼多天沒有來？」江偉毅將椅子前挪，正襟危坐，語氣裡充滿關懷，完全就是個好老師，「很嚴重的病嗎？」

「感冒了幾天，咳咳。」她裝模作樣的咳兩聲，「今天才來上課……我把那天沒寫完的卷子，完成了。」

她遞上那天的試卷，江偉毅接了過去，但說實話，他完全沒有辦法專心，他只留意到現在時間很晚了，今天穿著便服的李百欣看起來格外亮麗，而且她的衣服非常緊身，展露出不屬於這年紀的豐滿。

這是他的重點目標之一。

「我下週給妳。」他找個藉口搪塞過去。

「老師，您給我的這份試卷，是不是代表我有機會能進專修班？」李百欣擱在膝上的雙手掐得死緊。

江偉毅聽見了關鍵字，但不能急，他沉默幾秒，像是猶豫似的。

「妳的成績很好，專注度也高，但是整個區成績優異的也不少，我只是……」

「我能進嗎？」李百欣打斷了他的話，她必須展現出野心勃勃。

杜書綸說的，無論如何，要盈造一種視老師爲最重要的人、以進專修班爲優先、不惜犧牲一切代價的氛圍。

「條件夠的話，可以。」江偉毅還是沒說死，「而且進專修班後，成績都不能掉，你們至少要達到——」

「什麼條件？老師你知道我的目標只有一個，就是D大。」李百欣堅定的說，「您說什麼我都會照做的，我想成爲下一個吳茹茵！」

茹茵啊……江偉毅一瞬間，回想起她柔嫩的肌膚、甜甜的香氣，他最愛的學生。

「我懂了。」江偉毅只這樣應了聲，「時間不早了，妳快回去吧，都這麼晚了。」

越渴望，她們才會付出更多的代價，爲了珍惜獲得的一切，她們才會聽話照做。

「啊……這麼晚了嗎？我今天沒人來接呢，我得自己回去。」李百欣演技很笨拙，但江偉毅現在飽受慾望煎熬，只注意到他想聽的。

「爲什麼？妳平時是……」

「我外婆突然有狀況，爸媽都去探病了，今天只有我一個人。」李百欣略蹙起眉，「我都不知道從這裡要搭什麼公車回去呢！」

一個人。

江偉毅目光如炬的看著起身的少女，亮眼、身材好、成績優異，她的確有成爲下一個吳茹茵的潛質，他的寶貝學生。

李百欣緊張的往外走，如果老師沒叫住她的話，她該怎麼辦？

她其實要感到慶幸吧？表示江老師不是他們所想像的那種人，那天的身體觸碰說不定只是她多心敏感，那麼優秀的老師怎麼可能會——

「等等。」

江偉毅喚住了要出門的李百欣，她覺得世界頓時昏暗了。

「我送妳回家吧。」

第十二章

魔與鬼

黑暗中手散發的光特別刺眼，聶泓珈把光線調暗，讀取了婁承穎傳來的訊息，眼色跟著一沉。

「上勾了？」眼前的杜書綸正喝著飲料，一副早算到的姿態。

「雖然我知道他跟吳茹茵的事，但我沒想到他眞的有機會誰都想碰。」聶泓珈只感到噁心無比。

「老師很聰明的，他才不會隨便選，他要乖巧聽話，逆來順受，又想考上好學校而且肩負父母期待的那種！妳那個同學成績很好，加點渴望，稍微使個手段就有希望！」杜書綸說歸說，但其實他有點好奇江偉毅究竟能使什麼手段？

眞的只是因爲他是個具威望的老師？這個社會地位與名聲，就是他最大的益處。

「婁承穎說他也跟上車了，所以目前爲止老師應該不會對李百欣出手。」聶泓珈其實憂心忡忡，「我們這樣私下搞這些事，會不會出事啊？要不要跟唐小姐說？」

「是她跟我姐說，那個惡魔晚上要飽餐一頓，那便代表會死很多人，我們再不動手就會更糟！」杜書綸也不希望無辜者受害，望向遠方的芒草原，「反正目標都是大草原，唐姐姐在，就應該不會有事的。」

「應該……」聶泓珈皺了眉，這麼危險的事，他在那邊應該。

杜書綸下午在冰店想了個辦法，他沒說前因後果，沒講出唐家姐弟的事，只說了要保證安全，就是大家入夜後不要出門，所有必須補習但晚歸的人都結伴同行，避免落單，不要經過大草原這兒。

學校班級的群組傳遞著訊息、其他學校也互相支援，男孩們自發性的護送女孩回家，不讓那個未曝光的隱藏罪犯有機可乘；昨晚失蹤的女孩至今杳無音訊，但警方已經鎖定了補習班的張姓清潔工，他家處處跡證只是現在人去樓空。不過這則新聞也未能蓋過楊芝珮殺人案，而且還開始牽連到建哥旗下的其他的女藝人們。

但是每個人都說建哥是好人，從未對她們出手過，不太明白為什麼楊芝珮會這樣說，甚至殺人。

聶泓珈對楊芝珮感到忿忿不平與同情，明知道不是她做的，先是扣頂霸凌帽子到她頭上後，她就精神萎靡不振，意志消沉，那天快哭出來的模樣在她腦中揮之不去。

她是愛美愛現沒錯，但她沒辦法下手殺人的，其中一個還是警察！就是吳茹茵造成的，可她怎麼能害同學變成殺人犯？這豈不是斷送她一生嗎？

「別發呆了，幫我看看這樣好不好看？」杜書綸低聲呼喚著聶泓珈回神，她抬頭，看著一身女裝的杜書綸還眞笑不出來。

杜書綸跟李百欣借了一套女生制服，他因爲沒去學校唸書，不受校規管制，方能蓄有一頭長髮，現在再把頭髮放下來，口罩一戴，就他那偏細的骨架跟身高，還眞的幾可亂眞。

看著他學女孩站著，頭髮一撥，比她還像女孩！

「你眞的……等等外套穿上去，就更看不出來了。」聶泓珈由衷的佩服。

「就是要像啊！妳不戴假髮嗎？」杜書綸看著自己特地找人商借的假髮，「妳不戴人家認不出來的！」

「也是有女生是短髮的！我已經穿裙子了，別逼我！」聶泓珈抱怨著，除了開學外，她平常沒有在穿裙子的！

穿裙子讓她渾身不自在，腳下都涼涼的，雖然裡頭套上了安全褲，可是就是彆扭得很。

「我順時針騎，妳逆時針，盡量錯開！」杜書綸已經規劃好了路線，「然後周邊這幾條路都要記得繞。」

「知道！」這附近沒人比他們兩個熟，閉著眼睛都會騎的，「你確定這樣有效嗎？」

「如果唐姐姐說得沒錯，這片草原跟惡魔息息相關，都得在這裡獻上祭品的話，就會有效。」事實上他覺得合理，因爲之前的命案、還有阿原都是在這兒丟了命。

而楊芝珮之所以不列在內，恐怕是因爲那並非惡魔所爲。

「吳茹茵她……也會來嗎？」

杜書綸做了個深呼吸，「她如果夠恨江偉毅，就該來。」

聶泓珈垂下眼眸，不管是人還是鬼，即使不熟，她也不希望吳茹茵變成可怕的厲鬼。

冷不防一條薄絲巾拋了過來，正中聶泓珈的臉，她唉呀的撈住，沒好氣的看向杜書綸，「我不冷啊！」

「風這麼大，等等騎久就冷了。」他笑著，「給妳增添點女人味。」

「煩！」她還是聽話的在頸子上繞了兩圈，然後直接往前騎。

杜書綸與她反方向，他打算把所有人，都集中在這片血腥的芒草原裡。

既然要獻祭，那不知名的被蠱惑者應該會把受害者帶到芒草原來，如同之前阿原殺害的那些女孩；而且現在那位清潔工他不是預先綁架女孩、就是要對放學的女學生下手。

李百欣，負責誘江偉毅載她回家，未免她出意外，婁承穎要在中途攔下他們「搭便車」。

這個便車會搭到芒草原這裡來，四下無人又漆黑之處，三起命案環繞，現在又根本不會有人靠近，這是絕佳位子。

當然一個正常人、又是聰明的老師，不會在這種地方對學生伸出狼爪，看吳茹茵的日記就知道他是如何掌控她，讓她在懵懂無知的情況下，利用名師權威讓她不明究理的就範。

所以婁承穎下車時，李百欣也必須找藉口下車，不管什麼藉口，一定要進芒草原。

他現在只想知道，吳茹茵究竟會不會對江老師下手？她意圖讓自己變成厲鬼是不是爲了江老師？否則的話，他實在想不通爲什麼她可以附身在楊芝珮身上殺掉兩個男人，卻沒用那個工夫，隨便附在補習班的學生身上，把讓她痛苦三年的噁男幹掉？

兩個「女孩」開始繞著芒草原的範圍騎，他們還非常認眞的都帶著書包，一定要完全像是補習班剛下課的模樣，杜書綸喜歡這種乘著風的感覺，長髮飄飄原來是這麼回事，難怪電影裡都喜歡拍女孩迎風的姿態。

另一側繞到岔路的聶泓珈則是低垂著頭，她眞怕遇到熟人，不過學生們眞的超級配合，現在應該已是補習班下課時間了，眞的沒有人在附近……公車從她面前駛離，連車上也都只有三三兩兩的學生而已。

她遠遠觀察著芒草原那站，車子沒有停下，大家居然眞的都按杜書綸所言，避開在大草原這帶下車！

她現在只能希望唐恩羽已經在大草原的某個角落，希望今天就能結束一切，然後從明天開始，每個女生都能安心的生活，學生可以不受老師掌控的唸書。

吳茹茵的地獄裡，應該還有其他人，也希望能把她們拯救出來。

走！

公車的車聲遠去，芒草裡卻出現了一雙虎視眈眈的眼睛，他不懂爲什麼沒有人從公車下來，現在應該是學生放學的時候啊！

他要更多的女孩！他喜歡她們的身體、喜歡她們的眼淚，看著平常驕傲的女孩被他征服，那感覺眞的太美好了！

這裡沒人的話，他要去外圍的街上，這時候有很多騎車回家的女孩……腳踏車聲傳進耳裡，男人蹲下身潛伏在長長的芒草中，揚起了喜不自勝的笑容。

他轉身在芒草裡奔跑著，過高的芒草會掩蓋他的身影，因爲最近的事端，外圈被警方鏟除了一圈約莫一公尺寬的芒草，或許他無法隱身在芒草裡撲抱那些女孩，但是辦法是人想出來的，想要的東西，就得花些工夫。

再度回到站牌附近，他伸手摸索，摸到了地上的繩子。

這裡是兩段路燈的中間，相當昏暗，一般只能依靠腳踏車自裝的車頭燈，如果他們有裝的話……也敵不過突然拉起的繩子——現在！

叮鈴——磅！

腳踏車緊急煞住，聶泓珈大掌包住了龍頭上繫著的鈴鐺，她闔上眼試圖聽見什麼，無論是風聲或是鈴鐺聲都好，她跟杜書綸的車上都有繫綁鈴鐺，以確定兩個人不要挨太近！

她靜靜的在馬路上好一會兒，等著逆時針騎來的杜書綸，但是她足足等了五分鐘，卻沒有看見另一台腳踏車的身影！

她沒聽錯！剛剛有聽見重物落地聲的！杜書綸！

她焦急的調轉車頭，狂騎過去，人都站在腳踏車上了，瘋也似的踩著！但突然有車燈從左方駛來，她再度嚇得緊急煞車，趕緊跳下腳踏車，直接衝進最近的芒草裡躲起來。

車聲由遠而近，這聽起來不是公車的聲音，這邊的公車四十分鐘才一班，剛剛才過去一班。她靜靜的躲在芒草裡等待，但沒多久，車子竟然停了下來。

「謝謝老師！」宏亮的聲音在遠方，聶泓珈嚇得摀住嘴巴，是婁承穎！

她下意識的以蹲姿向後，想要再躲得更深一點。

婁承穎都要關上車門了，又不好意思的發現自己手提袋忘了拿，再鑽進了位子裡，「袋子忘了。」

江偉毅從後照鏡瞄著這個突然殺出來的學生，他連他是誰都懶得記，只知道原本的計畫被這男孩延遲的不爽在累積。他以關愛學生的出發點，主動提出載李百欣回去，她家有點距離、她又不熟大眾運輸，身爲老師照顧學生天經地義。

車子駛出地下室後，照慣例會在巷子等紅綠燈，結果副駕的車窗被人敲響，李百欣的同學認出她來。

以前吳茹茵都是讓她躲在後座的，爲了避免被人瞧見，但今天不能這樣，否則意圖就太明顯了！

結果男孩說他的腳踏車被偷了，聽聞他要載李百欣回家，一臉羨慕，這時他自然要主動出聲：也順便送男孩回家。

雖然他一點都不願意，可是不得不這麼做。

他前方是毫無人煙的大路，這裡就是一般人稱大草原的地方，兩旁的芒草在黑暗中隨風飄揚，加上最近的三起案了，只是給這兒更添神祕與荒涼感。

「你在這裡下車對嗎？」江偉毅狐疑的問著。

「對！我家後面那條轉過去就到了！」婁承穎當然是胡謅的，「謝謝老師！」

「路上小心。」

李百欣卻皺著眉、掩著嘴做著深呼吸，啞著聲跟他說再見。

「走囉！李百欣……妳臉色好差喔！暈車喔！」婁承穎拍拍車門，「車窗開著會好一點啦！掰！」

「掰。」李百欣點點頭，跟他說再見。

下車，李百欣，妳這時應該要下車。蹲在芒草裡的聶泓珈在心裡默唸著，如果讓車子繼續往前開的話，事情就難掌握了！

婁承穎奔跑的足音沙沙，他由遠而近，然後真的轉過來了！聽著車聲再度遠離，李百欣沒有下車！

聶泓珈的腳踏車就停在外圍，婁承穎立刻就看見了，他彎身在腳踏車附近晃，開始找人。

「這裡。」聶泓珈伸出手晃著，婁承穎趕緊蹲下身子也鑽進來，「李百欣為什麼沒下車？」

「她沒下車嗎？」婁承穎可傻了，緊張的就要站起，「那怎麼辦？我得去——」

聶泓珈連忙拉住他，現在不是衝動的時候！「你在車上時，有看見另一台腳踏車嗎？」

「什麼？什麼啦沒有啊！我得去找李百欣！」

說時遲那時快，煞車聲再度響起，緊接著是車門甩上的聲音，聶泓珈抓著婁承穎又下意識的鑽進芒草裡，明明這兒跟車子相距十萬八千里，卻害怕得想把自己藏好藏滿。

「對不起老師！」李百欣掩著嘴衝下車，直接往大草原裡去。

既要誘敵，就得深入一點，剛剛妻承穎下車的地方離外面街道太近了，這樣老師要下手也不是那麼方便！所以她刻意等車子到了中段，乾嘔幾聲，說自己暈車很想吐，江老師不可能讓她吐在車上嘛！

她藉機下車，呼吸新鮮空氣也好。

江偉毅看著下車的女孩，她不停的拍著胸脯，但的確沒有吐，仰起頭吸著新鮮空氣，嬌小的身影再往前走幾步，就會被芒草蓋住了。

是啊，再往裡面走，誰都看不見她。

江偉毅轉動方向盤，這裡前不著村後不著店，最近發生那麼多事，還有昨天的失蹤案，根本沒人敢靠近這一帶。他把車往對面的芒草裡開去，李百欣自然有察覺到這點，她親眼看著江偉毅把車埋進了芒草裡，熄了火。

人呢？杜書綸他們呢？人她已經弄來了，接下來她要怎麼辦？

「李百欣，妳沒事吧？」

還在緊張著，身後就已經傳來江偉毅的聲音了！

她不知所措的回頭，江偉毅朝著她走來，她卻連話都講不好了，「就、就吸點新鮮空氣……」

「不急，老師陪妳。」江偉毅溫柔的說著，手輕輕的觸及李百欣的後腰！

咦！李百欣嚇得哆嗦，她應該要躲開的，尖叫著往前跑，但她爲什麼又僵住了！

「別緊張，老師在！老師會盡一切所能保護妳的！」江偉毅又靠近了她一點，趁著一陣大風吹來，冷不防地摟住了她，「唔！」

她在眨眼間被江偉毅摟進懷中，表面上是「護」著她，其實根本就是在性騷擾啊！

離開！妳一定得自己掙開！李百欣，這事情除了妳之外，沒人辦得到的！掙開啊！

「我沒事！」她扭著雙肩，啪的掙開了江偉毅的懷抱，還踉蹌了好幾步，差點摔下去。

欲迎還拒啊……她只是害怕而已，沒關係的。

江偉毅微笑的往她走去，哪個女孩一開始不害怕？到最後她們都會是乖乖聽話的羊。

她不能待在這裡！李百欣趁著踉蹌之際，二話不說轉身向裡再多走了幾步，待芒草遮去視線之際，轉身就跑——江偉毅輕鬆的一伸手，就握住了女孩纖細的手腕，他沒想到，這種半遮面的遊戲比日常更加刺激！

一使勁，女孩就被扯出芒草，再次落進了他懷裡。

「我沒想到妳這麼可愛！」他笑著。

『是嗎？』懷裡的女孩幽幽抬首，『我一直都這麼可愛的，不是嗎？』

娟秀的臉龐，憂鬱的神情，那個他疼愛了三年的女孩，他絕對不可能忘記的臉——吳茹茵！

「哇啊！」江偉毅嚇得鬆開手，轉身就跑！

但才一轉身，就看見了繫著繩子的女孩再度擋住他的去向，口裡掉出的舌頭，隨著芒草一塊擺動著。

『想我嗎？老師？』

「哇啊——啊——」江偉毅再一旋身，瘋狂的朝裡跑去。

歪著斷頭的女孩眼眸低垂，老師不想她了嗎？

世界突然陷入了安靜，車聲人聲全部消失，聶泓珈緊張的看了手錶，也不過十分鐘的時間而已，怎麼靜下來了？

她跟婁承穎躡手躡腳的往前走，再右轉繞到路上，才看見大馬路上什麼都沒有，沒有腳踏車、沒有汽車，一樣都沒有！

「人呢？我剛還聽到老師的聲音啊！他不是下車了？」婁承穎整個人都慌了，他抓起手機就要撥打電話。

「杜書綸呢？都這麼久了為什麼不見人？連腳踏車都不見了？」聶泓珈根本沒在聽他說話，直接就往前衝，試圖尋找蛛絲馬跡！

就算跟他們一樣都躲起來，也該有反應啊！她剛剛躲藏時傳了無數封訊息給他，都沒有回應啊！

「喂！聶泓珈！」婁承穎用氣音大吼著，「妳妳……妳的車……唉呀！」

他被搞得亂七八糟，不知道該怎麼辦，只能跟著聶泓珈往前跑！聶泓珈腿長腳長的，跑起來可不慢，他在後面緊追其後。

「妳在幹嘛？我可以打電話給李百欣嗎？」

「你打啊！我在找杜書綸！他消失了！」聶泓珈慌得六神無主，這時應該要找誰幫忙？她沒有唐恩羽的電話！報警嗎？對！她應該——

她停了下來，低首看向自己的雙腳，後頭的婁承穎還差點煞不住腳步，只見聶泓珈蹲下身子，從自個腳下抽起了一根……繩子。

那是童軍繩，聶泓珈拉直繩子，發現繩子綁在對面的公車站牌底端，橫跨了整條路，另一端……她向右看去，在芒草裡。

甩掉繩子，她開了手電筒往前照去，在地上看見那顆銀色的、核桃大的鈴鐺，已經被壓壞了。

「聶泓珈，妳要不要說句話？我不知道該怎麼辦！」婁承穎緊張得聲音都在發抖，手機另一端沒人接電話。

他看著聶泓珈的手裡拿著鈴噹，查看著柏油路上的痕跡，綠色的漆，是杜書綸的腳踏車顏色！她緊張的朝右方的芒草裡走去，往前走沒兩步，就回頭拉過婁承穎，得多個人壯膽。

深入芒草裡不到一公尺，聶泓珈就踢到了前輪變形的腳踏車！

「哇，這台是怎麼了？」婁承穎趕緊把其他芒草撥開壓住，「這摔得有點慘啊。」

繩子、變形的腳踏車，聶泓珈恐懼得倒抽一口氣——杜書綸遇到變態了！

「別嚇我！聶泓珈！這台車是誰的？」

「杜書綸的……我們兩個假扮成女生，想誘騙那個變態出來。」聶泓珈說得沒頭沒尾，卻讓婁承穎震驚，「外面那條繩子是陷阱，他應該是被繩子絆住摔出去，然後變態拖走了他……」

婁承穎其實是跟不上的，他只能抓關鍵字，「變態是指……現在在逃的綁架犯嗎？他抓了杜書綸？爲什麼？」

「因那個變態想要侵犯女孩子！杜書綸穿著女生制服啊！他刻意裝扮成女生！」

聶泓珈立刻扯下了頸子上的薄絲巾，纏在了自己的左手上。

婁承穎呆站在原地，手機裡的報警電話始終打不出去，他看著突然衝進芒草裡的聶泓珈，嚇得趕緊追上去！

不是啊，有沒有哪裡搞錯了？

變態選擇了裝成女生的杜書綸，不是貨眞價實女性的聶泓珈耶！

「杜書綸——」

✠

男人震驚的看著滿臉是血的女孩，他剛才粗暴的撕開她的上衣，卻發現裡頭既沒有小巧的胸部，也沒有內衣，伸手往裙裡探去，卻探到了自己也有的東西……

「男的？」

「嘻……呵呵……有差嗎？」小雨在旁笑著，撥開了杜書綸的長髮，「這男的長得也很美啊！」

「不！我不是那種人！女孩，我要女孩！」男人站了起來，抓過手邊的石頭，就要往杜書綸的頭上砸去，「居然敢耍我——」

「哇呀——」

附近傳來了女孩的尖叫聲，那聲音聽起來是貨眞價實的女性了！男人當下止住殺人的動作，他抬起頭，朝著女孩的叫聲衝了過去。

小雨滿臉不耐煩，只能跟著上前，好像多了很多人啊……呵呵呵，嘻，沒關係，越多人越好，他很餓啊，一口氣可以吃這麼多靈魂，多令人喜不自勝哪！

「這裡超棒的，撲倒她們，她們都在等你喔！」小雨的聲音簡直是直接傳進男人腦中的，「在前面，那女孩就在正前方！」

撲倒，這是多少男人的夢想，那些女孩看不見他，她們就是獵物，只等被獵人獵殺！

小雨回眸看著地上昏迷的杜書綸，還不是將死之人，沒用！舔了舔舌，再看向杜書綸身邊另一個女孩，受驚恐懼的單純靈魂果然還是很美味。

多來幾個吧！他眞的很餓了。

「最後再來處理你吧！」她睨了杜書綸一眼，只要是獻祭，他沒理由不收。

李百欣慌不擇路的在芒草裡亂鑽，她根本分不清方向，每枝芒草都比她高，完全蓋住了她的視線，但是老師就在後面，她哪敢停下啊？

一旦被抓到，老師在這裡性侵她是不會有人知道的！真的就是求救無門了！

「婁承穎！聶泓珈！你們人呢？杜書綸！」她忍不住在心裡哭喊著，她連大叫都不敢，因爲深怕會被老師知道她的方位！嗚！她應該跟張國恩說的！

夜風越來越冷，李百欣被芒草圍繞著，她不知道接下來怎麼辦！恐懼侵蝕著她的理智，陡然停下的她選擇蹲下，雙腳抑制不住的顫抖。

打開手機，無訊號的顯示直接斷送了她求救的希望。

她雙手交疊，用牙齒咬著才不至於哭出聲來，此時此刻，她怕的不是黑暗、不是芒草，只是江老師！老師帶給她的恐懼凌駕一切，因爲現在的江老師不是什麼名師，而是一個變態齷齪的性侵犯！

她很難想像，吳茹茵那三年是怎麼過的！人真的會麻木嗎？

她試圖偷聽腳步聲，可是卻只聽見漫天沙沙聲響，她完全分不清楚是芒草還是足音！

起身半蹲，她不能繼續待在這裡坐以待斃，必須移動！

「這裡。」芒草裡倏地伸出一隻手，直接抓住了她的手，逕往前拉。

「咦？呀——」李百欣無法控制的失聲尖叫，但那個人，根本就是拖著她往前的，「誰？妳……聶泓珈？」

她被強大的力量拽著，根本是撞著芒草前行，隱約看見一頭烏黑長髮，但聶泓珈是男生短髮，這個女生是誰啊!?李百欣跌跌撞撞的往前，路上絆到什麼前者也不管，她只能力求平衡的趕緊追上。

好不容易拉近了距離，發現她們是同一所學校的，因為這個女生穿著制服……週六還穿制服？這也太認真了吧！

「等等！妳等一下，妳是誰？」李百欣使勁想抽回手，可是對方抓得死緊！她視線落在自己的手腕上，卻見握著她的那隻手上……全是蛆蟲！

『我不會讓他傷害妳的。』女孩幽幽回身，頭子在一剎那間喀嚓斷掉，歪著頭瞅向她。

……吳茹茵！是吳茹茵——

「呀——」

尖叫聲迴盪在芒草原上，張男聞聲而至，他喜出望外的從後方看見了掩面慘叫的女孩，二話不說就撲了上去。

喝！李百欣猛然由後被撲倒，她再如何拼了命的掙扎都無濟於事，男人的力氣超大，她如同螳臂擋車，連推開都辦不到！

男人粗暴的扯開她的衣服，李百欣扭動著身子往上看去，那個青紫色的同學還站在那裡！

「把他弄走啊！」她哭喊著，也別讓這傢伙傷害她啊，「吳茹茵！」

張男根本正眼都沒瞧吳茹茵一眼，她頸上繩子飄起，直接朝著男人就要捲去，但一隻手更快的抓住了她的繩子，小雨閃現般的就站在張男的身邊。

「這是我的人，妳這種亡魂滾遠一點。」小雨倏地一收繩，吳茹茵整個人被她扯到面前，面對那滿是獠牙的血盆大口，「我也是可以連妳都吃的！」

下一秒，她隻手就把吳茹茵甩了出去！

轉頭看向正狠狠揍著李百欣的男人，他隻手掐住了她的頸子，低吼著要她閉嘴！

「妳再叫我就殺了妳！」張男把手往裙下探，只是引起李百欣的滿身恐懼而已。

救命！但是她叫不出聲啊！她都快不能呼吸了！

「很棒吧！越掙扎越有趣，想想這些自以爲青春無敵的女孩。」小雨蹲了下來，對著男人耳朵吹氣，「今晚都得臣服於你呢！她們都很飢渴的期待你的進入，盡情的玩吧！」

「死變態！」芒草裡衝出了婁承穎，用身子朝著張男撞了過去！

突如其來的撞擊讓張男措手不及，他整個人被撞倒，因而順利的鬆開了手！

跟在後面的聶泓珈趕緊抓住李百欣就往旁邊拖，離變態越遠越好！

「什麼人？」小雨面容出現幾秒鐘的扭曲，忿忿的回頭哪來的礙事者？

已經神智不清的張男根本不在乎來的人是誰，他腦子裡只有慾望，力大無窮的推開婁承穎，再度朝著李百欣爬去。

「你休想啊——」婁承穎勉強爬起來，由後撲向張男，勾住他的頸子，試圖把他往後壓上地。

但他力氣真的不夠，張男兩手一扳，就即將扳開他的手。

李百欣已經恐懼坐起來，拉著被撕開的衣服掩蓋身體，泣不成聲的朝芒草裡躲，聶泓珈飛快的將左手上纏繞的絲巾纏緊，然後二話不說朝張男撲去！

她右膝撞擊張男的胸口，用身體的力量將他整個人往地上壓去，婁承穎自然也跟著被壓在張男身下，但是他仍舊努力的死扣著對方身體。

然後，張男的身體震顫，迎來了聶泓珈的拳頭。

一拳又一拳，三拳之內鮮血就濺上了婁承穎的臉，他被嚇得鬆了手，感受著壓著自己的身軀在震動，可以看著坐在上面的同學雙眼專注的凝視著變態，左手一拳接一拳的砸上他的臉，婁承穎甚至可以聽見骨頭裂開的聲響。

「區區人類……」小雨開始變形，她的頭變得巨大，血盆大口一開，就朝著聶泓珈而去！

但一陣悶聲的「波」聲響起，小雨的頭瞬間炸開。不遠處的李百欣不明所以，她只看見有顆東西飛過去，在空中炸開，但她看不到小雨，事實上婁承穎也瞧不見。

不是每個人都能瞧見惡魔的。

「嘶——」小雨爛掉的頭顫動兩下後再度復元，她瞪著金黃雙目回頭，看著那對在旅館裡的男女，正悠哉悠哉的走來。

但是這一切，卻對聶泓珈毫無影響，她依舊一拳又一拳的打著張男，打到已經從張男身下爬出來的婁承穎都傻了……那個變態已經面目全非了，他不知道一個人的拳能這麼有力，也不知道聶泓珈居然……

「停！可以了！聶泓珈！」婁承穎忍不住出聲，「再打下去他會死的！」

聽不見。聶泓珈雙眼筆直的盯著張男，她拳頭不只沒有停止，而且還加快了速度！

「聶泓珈！可以了！我沒事了！」連李百欣都跑了過來，試圖抓住她的手，「哇！」

一秒被甩開，聶泓珈根本沒有停下的意思。

「老弟，她是怎樣？你去！」唐恩羽手持一柄槍，仍舊對準著小雨，「你別動啊！再爆一次可疼的。」

唐玄霖謹慎的才要上前，芒草裡傳出了足音，滿臉是血的杜書綸踉踉蹌蹌的跑來，直接從聶泓珈後方遮住她的雙眼，輕柔的扣住她。

「停下來，珈珈。」

他幾乎是貼著她臉頰說著，聲音溫柔到像是呢喃似的，但是聶泓珈高舉的拳頭的確是停住了。

杜書綸扣著如同石化的聶泓珈往後拖，把她拖離了張男身上，張男已經不省人事，整張臉已變形，血肉模糊，根本看不出來模樣了。

杜書綸穩定的抱著聶泓珈，手並沒有離開她眼上，緊接著又一個人聞聲奔來，江偉毅驚恐又茫然的看著眼前的人們，衣衫不整的李百欣？還有那個小雨……她怎麼身上都是血？

「哇！」李百欣一見到江偉毅，立即慌亂的爬往婁承穎的方向，「江老師是變態，他對我性騷擾！」

「在胡說什麼！我是老師，怎麼可能對妳性騷擾？我只是好心送妳回家而已！」江偉毅說得冠冕堂皇，這下認出了婁承穎，「你？同學你剛不是下車回家了嗎？為什麼……你們在這裡做什麼？」

抬起頭，他也留意到五公尺開外的唐恩羽姐弟倆，陌生人，但女人的身材眞好。

小雨不敢妄動，但她與江偉毅四目相交，還有一個有用的人在啊……只要稍微再加強一點誘惑……

「狼師嗎？唷，我看過你啊，好像在市區裡的一堆廣告看板上！」唐恩羽很快的認出江偉毅的模樣，「大半夜的，你到這裡做什麼？」

「他、他對我意圖不軌！」李百欣嗚咽說著，「之前他就用讓我進專修班爲誘餌，跟我獨處摸我碰我，還故意頂我！」

「李百欣！妳怎麼可以誣衊老師？我眞沒想到妳是這種學生！」江偉毅厲聲喝斥，李百欣當即嚇得一顫身子，「妳是因爲我不讓妳進專修班，所以刻意用性別議題來陷害老師嗎？孩子，成績不是最重要的，品德才是。」

「果然是老師啊！擁有權威跟名聲眞的很好用，你也是這樣震懾吳茹茵的嗎？因爲大家沒證據又不懂，所以就不敢反抗。」杜書綸輕蔑的向上看著他，「吳茹茵！妳在的吧？痛苦了這麼久，現在可以換妳盡情發洩了！」

吳茹茵？吳茹茵？婁承穎瞪大雙眼，她不是已經死了嗎？身後的李百欣緊揪著他的衣服，耳語說著，「我剛看到她了！她的、的……鬼魂……」

媽呀！婁承穎立即打了個哆嗦，雞皮疙瘩竄了滿身！

「喂喂！惡魔還沒解決，別再扯鬼啊！」唐恩羽趕忙出聲，「不能等我把惡魔送走嗎？」

「送我走？妳？」小雨立即嗤之以鼻，「只是人類而已，妳也配？」

「我配不配不知道，但我手上的槍配吧，裡面的水彈很痛吧？」唐恩羽挑了挑眉，「你們沒事的可以滾遠點嗎？我要送人家一程。」

「妳爲什麼會有那種東西？」

「她在跟……誰講話？」婁承穎恐懼的左右張望，只看到美女姐姐擎著一把奇怪的槍，看起來是對準江老師的啊！他身後的李百欣也不解，氣氛有點怪啊。

江偉毅眼神一直不自覺地瞄向衣衫不整的李百欣，她的腿、她遮不住的肌膚，都讓他血脈賁張！明明知道不是時候，但他卻益發忍受不住；婁承穎讀取到齷齪的眼神，急忙脫下自己的外套，直接包住了李百欣的身子。

他們腳邊是生死不詳的張男，一旁則是不知何時，已經放下手的杜書綸，還有平靜下來的聶泓珈。

她左手上滿是鮮血，只是不知道是她的？還是變態的？她很快的掃視一圈，最後是看向江偉毅的。

「你侵犯了吳茹茵。」她再度纏緊絲巾。

杜書綸突地握住她的左手腕，「那是吳茹茵的恩怨，讓她自己解決。」

「解決什麼？大家都在，這麼多人還不如來狂歡啊！」小雨冷不防地蹲下，唐恩羽差一點就扣下板機，但所幸沒有，否則就浪費了！

眨眼間，小雨移形換影似的出現在婁承穎的身邊，搭著他的肩頭，「李百欣很可愛吧？你喜歡她吧？她也很喜歡你喔！」

但在婁承穎眼裡，他看見的是突然蹲在他面前的李百欣，羞赧的說謝謝他剛剛英雄救美，而且她衣不蔽體，並沒有穿上他剛剛給的外套！哇……好大的……不！不行！他緊閉起雙眼，別過頭去。

「妳快點穿上外套啦，李百欣！」

唐玄霖直接朝他們衝來，小雨一躍而起，嬌羞的朝江偉毅身後躲去，但唐玄霖的手更快，他拋出了一個東西，如同迴旋鏢般在空中繞了一圈，正中小雨的背部！

「哇呀！救我……老師！」小雨痛苦的叫著，整個人落進江偉毅懷裡。

江偉毅嚇得撇開她而後退，現在這種情況，他怎麼可以跟女學生過從甚密呢？要是被舉發不就完了！

「妳別亂來，妳們這些女學生，要自愛！不要只會想用下三濫的手段！」邊說，江偉毅甚至罵向了李百欣。

他怎麼敢的啊！

「混帳人……類……」小雨趴在地上，她背上其實什麼都沒有，剛剛的東西已沒入她的體內了，「你們怎麼會有……能傷及惡魔的東西……」

「魔法防禦書的贈品。」唐恩羽一邊說，一邊再朝小雨開了一槍！

那槍擊中小雨的瞬間，小雨整個身體是直接炸開的，彷彿有人在她體內放了個炸彈，瞬間血肉四濺，嚇得江偉毅驚恐狂叫，而聶泓珈整個人都呆了。

「什麼？什麼啊！」婁承穎因不解而害怕狂吼。

然後幾秒後，江偉毅竟不聲不響的直接倒地，失去意識。

唐玄霖踩著一路的碎屍前來查看，再從口袋裡拿出一張圓形的魔法陣圖，直接的擱在地上，光這張紙下方的屍塊，就足夠阻止這傢伙重組了。

「要不要用他來試驗一些咒文？看會產生什麼效果？」唐玄霖起身後，非常認真的遙望向姐姐，「難得有個低階惡魔可供實驗。」

婁承穎跟李百欣互相緊握著手，他們真的不知道那個大哥大姐在做什麼啊！但聽著還是很可怕！

唐恩羽雙眼一亮，這還真是個——「後面！」

一道黑影突地撲來，唐玄霖才旋個半身，立刻就被狠狠撞開，他是真的騰空飛起，飛過了婁承穎他們的上空，重重的朝唐恩羽落去！

聶泓珈奔過去想幫忙，身側卻突然傳來切膚劇痛！

「呀——」她的右手臂像被刀劃開，而且整個人被抓著向另一方摔去！

這一切快到根本來不及看清，杜書綸就這麼看著她自眼前消失，抓都抓不住！他右邊的唐恩羽穩穩接住了飛過來的弟弟，還被逼退了好幾步，最終兩姐弟雙雙摔上地，再往前查看，卻見到了殺氣騰騰的吳茹茵！

眞的是那個斷頸的上吊跳樓女孩，光看頸子的模樣，完全不可能是活人……

噢，當然，杜書綸沒有忽略她腐敗的身子。

「去幫他們！」杜書綸指向唐恩羽，婁承穎跟李百欣才回神！

摔上地的聶泓珈痛得咬牙切齒，她的右臂有著三道裂口，竟是被吳茹茵割開的！她撐起身子，不可思議的看著眼前的同學，吳茹茵渾身散發著怒氣，歪著頸子的她，是眞眞正正恨著聶泓珈的！

爲什麼？

「江偉毅在那邊啊！他侵犯了妳三年，妳不去把他碎屍萬段，妳爲什麼攻擊我？」聶泓珈完全不明白，她語帶哽咽的問著。

『**妳、為、什、麼、不、說？**』吳茹茵一個字、一個字的，帶著怒火與恨意質問著她。

「什麼？我說了啊！我讓妳爸媽知道，我讓記者知道，我——」

『妳那時爲什麼不說！妳早就看見我們了！』吳茹茵驀地嘶聲咆哮，『妳讓我每天都待在地獄裡，我一直在等妳說出來、我一直在等妳去舉發，把我從地獄裡拉出來——但妳沒有！』

在這一瞬間，聶泓珈覺得這世界沒有是非了。

第十三章

誰的責任？

吳茹茵會恨她，是因爲當初她在江偉毅車裡見到她後，沒有對外舉報這件事？

「我那時連妳是誰我都不知道啊！我那時才八年級，我們還沒考進同一所高中、還不是同班同學！」聶泓珈顫抖著，她爲什麼需要解釋？「而且我要怎麼說？我跟誰說？這種事能亂說的嗎？」

『我從春天等到夏天，我從夏天等到畢業，我等到考上了高中，我開學第一天就認出妳了！』吳茹茵瞪大了血紅雙眼，『如果妳當時就講了，我也就不會淪落到今天這個地步了——』

她頸上的繩子倏而成一個圈，直接套向聶泓珈的頸子！聶泓珈更快的用帶血的左手握拳擱在自己脖子邊，繩子是套了進來，但不可能勒斷她的脖子！

「那妳自己爲什麼不說？」杜書綸冰冷的聲音傳來，他繞了一大圈，繞過了吳茹茵，走近被勒得痛苦的聶泓珈，「妳有嘴，可以自己說，妳能在江偉毅床上叫，卻不會爲自己發聲嗎？」

……這是找死吧！唐恩羽把「脆弱」的弟弟丟給婁承穎他們顧著，抓起她的大刀趕緊衝向厲鬼。

吳茹茵緩緩瞪向杜書綸，怒氣値節節高升，她的繩子收緊拽拉著聶泓珈，把她扔去撞向杜書綸，兩人都倒在地上！

『我說了！我——說——了——』吳茹茵發狂的撲向倒地的杜書綸，她不在乎再多撕碎一個男人！

一柄大刀直接從旁插入，擋下了她的雙手，黑刃上的邪氣，在霎時間就嚇退了吳茹茵！

『……那……那個是……』她皺起眉，滿臉都是不可思議的狐疑神情，她看著地面的碎肉，又瞄向唐恩羽。

「你的嘴跟我老弟有得比耶，都很賤。」唐恩羽整個人擋在了相疊的兩人前方，俐落的轉動著黑色大刀。

那柄黑色的刀，黑到眞的會發光，而且聶泓珈看著那刀散發著層層疊疊的黑色霧氣，只是看著都令她毛骨悚然！

「很聰明嘛，等我們把惡魔鎭壓住了妳再出來！看來妳之前沒動那男人，是因爲惡魔嗎？」唐恩羽再度指向了倒地的江偉毅，「但現在我鎭住惡魔了，妳可以好好的讓那傢伙知道妳的恨了。」

吳茹茵望向無意識的江偉毅，亡魂身形顫抖且模糊，全世界沒有人比她更覺得江偉毅噁心！她替楊芝珮殺掉那兩個下流男子也是爲了擁有力量，但是……爲什麼她現在看著江偉毅，卻跟他每次撫摸她時一樣——

動不了。

「妳跟誰說了？妳跟妳父母說了嗎？妳跟其他老師說了嗎？說了但都沒人理妳？」遙遠的李百欣緩緩站了起來，「那妳眞的要怪，也要先怪他們，爲什麼怪聶泓珈！」

吳茹茵斜眼睨向李百欣，她一哆嗦又躲起來，吳茹茵開始拖著步伐往後退，她只是懼於唐恩羽手上的刀，恨意沒有稍加減低。

「不會吧？妳捨不得？」杜書綸覺得離譜，「妳被這個『恩師』侵犯三年，恨意寫滿了日記本，因爲不想繼續給甚至不惜自殺，還殺了與妳不相關的人，結果現在妳不手撕渣男？」

『沒有不相關的人！』吳茹茵驀地大吼，眼神變得更紅了，『那些都是性掠食者，我殺的都是掠食者！』

「但妳爲什麼用楊芝珮的身體殺？警方不會相信附身的說法，妳這樣不是在幫她，只是在害她變成殺人凶手而已！」聶泓珈忍不住大聲起來，她對這件事最是不滿。

『她跟我不一樣！』吳茹茵冷冷的笑著，『她是自願被掠食的。』

咦？所有人不由得倒抽一口氣，自……願？

「是說……楊芝珮用身體交換工作的事嗎？」婁承穎還眞是哪壺不開提哪壺！

啪！尚未眨眼，吳茹茵突然原地消失，唐恩羽警戒心大起，接近了聶泓珈他們，格外留意。

「能這樣說嗎？楊芝珮是被迫的啊，那是經紀人，另一個是警察，她能怎麼辦？」婁承穎忿忿不平。

「她可以拒絕。」杜書綸倒是知道吳茹茵在想什麼，「她可以不要演藝事業，不在乎網暴跟被黑，就不會被拿捏了。」

聶泓珈聞言只有皺眉，道理是這樣沒錯，但這是上帝視角的想法，不是當事者很難理解那種困境與痛苦。如果真的能這麼簡單的處理，就不會有那麼多Me Too事件了。

「沒這麼容易的，根本……動不了。」李百欣幽幽的出聲，「江老師拿下體貼我身體時，我知道……但我什麼都不敢。」

因為他是老師，他是德高望重、知名的老師，她會想著自己是不是過度敏感、想著老師不會這樣對學生、想著她如果講了根本沒證據……還會像剛剛江偉毅指責她一樣，變成她是說謊、陷害老師的不良女孩。

另一邊的唐玄霖已經沒事，他滑點了一下身上的法器，這厲鬼也開始令他不爽了。

「她戾氣非常重，與其講道理不如保護自己比較重要。」唐玄霖走來，「護身符跟佛珠都有用，必要時都能擋……只要你們戴的是好廟裡求的。」

學生們面面相覷，他們身上沒有這種東西啊！

「幹嘛看我們？你們沒有護身符？」唐恩羽瞠目結舌，「你們什麼都沒準備，跑來這裡誘什麼敵啊？當誘餌也要有準備啊！」

「……不知道……」聶泓珈惶惶不安，她身上都沒這些東西。

唐恩羽想立刻走人，她想即刻把惡魔送回地獄，跟老弟去找個燒肉吃到飽後，回旅館睡覺。

「我不會顧你們的喔！業務不包括。」她把話說在前頭，「我看她目標明確，大家各安天命吧！」

目標明確？聶泓珈渾身不住的顫抖，到底關她什麼事？

「我有舉發的意務嗎？我能怎麼說？我沒有任何證據……就要直接告訴大家，我看見一位老師跟女學生進汽旅？」聶泓珈忍不住快氣哭了，「我最多就只認識江偉毅而已，如果我當初眞的講了，他們輕易就能否認的！而且我也不知道吳茹茵是不是希望這種事被講出來……」

爲什麼會是她錯？爲什麼會討厭她、而不是那個性侵她三年的老師？

「妳別自責，不關妳的事。」唐恩羽回首肯定的告訴她，「她只是把她的懦弱，都推到妳身上而已。」

什麼叫做妳爲什麼不說？把希望寄託在他人身上，無論她說爲自己發聲是眞是假，有沒有得到拯救是眞是假，但這都不是那個高大女孩的錯。

杜書綸突然聽見後方傳來聲響，他才回頭，就看見一個女孩舉著刀子，從芒草裡衝了出來！

「喂！」他大喝一聲，雙手交叉架住女孩執刀的手，把她給撞開！

女孩踉蹌數步立刻以不符合人體工學的姿勢站穩，她身上套了件寬大的T恤，兩股之間全是血，臉色慘白毫無生氣，頸上有瘀青，額角也有鮮血。她嘴角抽搐著，舉刀再度上前。

「附身！」唐玄霖一眼便明，「那是人類的身體，妳的刀喝阻不了她！」

「我才不懦弱！」女孩尖吼著，眞的全是衝著聶泓珈去的！

唐恩羽原地旋身，反手以刀柄對著女孩的太陽穴擊去，順道再一個帥氣的摺倒，大家甚至都沒看清楚，那個女孩已經被摔在地上了。

不過，毫不意外的，她再度直挺挺的立起，像塊板子一樣矗然而起，看得人發寒。

「那是昨天失蹤的女生！」李百欣可認得了。

「應該是被當成祭品帶過來的……算盤打得眞好。」唐玄霖瞄向地面的碎肉們，「不過看起來還沒死，你是吃不到了。」

「還沒死？還沒死……」聶泓珈怒從中來，「吳茹茵！妳又附身在無辜的人身上動手！」

「妳這麼義憤填膺，當時爲什麼就不爲我義憤填膺些？我眞的等妳等到絕望……」吳茹茵竟還落下了淚，「每天等著、期待著……」

「我可以理解妳不知道怎麼處理、我也可以理解要說出這件事需要莫大的勇氣，我也知道老師的威權有多大、世人會怎麼看妳，這些我都能同理妳！」聶泓珈眞的是忍無可忍，「但妳就是沒有資格怪我！」

「啊呀——」女孩一躍而起，跳出了非常人的高度，打算跳過唐恩羽逕直刺向聶泓珈。

這個讓她在黑暗中見到一絲光亮，又給她絕望的同學！

唐玄霖直接拿出短錫杖，金屬環互擊聲響，在聶泓珈面前一晃，就讓那女孩半空翻滾挪移，再狼狽落地。

「有沒有更小一點的法器？佛珠串之類的？」杜書綸上前問著，唐恩羽直接回答不給，「給珈珈戴的！騰一個給我啦！」

杜書綸回頭看了眼聶泓珈，她竟喉頭一緊，下意識又縮起了身子。

「她都殺上門了！妳還在顧什麼同學愛！」杜書綸倏地正首，看著從地上再度站起的女孩，「口口聲聲說江偉毅是性掠食者，但妳最愛他吧？」

「我……沒……有……」吳茹茵咬著牙，她怎麼可能會愛那種噁心的老男人！

「那殺啊。」杜書綸毫不客氣的指向江偉毅，「表現一下妳的恨意。」

「別鬧！她正在用別人的身體！」聶泓珈連忙上前阻止。

事實上，杜書綸發現這個厲鬼，打從今天出現後，連正眼都沒敢瞧江偉毅一眼，只怕是被PUA到底了。

唐玄霖默默將一個佛珠鍊塞給聶泓珈，她猛地一怔，低頭看著掌心上的佛珠。

「江偉毅眞的對吳茹茵……」婁承穎後知後覺，這時才把一切連起來，「三年？」

對，三年。

她可以享受著殺掉楊芝珮兩個男人的快感裡，如何撕開他們的皮膚、插入他們最愛的棒狀物；也喜歡扯下那個阿原生殖器時的快感，她知道這些性侵犯有多令人作嘔！

這股痛恨源自於江偉毅，儘管她恨意滿身，她卻下不了手！

因爲他是……江老師！

「其實妳跟楊芝珮也沒有兩樣嘛。」杜書綸做了結論，「妳不是也用身體，交換了成績？」

這簡直是在炸藥上點火，女孩發出刺耳的尖叫，直接就朝杜書綸撲去了！

杜書綸速度可快了！他直接原地坐下，讓身後的聶泓珈大步上前，一拳就往女孩的胸口擊了下去！

她左手出拳，佛珠戴在關節上，這一擊直接把吳茹茵的靈體震了出去。

她，摔到了江偉毅的身邊。

如同過去一千多個日子一般，她總是在睜眼時，會看見那近在咫尺、令她想吐的那張臉。

『啊啊啊啊——爲什麼是你！爲什麼你要這樣對我！』

吳茹茵終於忍無可忍的，雙手瘋狂的刨向江偉毅的後背，人因劇痛而驚醒，跟著發出疼痛慘叫聲！

『都是你——』吳茹茵的上吊繩子勒住了江偉毅的脖子，粗暴的將之扯起，『你毀了我的人生！』

痛徹心扉的江偉毅好不容易才緩過神，卻看見過去那個他最愛的學生，以斷頸之姿在他的面前，腥紅雙眼、爛掉的皮肉，以及那條黑色發黏的舌頭，赤裸裸的在他面前！

「啊啊——哇——」疼痛讓他知道一切不是夢，眼前的吳茹茵是眞的……眞的鬼！

他驚恐的想逃，卻發現脖子上套著圈，那條繩子套著他們兩個人。

『你不是喜歡我這樣嗎？』吳茹茵用那條斷掉搖晃的舌，舔上了江偉毅的臉。

唔——蛆蟲跟著掉落，江偉毅緊閉起雙眼與嘴巴，他混亂的腦子不記得自己為什麼會在這裡，剛剛發生了什麼事——還有為什麼會有鬼!?

「路人甲提個建議！」唐玄霖突然出聲，「我知道妳想把他碎屍萬段，但是死了就死了，有點太便宜他了。」

準備挖出江偉毅心臟的吳茹茵停了下來。

唐恩羽蹙眉，老弟又想幹什麼了？「不然？」

「他這樣死掉，就只是一個命案，他的名聲與威望永遠都在，說不定媒體還會說他是為了救……那個女孩……」唐玄霖指向剛剛被附身，已經奄奄一息的受害者，「才被那個變態凶手殺死的。」

那個凶手？聶泓珈陡然一驚，剛剛那個被她搥到血肉模糊的男人呢？

應該躺在那裡的人不見了！

「那個綁架犯——」聶泓珈突然驚恐的大喊著，推開唐恩羽朝她後方奔去。

所有人被她提醒跟著看去，那個被打暈的張男，居然爬到了一旁，將剛剛唐玄霖擱在上頭的魔法陣書籤揭開了！

小雨幾乎是在瞬間恢復的，但她的美貌只有持續一秒鐘，一顆可怕的頭從她身體裡擠出來，瞬成龐然大物，黃色的眼睛像火般燃燒著，怒不可遏的在這片土地上燃起了綠色的火燄！

『你們這些人類，居然敢冒犯我——』

「不要碰到我——」唐玄霖即刻大吼，抽出插在腰間的一支黑色管狀物，直接插入了地。

唐恩羽一把將聶泓珈往後扯開，杜書綸上前拉住她，他們試著躲進芒草裡，唯有不明究理的婁承穎跟李百欣還在旁邊喊著怎麼回事，呆呆看著燃起的火。

「火爲什麼是綠色的？」

「是因爲燃燒不完全嗎？」李百欣還在科普。

『不，或許是因爲地面有銅的化合物。』厲鬼還一本正經的更正。

「都不是！全都退後！不要碰到火！」杜書綸眞想翻白眼。

唐恩羽緊緊握住大刀，她開始喃喃唸出特殊的咒語，那是沒人聽得懂的語言，杜書綸非常仔細聽了，可是就是拼不出個意思來。

但惡魔懂。

聶泓珈看著兩層樓高的惡魔，一腳就想踩扁唐恩羽，但他的左腳卻突然陷入了土裡。

『咦！』惡魔驚愕的看著自己急速陷入的身體。

他左腳直沉地裡，整個人因重心不穩而倒地，地上突地發出紅色的光芒，啊啊，杜書綸驚喜般的站了起來，那天他拍到的惡魔版麥田圈，每個焦痕現在都散發著紅色如岩漿般的光輝！

『不可能！你們會——你們改了我的陣？』

「不好意思，我們人類超沒用的，只會背幾千種魔法陣而已。」唐玄霖笑著，回頭看向正飽受地獄岩漿燒灼的吳茹茵，「妳考慮得怎麼樣？」

吳茹茵陷在魔法陣的範圍裡，她的手依舊拽著繩子，她一用力，就可以勒死江偉毅，或是把手活活刺入他的心，挖出那顆心臟。

「現在殺了他，他會變英雄的可能性很大喔！還是永遠令人尊敬愛戴的老師，搞不好還會替他立雕像！」芒草裡的杜書綸禮貌分析，「應該要讓世人知道他的眞面目，只是……妳捨得嗎？」

他對著猙獰的吳茹茵問著，唐玄霖眞的覺得這小子有點不怕死。

『你講話眞的一直都很難聽，』吳茹茵瞇眼血紅雙眼，『杜書綸。』

咦？聶泓珈一顫身子，吳茹茵也認識杜書綸？

她看著縮成一團、瑟瑟顫抖、甚至已經失禁的江偉毅，想起自己被這種人侵犯了三年，眞的越想越不值。

繩圈從江偉毅脖子鬆開，吳茹茵痛苦得想找尋地方躲藏，這些岩漿燒得她好痛啊！江偉毅狼狽的往後爬走，這是荒唐的一夜，他不能再待在這裡，所以他踉踉蹌蹌的跑入芒草中，奪路而逃。

「看來是ＯＫ了！老姐！」唐玄霖大喝一聲，唐恩羽即刻停止唸咒。

沉沒中的惡魔停止下沉，但還沒高興一秒，唐恩羽突然站起身，手在空中揮舞著，接著兩個手掌的虎口組成一個三角型空間後，向兩旁拉開——一個閃爍著金色光芒的魔法陣，就在她掌心內的三角型中出現了！

唐恩羽闔上雙眼，專心的唸著咒文，這一次是無聲咒。

惡魔瞬間拔地而起，但這不是他的意志，他驚恐的看著懸空的自己急速縮小，突然意識到什麼的瞠大了可怕的眼睛。

『等一下！送我回去！把我踢回地獄——』

「有個更好的去處呢。」唐玄霖微微一笑，旋身朝後奔去，追向了江偉毅逃離的方向！

『不許！我不要——那種人一點意思都沒有，我甚至都不需要誘惑他，他就——』

唐玄霖輕易就看見了慌張逃亡的江偉毅，背後都被抓爛的他，順著血腥味就能輕易找到他。

他從上衣口袋裡拿出一小張黑色的貼紙，直接塞進他血肉模糊的背部傷口裡。

「哇啊！」劇疼難耐，江偉毅整個人撲倒在地，痛得全身僵硬發抖，「唔……什……」

「好囉——」

看不見人影的芒草裡，傳來了唐玄霖的聲音！

聶泓珈眼裡映著那漂亮的魔法陣，上頭的金線甚至在流動，唐恩羽突然拉大了手的範圍，魔法陣跟著擴大，然後她驟然間把手裡的魔法陣，朝惡魔拋了過去——魔法陣輕而易舉的穿過了惡魔，像個大型鏤空鋼圈把他禁錮在裡頭，因爲聶泓珈看得見惡魔的掙扎與吼叫。

『你們不能這樣對我！你們不——』

無形中有股力量牽引著魔法陣似的，連同拉扯著惡魔，咻地直接飛進了芒草裡。

飛向他的新家。

在那道金光落入江偉毅的身體時，有個黑影搶先一步竄進，唐玄霖默默看著江偉毅急速癒合的傷口，有條飄盪在外的繩子，在最後一秒咻地沒入，他唯有尊重祝福。

第十四章

真相大白

教室的監視器角度斜照著，廣角的鏡頭能拍到兩百人的大教室，與講台上的江偉毅，在他讓一個女學生上台做題前一切都正常，但是他看著女孩的背影，突然間開口說出淫穢詞語時，高清的鏡頭都能瞧見全班學生那驚愕的神情。

接下來他竟上前直接撫摸了女孩的臀部，摟過她的腰，在全班的尖叫聲中，他將女孩粗暴的壓到第一排學生的桌上，分開她的雙腿後，直接脫下自己的褲子。

前排幾個男生好容易才反應過來，紛紛撲上前把老師拉開，救下快嚇死的女孩，而被押住的江偉毅仍在大吼著：

「她們在誘惑我！每個女孩都是我的！」

「你們都不懂少女皮膚有多好，跟她們做才是頂級的快樂！」

「你們可以去問！我的女孩多得很！我每個都愛！每一個！」

這段監視器影片不管曝光幾次，都看得人頭皮發麻，誰都沒想到，這個知名的補教名師，居然會是對女學生伸出狼爪的狼師！

警方甚至也已經在江偉毅的辦公室內，找到了那一匣的內褲，以及吳茹茵的照片與頭髮。

鏡頭切回棚內，今天在主播台上的，竟是消失一週、傳聞被調職的周呈凡。她眉頭深鎖的面對鏡頭，神情極盡悲痛。

「這樣受大家景仰的老師，私底下卻是惡事做盡，他長期對女學生性騷、性侵女學生，利用自己的威權地位，逼迫她們就範，而年輕的學生根本什麼都不懂，被拐騙上床後，又被恐嚇不得聲張。」她的背景跳出了娟秀字跡的手寫日記，「數週前報復性自殺的吳姓女學生，人人只知她是江偉毅的高徒，結果她卻從國一開始，就慘遭江偉毅的魔掌整整三年！直到國中畢業，他們合照的看板還放在每個十字路口宣傳，是吳姓女學生每天必經路口，這對她來說何嘗不是一種凌遲？」

周呈凡在兩天前公開了吳茹茵的日記，不知道她是怎麼從吳家父母手中拿到日記的，那單就曝光的那幾頁，就已經讓人不寒而慄！吳茹茵每次被性侵後都會記錄那天的事，她從驚懼到厭惡，從厭惡到噁心，最後進入了麻木。

她被老師的威望壓著，她不敢說、說了也不會有人信，更可怕的是父母對老師尊敬有加、感恩戴德，江偉毅每週會打電話給她的父母聊她的近況，擬定學習計畫等等，日常送禮拜訪、節日甚至還會攜家帶眷到他們家一起過節，讓吳氏夫妻何止把他當成恩師，都快進展成乾爹了。

只是沒人知道，他們之間的關係是多麼親密。

吳茹茵不是沒試著講過，但她恐懼於老師的地位，她怕沒人信她、怕影響到爸媽、怕被人指指點點；她含蓄的說想試著自學，被罵；她說不太想去補習班，因爲覺得老師太嚴太凶，被斥責；她甚至有次失控說出她不喜歡跟老師單獨相處，孤男寡女她很不自在，還被吳父直接打了巴掌，怒斥她忘恩負義，居然想誣衊恩師！

這些都讓她不敢再說，只能看著父母恭敬的對待老師、送著大禮、繳足補習費，再把她送到老師身邊去。

「我每次看著爸媽積極的把我送出門，都想著，他們知不知道這是把我親手送上他的床？」

日記裡，重複著出現這令人扎心的句子。

雖然這並不中肯，因爲吳茹茵並沒有告知父母，父母是在不知情的情況下讓她去補習而已，但是身陷地獄的她，自然會這樣想。

「對於吳姓學生提及，她曾寫信投訴告發一事，警方也已經積極辦理，爲什麼信件無人處理？簽收後是誰讀了？爲什麼沒有處理，也該給父母一個交代。」周呈凡身後的照片放出了黏在日記上的寄信收執聯，都能查到有簽收紀錄。

吳茹茵寫信到補教協會、寫信到當地教育機構、上面直接寫明了江偉毅性侵未成年少女的事件，請當局詳加調查，但這些信都石沉大海，激不起一點水花。

「我聽杜書綸說，這個記者也有被Me Too！本來因爲拒絕被性騷所以被調偶了，現在居然一轉眼能坐上主播台，還挺厲害的！」唐玄霖蜷在床上看著新聞，他們都需要多點休息時間。

「是嗎？那我看背後應該有戲。」隔壁床的唐恩羽略微虛弱，捧著奶茶喝著，「嘶……所以那個女學生其實是有投書的嘛，難怪會喊著她有說。」

「有啊，警方那邊現在焦頭爛額，因爲她也有寄到警局去，但聽說被壓下來了，江偉毅的勢力很大啊！」唐玄霖倒是玩味兒似的笑了起來，「他們正忙著找個替死鬼出來背鍋呢！」

「除了威望外，因爲這些性掠食者都是男人，你們絕對會護著彼此的，更多男人覺得這種事是常態，小事兒！」唐恩羽斜眼睨著唐玄霖，「一個小女生，怎麼抵抗得了名師？」

「別一竿子打翻一船人，不是每個男人都這樣……但我不否認許多人覺得這沒什麼，但就算我知道某個認識的人有情婦或是玩弄其他女孩——我也不會說。」

他坦然以對，或許有人認爲不說便是男人在互相保護，但是說穿了，何須插手他人事務。

唐恩羽冷哼一聲，遙控器換個台，鋪天蓋地的都是江偉毅的新聞，吳氏父母終於出面對江偉毅提告，透過律師表達他們的憤怒，沒有那本日記，他們還眞的不知道孩子被性侵三年……這也是挺厲害的，大概除了成績，其他都不重要了。

不過最後轉回周呈凡那台，誰讓她有獨家日記可以報。

「性掠食者處處都有，這些人都會以自己的地位與權勢逼迫他人就範，被Me Too的也不只是女性，只能說女性占絕大多數，不管在職場或是學生，都有可能受到迫害！」周呈凡義正詞嚴的責備著，「用成績威脅、用工作威脅，藝人甜樂珮也是慘劇中的一環，甚至連警方都有參與；有人會認爲這些是交換，甜樂珮是用身體交換更好的演藝事業，學生用身體交換成績，我不能說沒有這種事，但前提是要女方眞的完全自願，而不是被逼迫——」

她眼神突然從直視著鏡頭，轉向了一旁，甚至頷了首。

下一秒，新聞畫面突然切到了一個錄影畫面，鏡頭裡是正在工作的周呈凡本人，然後一個男人走過來，直接就摟住了她。

接著便是令人咋舌的性騷言語，完整呈現。

「哇！」唐玄霖忍不住讚許的笑了起來，「厲害啊！這記者！」

唐恩羽懶洋洋的拿起手機，她還想再多吃點東西，補充一下體力。

「這就是我在公司裡的遭遇，我因爲拒絕了上司的性騷擾，所以被趕去採訪生活新聞，把我一手報導的案子讓給別人。」周呈凡平心靜氣的說著，「我知道拒絕需要難以想像的勇氣，我也知道背後的共犯結構，我更瞭解被觸摸後的噁心跟自責感，我想請所有跟我一樣的女性都站出來，我也希望其他被江偉毅性侵的女孩不要害怕，錯的不是妳們，不要放過這些人面獸心的禽……」

她的話沒說完，該電視台立刻就切進廣告，想必現場一定是炸開鍋了。

唐玄霖趕緊轉向別台，果然標題已經立刻改成「周呈凡記者也是Me Too受害者　揭露S台性騷現象」，看來又多了一則勁爆新聞了！

「你還想吃什麼嗎？我叫外送。」唐恩羽問著。

「我沒妳消耗這麼多，免了。」唐玄霖下了床，主動收走床頭櫃上的垃圾，「我去幫妳煮水，泡咖啡。」

唐恩羽點點頭，她是真的完全都不想動，雖說都是休息，但的確比之前的狀況好多了。

「我覺得這樣除魔好慢，費事。」她說出了心底話，「如果……」

「沒有如果！」唐玄霖當即打斷，「至少我們解決完事情後，妳可以好好的坐在這裡看電視。」

嗯哼。唐恩羽知道老弟那種嚴肅的表情，她瞥向就在枕邊的黑色大刀，難得有出刀沒見血的時候。

最快的方法就是把封印在她體內的惡魔叫出來，吞噬一切靈魂，事情不但可以解決，惡魔也能飽餐一頓，但她身體會被撕裂，復元需要很長時間；後來她獲得這柄大刀，能運用惡魔的魔力與邪氣，劈砍惡鬼邪魔，但是也會吸走她的精力，魔物越凶惡、她費的力氣就越多……反正結論就是：她會短命。

人的身體有一定的承受程度，雖然因為有惡魔的關係能迅速修復肉體，但與惡魔共生，她的生命就是一點一滴的被侵蝕。

因此老弟在找尋傷害最小的路，例如他們有一本惡魔學，如何使用地獄魔咒以毒攻毒；他們去尋找有力量的廟宇跟各種宗教的法器，對付鬼就用那些東西就好，倒不必動輒出動屠魔刀砍鬼。

那天晚上，她運用屠魔刀、老弟用地獄之筆送那惡魔回地獄這種事，耗費不了太多精力，反而是防禦那厲鬼時累得慌。

唐玄霖剛把熱水壺插上，門鈴就響了，他狐疑的警戒，直接抽起插在腰帶後方的小刀。

「是那男孩，外送。」唐恩羽把電視按下了靜音。

「喔！難怪這麼快！」說歸說，但唐玄霖還是把刀藏在身後的打開門。

他不從貓眼窺探，萬一有好兄弟直接在貓眼前來個四目相對，那就不好了。

隔著鍊子，確定是杜書綸後才把他放進房裡。

「就你一個？」唐玄霖還在走廊左顧右盼。

「珈珈在搞自閉，暫時不理她，給她時間自癒。」杜書綸兩手提了一大堆食物，「唐姐姐啊，妳眞的很能吃耶！」

「我驅鬼很耗精力的！」唐恩羽仔細觀察了杜書綸一圈，「你看起來還好嘛！一點都不像是看過厲鬼惡魔加屍體的人。」

「嗯，還行，我調適得比較快。」杜書綸看著牆上的電視，淺笑，「這眞大快人心！」

唐玄霖上前拉開椅子，讓杜書綸坐，便逕自接過兩大袋食物，開始爲姐姐分類處理。

「不怕嗎？那些鬼？那個惡魔？」唐玄霖淡淡的問著。

「怕啊，但是當下發生太多事了，有比害怕更重要的事……」杜書綸指指自己的額角跟身上四處的擦傷，「我最害怕的是這個——這是人打傷我的。」

有人說，人在遭逢意外時記憶會喪失，他並沒有。

他正僞裝著女孩騎車，他甚至不知道地上潛藏一條繩子陷阱，他的車子直接絆到時，緊急煞車都沒用，腳踏車直接翻了過去，他重重摔在地上，幸好是背部著地，但還是超級痛！

儘管他是有意識的，痛得想大叫珈珈，然而一隻大手就突然蓋住了他的口鼻！他驚恐的瞪大雙眼，第一時間是無法動彈的，對方強而有力的一把將他抱起，直接衝進了芒草裡。

幾秒後他開始掙扎，但根本被扣得死緊，踢沒幾下對方直接換把他改成扛上肩頭，一路在芒草裡衝刺，他試著想叫，但喉嚨都還沒扯開，就被狠狠摔上了地！

二度摔上地的力道也不輕，他眞的被摔得七葷八素，好不容易看清周遭的一切，知道他身下有片芒草是被壓平的，還有自己身邊有一個趴著的女孩，臉色慘白得看不出是生是死。

接著他被粗暴的撕扯衣服，他嚇得趕緊手腳並用的亂踢亂叫，他被翻過來只看見一張凶惡的臉，雙眼裡寫滿了慾望，而且他的瞳孔極小，小到令人發寒，一點都不像是正常人！他的頸子被扼住，他拼命的想踹開對方，然後他迎來了紮實的兩巴掌，打得他頭暈目眩，在嘗到嘴裡的血之際，一石頭就朝他腦門砸了過來。

那份恐懼是令人難忘的，他可以完全感覺到自己的渺小，更體會到任何一個人，都可能擁有自己的生殺大權！對方隨時能剝奪生命，而且他根本沒有還手之力。

溫熱的大掌突然握住了他發顫的手，杜書綸抬頭看向不知何時坐在他面前的唐玄霖，終於有幾分的放鬆。

「沒事了。」唐玄霖用力的握了握，「生死關頭，回想總是會令人害怕，這都是正常的。」

「我以爲我會歇斯底里或是哭泣，但我沒有……但只要一想到那種求救無門的感覺，就覺得自己快溺死了。」杜書綸深深深呼吸了一口氣，「你們為什麼都不會怕？」

「哈、哈。」床上的唐恩羽沒禮貌的乾笑，「你哪隻眼睛覺得我們不會怕？我們每晚都輪流做惡夢的好嗎！」

杜書綸不可思議的看向唐玄霖，他給予肯定的眼神。

「終會習慣的，你想想我們面對的事，怎麼會不怕！我還沒跟你說，之前那個女生還直接從天花板掉下來，那種驚嚇可以讓人細胞死一堆的。」唐玄霖也只能嘆息，「但久了必須習慣，不白我調適是不行的，然後……要讓自己不那麼輕易被人拿捏。」

「小子，你先顧慮別的事吧？你是還在長？還是長不高啊？骨架又這麼小，我看另一個女生比你更像男的！好歹要練壯一點吧！」唐恩羽指指唐玄霖，「我老弟以前也是那種書生系的，手無縛雞之力。」

「我、有、練！」杜書綸認真澄清，「我天生骨架就小，但跟珈珈不能比，你們那天沒看見嗎？聶泓珈是練拳的！」

哦……這下可合理了，那女孩的左拳力道異於常人的猛，若不是這小子過來阻止，那位張男綁架犯只怕已經被活活打死了。

是啊，所以那晚的芒草是紅色的。

涉嫌綁架少女並性侵的是補習班的張姓清潔工，那晚女孩很晚下課，甚至在江偉毅離開後才回家，沒到電梯就被清潔工打暈，放在推車裡帶走。最後被帶到芒草原去成爲惡魔的祭品，那國中女孩狀況非常糟糕，已經查出她是先被江偉毅性侵，前腳才離開魔掌，後腳就落入了張男的手裡。

目前人在加護病房，情況並不樂觀，她被折磨得相當慘烈，頭部也多有鈍器傷，昏迷指數只有三，已近乎腦死狀態；這點唐玄霖是失算了，沒想到科西切早就吃了那女孩的靈魂了。

而那位張男是活著的，但是他的鼻樑、眼窩骨、頰骨全部骨折，鼻子甚至被打扁，整張臉面目全非！命是保住了，意識也算清醒，但是他並不認罪，因爲他不停的說是女孩自願的，而且一直有聲音告訴他，那些女孩都很想要被侵犯，這只是一場遊戲，他自己也不知道怎麼回事，慾望就是沒有休止的一天。

他在大草原那兒撲倒杜書綸，也是因爲這些女孩在誘惑他。

說得義正詞嚴，但他撲倒的可是個男的啊！

至於江偉毅，他陷入一種癲狂狀態，時而正常、時而瘋狂，清醒時會喊冤，也說女孩都是自願的！而面對吳家指控，也能振振有詞的表示，整整三年，吳茹茵如果不願意跟他在一起，早就會說了，哪能跟他維持親密關係這麼久？

他愛每個學生，不管是身體或心靈。

更清醒時會發現自己身陷囹圄，發覺做的一切事跡敗露，又會悲傷的在牢裡痛哭失聲。

但更多時候他會出言不遜，全是污言穢語，開口閉口都是性，還會自言自語，言語間透露著滿腦子都是情色之事，警方至今仍無法獲得完整筆錄，但已經送交精神檢定了。

「我姐姐說，是你們幫忙才沒讓珈珈出拳的事被追查，我是來謝謝你們的。」杜書綸還是很有禮貌，「袋子裡有幾盒保鮮盒，那都是我爸媽跟珈珈爸爸做給你們吃的！」

「哇喔！」唐恩羽略坐直了身子，「那可是有滿滿的愛跟感激啊！這個得吃！立刻吃！」

『噁心！』

唐恩羽的體內突然傳出低咒聲。

她前傾身子勾勾手指，唐玄霖即刻起身，查看那些愛心餐盒，詢問著老姐要先吃哪個來噁心一下她體內的惡魔。

「這小事一樁，這種鬼啊惡魔的事，警方也不能放上檯面，所以他們必須幫這個忙的；只不過那位……珈珈？下次出拳得收一點力啊，她的拳頭可眞不簡單啊！」唐恩羽望著自己握起的左手，「能把臉骨都打碎，這得是什麼樣的力量啊……」

「她套上佛珠時，都能直接把厲鬼打出人體了！」唐玄霖先遞了老姐指定的鬆餅過去，「你們要多準備一些法器，自保也好。」

杜書綸點點頭，對於聶泓珈的事沒說太多，她的確有個強大的拳頭，也曾有憧憬的未來，但自從發生那件事後，一切都變了。

「有建議買的東西嗎？還是我們隨便找間廟……」

「隨便？要是隨便都有效的話，那還需要我們嗎？」唐玄霖話裡帶著得意，拿起手機傳送連結，「這是我們商店的連結，喜歡可以下單，看在你姐的份上，還可以打折。」

手機響起，杜書綸查看著連結，還眞會做生意啊！晚點看！

「那個，我是不關心啦，但珈珈可能會想知道，關於楊芝珮……」

「沒辦法，人是她殺的，現場都跡證確鑿，無從抵賴！反正她未成年，只要主張心智喪失，是不至會太重啦。」唐玄霖接話接得順當，「坐個幾年牢、改造之後出來改名換姓，就又可以重啓人生了——但她這輩子就別想再做什麼藝人夢了。」

「她應該也不想了吧……還是有點遺憾。這些性掠食者或死了、或坐牢、或進精神病院，看起來可都得到了懲罰，但受害者們似乎沒那麼好過。」杜書綸說這些時倒是很平靜，沒有任何情緒，「自殺的、死亡的、入獄的、腦死的，活下來的也是一輩子的陰影。」

唐玄霖正拿著剛煮沸的熱水，沖著手沖咖啡，「歡迎來到現實的人生。」

看著穩定且固定流速的熱水沖入，咖啡香遞進而出，杜書綸知道姐姐的這兩個朋友，應該是經歷了更多事，已經到了波瀾不驚的狀態。

唐恩羽正品嚐著愛心鬆餅，吃下去整個人都不好了，但想到可以折騰體內那隻惡魔，還是覺得人生眞美好。

「另外兩個同學你有空稍微關心一下，畢竟應該也被嚇得不輕。」唐恩羽突然想起那兩個被嚇呆的婁承穎與李古欣，「但未來有心理障礙的話……我也沒辦法，只能祝福。」

這有講跟沒講一樣啊！杜書綸扯著嘴角，那兩個也不是他同學……暫時。

「其實我還有一堆問題！例如妳的刀子爲什麼是黑色的？而且還散發一種邪氣，唐哥哥那枝筆管是什麼？以及江偉毅發瘋是你們搞的嗎？我很難相信那種人會在大眾面前自爆！」杜書綸蘊釀得差不多了，一骨碌提問，「最後，吳茹茵呢？」

唐玄霖瞥了姐姐一眼，唐恩羽嘆口氣往後躺，一副我只想吃東西不想理小朋友的姿態，他忍不住輕笑，逕自拿了另一盒蛋塔出來。

「那隻惡魔叫科西切，本來我們可以把他送回地獄，但有方法可以折磨他稍微久一點，就是把他封印進人類的身體裡，跟人類共生，直到這個人類死亡前，他都不能離開。」邊說，看著杜書綸瞠目結舌，「所以江偉毅會自言自語，就是在跟惡魔對話，偶爾惡魔也會出來吼叫，畢竟他得被關在他討厭的人體內一段時間！」

難怪……江偉毅那麼重視形象的人會做出那種荒唐事！

「那個惡魔是讓男人變好色嗎？把老實的阿原變成性侵犯，那個張男我看新聞說平時也挺低調的，還很不擅長社交。」杜書綸拿出手機，想查查什麼不死的。

「那是與色慾有關的惡魔，看到年輕漂亮的女孩就會起色心，很享受男歡女愛，也擅長勾起人類深層的慾望，這就是爲什麼對於兩起性侵犯都出人意料！因爲他們平時可能只是把慾望藏在心底，只是被惡魔誘發並放大。」

「……我是認識阿原的，他、他眞的原本是那樣的人嗎？」

「每個人都有黑暗面的，深埋在心底，有人可能一輩子都不會展現！惡魔的力量就在這裡，把最黑暗的一面引出，掩蓋掉光明與道德，加強他們的慾望，讓他們難以控制，終成脫韁野馬——直到不能收拾。」

張男供詞中提到，每個女孩都在誘惑他，全裸的吸引他，這只怕也是惡魔的力量了……唉，杜書綸想到這裡有點頭痛，所以他騎在腳踏車上時，那個張男看見的他是女生的裸體？還是男生的？啊啊啊啊！

「所以這一切都是因爲那個惡魔嗎？爲什麼惡魔會出現在……這裡？」他一不知道該講人類世界，還是他們這個區。

「他們一直都在的，只是在於你有沒有看見！」唐恩羽淺笑著，她沒說的是，現在你眼前就有一個喔！

「而且也不能什麼都歸咎於惡魔，事實上只要不被誘惑就沒有這麼多事……雖然我們眞的很容易受到誘惑。」唐玄霖也是無奈，「不過單就惡魔的習性，至少像汽旅屠殺案或是江偉毅，都不會是惡魔的主要目標。」

唐恩羽緊接著發出訕笑，「呵呵，是啊，一點挑戰都沒有！」

杜書綸聞言蹙眉，「別人我是不知道，但是江偉毅應該跟惡魔志同道合吧？」

「相信我，惡魔沒在他身上下太多工夫，最多就是讓他慾望大噴發而已！不像阿原或是張男，惡魔是把他們從老實平凡的人，變成色心衝腦的變態，這可不乏惡魔的控制，導致他們失去理智且毫無道德。」唐恩羽看著電視裡重複播放的補習班監視器畫面，「但對於江偉毅那種人，本來就已經好色到無恥了，有什麼好誘惑的？沒意思啊！」

換句話說，江偉毅、建哥或是王組長的所作所爲，都是本性罷了。

杜書綸忍不住翻了個白眼，這都是些什麼人啊！

「那吳茹茵呢？她還會再去攻擊珈珈嗎？」杜書綸比較在意這點。

唐玄霖露出意味深長的笑容，「她也附在江偉毅身上，緊緊相隨吧。」

「嗄？」杜書綸忍不住皺眉，起了雞皮疙瘩，「這是眞愛了吧？」

「怎麼可能！但卻是一輩子都割不掉的關聯，她年齡眞的太小了，被洗腦跟PUA得太慘，儘管她很聰明，但心理已經被影響……就算成了厲鬼連殺都不敢殺，你該聽聽你們嘴裡怎麼稱呼他的，即使快被他性侵，那位女同學還是尊稱他爲：江老師，想想這是多根深柢固的上下觀念。」唐恩羽對杜書綸倒是很讚賞，只有他很明確的直呼其名，「不過現在江偉毅已經社會性死亡，成爲人人追打的犯人，後半生註定淒慘瘋狂，應該更能解她的氣吧。」

「嗯……她高興就好，只要不要亂怪人，把錯怪在外人身上就太扯！」杜書綸的眼神變得冷漠，「或許她很可憐，但她的遭遇不是拿來傷害別人的理由！」

「只怕這種事也是很難道清的，她的心理已經受傷了。」

「那就要傷害他人嗎？她寫信投訴未果，試著發聲卻都被忽略，是要去找那些人，都爲此變厲鬼了，就去針對那些官官相護者吧！還有她的父母，她用厲鬼的模樣去跟他們溝通的話，他爸媽應該就會聽了吧？」

「你很地獄耶！」唐玄霖嘖了一聲。

「誰叫她湊齊了裝備，卻打隊友？」杜書綸沉吟幾秒，還是不放心，「你們會解決她嗎？」

兩姐弟紛紛停下了手裡的動作，因為在他們還在考慮怎麼處理吳茹茵。

「惡魔可以封在江偉毅體內出不來，但吳茹茵不會，我姐說你們是被請來驅鬼的！」杜書綸認真的看向兩位，「工作總是要完成。」

唐恩羽有點不高興，但正吃著人家的美食呢，吃人嘴軟。

「會的，再多給她一點點時間後，我們會處理她的。」她給予肯定的承諾。

其實吳茹茵都還在他們的掌控範圍內，她現在也只徘徊在江偉毅身邊，兩人也算緊緊相繫。

然後，她應該另外還有想要「相處」的人，等到她該見的見完，也是要送她上路了。

「請解決她，不是處理。」杜書綸突然語出驚人的表示，「她已經不是一般的鬼了，扭曲的心態，那麼重的殺氣，我不喜歡有一絲一毫的風險。」

看是要滅了她、或是送她下地獄的都無所謂；總之，他不希望再為此惶惶不安，害怕隨時出現的鬼影，影響他們的生活。

得到唐家姐弟的再三肯定後，杜書綸便告別離開，他得回去吃晚飯，即使事情過了這麼些天，他還是不想在晚上經過大草原那帶。

因為每當強風壓過時，他會怕芒草裡衝出些什麼，還會不時回頭怕有人跟在後面，更別說裝了燈照向地面，就怕又有繩子拉起。

唉，這PTSD可能得持續一陣子了。

唐玄霖送他出門，房間裡的唐恩羽重新開啓聲音，新聞已經進展到其他新聞台直接殺去採訪周呈凡所屬的新聞台，在連續性侵案的案子有所進展，總要有些新鮮貨墊檔。

「那個健壯的女生看得見惡魔、也看得見鬼。」唐玄霖漫不經心的說著，「那個過度聰明的男孩有點難懂。」

「我看他倒是很像以前的你，嘴更賤一點的版本。」都是那種聰明、機車的類型，「但你心比他軟。」

「哎，一樣！」唐玄霖笑了笑，認眞的凝視著唐恩羽，「誰敢傷妳，我一樣不會放過他。」

女人有幾秒鐘的暖心，這個弟弟向來沒白疼，但、是——

「那我體內的惡魔——」

「要在能力範圍以內。」

哼。

腳踏車停在紅燈前，聶泓珈抬頭看向十字路口的大看板，那兒原本有繁星補習班的廣告牌，上面就是江偉毅與吳茹茵的合照，那些招牌一夜之間全部被撤換，現在看來成了一個笑話。

請假了幾天，重新回到學校上課就要面臨段考，她倒是不擔心考試，她恐懼的是會被大家所注意。

握著龍頭的左手隱隱作痛，關節處全是紅腫傷痕，那天她打爛了張男的臉，然後碎掉的佛珠在手上割出了許多細小傷痕，但這些痛，都不及吳茹茵質問她來的痛。

看看，明明該與自己無關的事都能被這樣恨著，她突然覺得那年發生的一切挺正常的了，哼哼。

人啊，還是不要拉幫結派，只做自己，當個透明人最好。

因為只要不被看到，就什麼事都不會發生了……吧？

「聶泓珈！妳來了！」

才一進教室，婁承穎就給予了盛大歡迎，這是聶泓珈最不想見到的！她沉著一張臉快速走到自己位子，可以感受得到全班都在注視她了！

「咦？來了嗎？」李百欣聞聲也回頭。

在警方抵達前，那個美女姐姐叫他們全部裝暈，時間點就從她差點被性侵那兒開始，婁承穎的則是他撲上張男意圖救她後，也被打暈過去。說詞是所有人因各種抵抗均被打昏，這樣就能把難以解釋的事全部帶過！剩下的就交給美女姐姐處理就好，唯有聶泓珈的版本再長一點，但這部分他們就沒涉及了。

「我不想……被注視。」聶泓珈鼓起勇氣，對著來到她桌邊的同學說著，「雖然我們經歷了那些，但只是普通同學，不是朋友。」

咦？婁承穎愣住了，他瞟向站在身邊的李百欣，這人怎麼回事？

「我說過我社恐，我希望自己是小透明，拜託……請給我透明的生活。」她幾近請求的說著，甚至坐在位子上、低垂著頭代表請託。

李百欣第一時間扳起了臉，撂了句：「誰稀罕！」轉頭就回座位去了。

眞是個怪人，這哪叫什麼社恐？根本就是自閉吧！不想交朋友就不要，搞得他們逼她似的委屈！

婁承穎皺著眉，完全不理解爲什麼聶泓珈要如此拒人於千里之外，可是硬纏又顯得很不上道，只好默默的轉過身，但內心實在很難受……至於嗎？

由於聶泓珈這種態度，其他好奇的同學也都不靠近了，她擺明的就是不想回答這次所有相關事件的經歷，甚至一點都不想跟同學交談，這根本就是在讓大家孤立她吧！好怪的人！

針對聶泓珈的各種竊竊私語流傳著，她抱持著不聽不聞不看的態度，直到第一節上課鐘響，導師在課堂上將最近的事情總結了一次，再次對逝者默哀，並告訴大家如果遭遇性騷擾應該要如何求援、如果有被江偉毅傷害的同學，不敢具名的話也有許多匿名管道能夠申訴。

「勇敢說不，是很困難的，老師明白，但請相信世界上還是有許多人會支持你，不要選擇無法回頭的路。」張導師一聲長嘆，望著點名表上的名字，那個永遠不會出現的女孩，就這麼折在了「作育英才」的名師手上。

周凱婷也幽幽的看著隔壁空著的位子，不管想多少次，她都覺得太不值了。

「好！生活還是要回到正軌，這週要段考，希望大家要認眞面對！但在此之前，老師要介紹一位轉學生。」張導師看向門外，「進來吧！」

咦？全班譁然！轉學生？他們可是S區第一高中，哪有可能隨便能轉學進來？都開學一個月了！

轉學一般都是被當掉、或是被記過待不下去，人才會轉走，而且一律是往下走，豈有往上的道理。

轉學生一走進班上，即刻就在黑板上書寫上自己的名字。

「大家好，我是杜書綸。」

趴在桌上，沉浸在自己世界的聶泓珈突然一顫。

她不可思議的抬起頭，講台上那個剪去一頭長髮的男孩，是是是是……她隔壁那個口口聲聲說上學很無趣的傢伙！

「……杜書綸？那個杜書綸！」班上同學在沉默幾秒後紛紛爆出髒話！

「就那個天才啊，早就能上大學的，後來選擇在家自學！」

「他上高中？這是降級處理吧！」

一堆同學都激動的站了起來，杜書綸在S區、或是整個國家都是傳奇的存在，因爲向來只聞其名罕見其人，大家只知道首都的D大好幾個系都親自過來請他入學，希望他選擇他們的系所唸書，但明明可以跳級就讀的杜書綸，卻選擇了在家自學。

據說國一後他就沒上過學，也遲遲不想唸大學，但現在卻出現在他們班？

「看來大家都知道你啊！」導師其實很緊張，太聰明的孩子不好教，「杜同學對課業很熟稔，大家有問題可以互相學習，那麼……你就坐在……」

導師指向了那個，桌上放著鮮花的空位。

全班突然又靜了下來，吳茹茵才走，那個位子大家都還不太能接受……別人坐上去。

「我曾經跟吳茹茵在同一個讀書班，她很討厭我每次都贏她，她應該不會喜歡我坐她的位置！我剛自己搬了椅子過來！」杜書綸遠眺右邊角落，微微一笑，「後面還有空間嘛，我坐那兒吧！」

「啊……」導師還想說些什麼，杜書綸卻逕自從前門走出，再搬著桌椅從後門進來了。

最後一排的同學看到他都格外緊張，好幾個人都站起，彷彿在迎接什麼特殊人士；婁承穎瞪目結舌的看著他把桌子朝聶泓珈這兒搬，還眞是不意外。

「不必這樣，大家就往門邊移一點點就好了，讓我坐……這裡。」

連猜都不必猜，那張桌子，就穩穩地放在了聶泓珈的右手邊。

她咬著唇忿忿的斜轉過頭，緊皺著眉瞪向他。

「這可不是對新同學的正確態度，妳應該說：您好，我叫聶泓珈，以後有什麼問題可以問我。」

聶泓珈定定的望著他，手裡握的筆都快折斷了。

「是誰說上學是窮極無聊的事？」

「我的錯！」杜書綸興奮的堆滿微笑，「這種高中生活啊，比我以爲的有趣太多了！」

到底哪裡有趣了？

尾聲

「已經一個月了，我寄出的信石沉大海。

總共寄出三封信，學校、補教協會跟警局，但都沒有任何消息。

而上週那噁男對我說，讓我不要太天真，以為我的小動作能搞垮他，那是不可能的！因為大眾只會把她當成一個笑話，一個為了引人注意、不惜誣衊名師的不良學生。

他知道了！知道我寫匿名信去舉報，結果那些人竟轉頭就告訴了他！所以他要我向他道歉，用最屈辱的方式折磨我，我還得求著他懲罰我，每次我都覺得自己像妓女一樣，賤得無藥可救，身體骯髒到怎麼都洗不清，而且身上都有他的味道，或是他指定的味道！

我用了無數劣等芳香劑薰我的衣服，那些味道再難聞，也比我這骯髒的身體香吧！

我是惡臭的婊子，是的，我是。

我最後的希望是媽媽，我已經不知道該怎麼辦了，上個月月經遲來把我嚇得半死，我不想再經歷一次這種恐懼。

我知道自己懦弱，我不敢說，我只能迂迴的、婉轉的透過文字告訴媽媽。之前那個腳踏車女孩，為什麼一直還沒告發我們呢？等待好煎熬啊……」

「就這樣吧。媽把信撕了。

她連看都不看，就歇斯底里的質問我為什麼翹課沒去補習，我沒來得及說什麼，書包裡的東西被倒出來，跟同學借的小說一併被撕爛，我還被罰跪了兩小時。

我不再奢求什麼了，我知道已經沒有人會幫我了，反正都已經兩年了，還有什麼不習慣的？

不就是做愛嗎！只是我的對象是老師，平時我是優等生，在補習班我是他的高徒，在他床上我是娼妓，在家裡我只要當個成績第一名的乖女兒就好了。

因為我的父母，不會在乎我過得開不開心、不在乎我每天在地獄裡掙扎、不在乎我在老師身上蠕動，他們要的只是乖巧聽話、永遠給他們面子的第一名女兒。

我剩下的希望，就是那個看見我躲在老師車上的女孩，我求求妳，快點告發，說出補教名師與未成年少女的齷齪！

我不認識妳，但妳不知道妳有多重要！妳比我的父母都重要，我等著妳，等著妳。」

淚水一滴又一滴的落在日記本上，暈開了吳茹茵強勁的字跡，吳母捏著筆記本哭得抽搐顫抖，無聲的哭泣撕心裂肺，再如何也喚不回她的寶貝女兒。

一旁放著一張以無數碎片黏起來的信，其實她是有留下的，但她覺得不重要，便把碎片放在一個袋子裡，擱在了衣櫃角落，擱著擱著，也就忘記有這麼一回事了。

那天她接到江偉毅打電話來，說孩子翹了三天的課，沒去補習班、沒有補課、還跟同學去唱歌，全被他撞見了！她真的怒從中來，那時已經國三了，她竟然這麼放縱。

她在正常時間回家，以爲他們不知道她翹課，那晚丈夫有應酬還未回家，她滿腔怒火的要質問孩子時，她卻遞出了一封信。回想之後才憶起，她把信推過來時非常緊張，手甚至顫抖著，彷彿鼓足了莫大的勇氣。

孩子說，這是班上流行的，母親節快到了，寫給母親的一封信。

然後，怒不可遏的她發狂的撕掉了那封信。

她滿腦子都是翹課的事，氣急敗壞的罵她不要整那些有的沒的，流行什麼？玩什麼？這是她收到最爛的母親節禮物，因爲她逃課出去玩、還說謊騙家人！

她那天是眞的氣昏了，氣到沒有注意到孩子眼裡熄滅的光，或是絕望的淚水，她還說了寫信寫卡片都是沒用的東西，唯有茹茵成爲榜首，才是最好的禮物。

「哈哈哈哈……」吳母從極悲後開始狂笑起來，「哈哈哈哈……我是多爛的媽媽啊！哈哈哈……」

這封拼好的信裡，孩子表達了不想去補習的原因，她甚至不敢寫她被性侵，就怕父母會傷心！只說了老師有時會觸碰她的私密部位，她很不自在！即使是這麼迂迴的求救，身爲母親的她，竟也是在這本日記本曝光後，她才想起、找出那封撕碎的信。

她的茹茵該有多絕望啊！身爲父母的他們，絲毫沒注意到她的異狀，甚至連她求救都視而不見！

成績重要嗎？現在的他們覺得不重要了，但來得及嗎？

吳母悲慟的起身，撐起身子站起來，頂樓狂風大作，吹亂著日記本，也吹散了那以心碎拼成的信紙們，吳母身體虛弱的踉蹌著，依舊吃力的爬上她帶上來的墊腳椅，攀上那日孩子踩上的女兒牆。

「對不起，茹茵。」吳母仰望著藍天，淚水模糊了視線。

她只希望，能親自面對孩子，跟她道歉。

磅！

一道身影從天而降，在中庭摔出一陣巨響，緊接著便是此起彼落的尖叫聲。

站在樹下的斷頸女孩面無表情的看著鮮血汩汩流出，天空緩緩飄下了數張紙，她認得出，那是她當年寫給母親，卻被撕碎的那封信。

一切，都太晚了。

「雖然妳沒有濫殺太過，但是妳仍舊已經不是普通亡者了。」唐恩羽扛著大刀，由後走來，「我負責送妳下去，其他的事有人會處理。」

吳茹茵微微回首，她內心毫無波瀾，事實上她的確壓抑著自己，因爲自從屠殺猥褻楊芝珮那幾個爛貨後，她的確非常享受殺人嗜血的快感，這是她選擇的路，讓自己成爲有力量的厲鬼。

可笑的是依舊難逃懦弱的本質，若非被逼到最後一刻，她竟對江偉毅下不了手。

眞是太諷刺了，她明明是恨他的，但卻不敢殺他！

不過現在看著他身敗名裂勉強舒坦，只可惜他體內有更可怕的東西，她已經無法出手撕爛他了。

『隨便，趁我還有理性時，快點動手吧。』她平靜的說著。

「打算跟媽媽道個別嗎？我可以再寬限妳個一兩天，等妳媽媽的靈體……」

『不需要了。』吳茹茵冷漠的打斷了她的話。

她已經什麼，都不需要了。

唐恩羽沒有遲疑，她微微運氣，手裡的大刀瞬成黑色，上頭的黑色邪氣繚繞，感受到力量已經滿佈時——

「魔誅領罰！」唐恩羽大喝一聲，朝著那厲鬼的頭顱、身體、腳，俐落三刀。斷頭的女孩剎那間散成黑色粉狀，消散在空氣之中。

因爲有人自殺而趕來的鄰里錯愕的看著唐恩羽，她卻從容的看著吁了口氣：「去地獄懺悔吧！」

警衛室旁的武警官跟唐玄霖屏氣凝神的等待，武警官是瞧不見亡者的，他只見唐恩羽帥氣的揮刀劈砍，接著一個旋身，走向了他們。

「收工。」

「好的，後續我們不收拾了，但可以介紹同行爲這社區進行法事。」唐玄霖立即轉身，對著武警官伸手，「尾款請於今天匯入，我們稍晚就離開。」

武警官敷衍的互握，雖然不知道唐恩羽剛剛在做什麼，但是他們現在有新的自殺案要處理了，眞的沒時間理他們。

「好，我會盡快！」他嘆口氣，趕緊聯繫同仁，這兒有命案發生。

唉。原本是陪著唐家姐弟來收尾的，結果卻硬生生遇到了自殺案，怎麼一波未平、一波又起啊！

兩姐弟駕駛著紫色跑車揚長而去，而武警官卻赫然發現該社區自殺者是吳茹茵的母親！大感不妙的他立即衝往二十六樓，但敲門卻無人回應。

待他們破門而入後，自然會發現，前一晚已經在自己房內上吊的父親，他就選在吳茹茵吊死的那扇窗旁，晃呀晃的……

只可惜，他們再也遇不上自己的孩子了。

後記

所謂原罪，幾乎都是造成各種事件的主因。

寫了這麼多故事，鬼的出現無非就是復仇，那鬼的死亡不是爲情就是爲財，眞的很難逃脫這兩種；當然現今社會越來越多無差別殺人，但是在這些「無差別」的背後，多半也會有段與「情」有關的故事。

而所謂七大罪，將人類的嗔痴愛怨劃分得更細：暴食、色慾、貪婪、憤怒、怠惰、嫉妒及傲慢，我個人是不喜歡將這些歸類爲「罪惡」，我認爲在犯罪之前，這些是自然人性，甚至繫之於社會的進步，它們不是錯誤的，只是在於人們的善用與克制。

這次的新系列便以此爲開端，唐家姐弟沒有成爲主角不知道會不會有許多人錯愕，可是他們外掛眞的有點大，我想著要讓他們當主力有些困難，而且繼續叫體內的「前男友」出來，唐恩羽可能也撐不了多少集，所以還是請出命運多舛的高中生爲主，唐家兩姐弟當輔助吧。

姐弟的成長史就分布在《詭軼紀事》的幾集中，代表著他們的逐漸成長。

第一本由「色慾」打頭陣，實在是因爲今年我們掀起Me Too浪潮，那段時間我都跟著在跑《化劫》電影宣傳，在車上有很多時間看相關新聞與告發；色慾是動物本能，有這個慾望才能繁衍後代，但我們之所以身爲人類，就表示我們不同於動物，具道德且有能力去克制。

年中時的Me Too風潮盛極一時，受害者在事發時的徬徨無助，面對上位者威權的壓力，眞的不是旁觀者想得這麼簡單，反抗？掙扎？告發？很多事我只能說：站著說話不腰疼，不是當事者，沒當下遇到一樣的狀況，眞的都不要講得太輕鬆。

就如同爲什麼許多人在馬路上，看著車子迎面衝來時，不能在幾秒內來個漂亮的飄移空翻再大跳躲開？正是因爲面對突發狀況時，大腦都會僵住，而許多Me Too案例，又都是熟人、上位者、長輩、老師、掌握利益者等對象，還多加了「權力」的壓迫。

而且正因爲加害者是握有權勢的，更加導致受害者不敢聲張，若不是這次Me Too浪潮，許多人至今仍不敢說。但是，說了之後呢？

顯而易見的，是很難有證據進行法律告發，而世人的關注度永遠都在名人或藝人身上，我看到更多非名人的例子：上司與下屬、老師與學生這些一般人，加害者不須面對法律問題，所謂的社會性死亡只怕也沒有遇到，低調幾個月，風頭一過說不定又是一條好漢。

甚至還有利益共同體出來撻伐受害者，因爲她舉發了一位擁有權勢的人，而這個人的落馬會導致整個利益共同體的損失，最後的最後，這件事跟其他非公眾人物的結果是一樣的：加害者不痛不癢，受害者再被網暴。

名人的案例也有類似的例子，告發者反被提告，而且還沒有人再敢給她工作。

因此，一個 Me Too 受害者，不僅要承受身心的傷害煎熬，鼓起勇氣舉發後，得到的可能是網暴、不信任、被輿論指指點點、嘲諷取笑，或是成功後卻失去一切的下場，這血淋淋的現實該有多令人恐懼？

所以我眞的眞的很敬佩那些勇敢站出來的人們！

這次的故事中，放入了許多案例、有不同的想法、不同的立場，面對性掠食者時，有人是願意被掠食的，有人是不願意但不得已，也有人是根本不願意但卻無力反抗，還有一種……是推波助瀾的。

我知道即使是現在，還是有許多人認爲：受害者是自願的、認爲想要成功就得付出代價，更多人對於這樣的侵害沾沾自喜，甚至認爲受害者活該。

不必懷疑，只是那些人不敢在網路上說，現實中這樣想的人絕對不是少數，而且不分性別。

面對這種人，惡魔是沒什麼興趣的，因爲將好人誘惑成壞人才有成就感，而這些人已經不需要誘惑，因爲他們本身就已經夠邪惡了。

如果你們遇到類似的事，請勇敢舉發，一定要找人幫助，並且謹記這不是妳/你的錯，錯的永遠是侵犯妳/你的人，別把他人的過錯怪在自己身上。

當人們說不要時，她/他就是眞的不要。

還有，多瞭解自己的孩子，有更多値得去關切的事。

最後，由衷感謝購買這本書的您們，購書才是對作者最實質且直接的支持，沒有您們的購書，作者便無法繼續書寫下去，謝謝！

※本故事內容純屬虛構，如有雷同，純屬巧合！

笭菁

境外之城 155

SIN原罪 I：性・掠食者

作　　者／笭菁
企畫選書人／張世國
責 任 編 輯／張世國

發　行　人／何飛鵬
總　編　輯／王雪莉
業 務 協 理／范光杰
行 銷 主 任／陳姿億
資深版權專員／許儀盈
版權行政暨數位業務專員／陳玉鈴
法 律 顧 問／元禾法律事務所　王子文律師
出版／奇幻基地出版
城邦文化事業股份有限公司
台北市 104 民生東路二段 141 號 8 樓
電話：(02)25007008　傳眞：(02)25027676
網址：www.ffoundation.com.tw
e-mail：ffoundation@cite.com.tw
發行／英屬蓋曼群島商家庭傳媒股份有限公司城邦分公司
台北市 104 民生東路二段 141 號11 樓
書虫客服服務專線：(02)25007718・(02)25007719
24 小時傳眞服務：(02)25170999・(02)25001991
服務時間：週一至週五09:30-12:00・13:30-17:00
郵撥帳號：19863813　戶名：書虫股份有限公司
讀者服務信箱 E-mail：service@readingclub.com.tw
歡迎光臨城邦讀書花園 網址：www.cite.com.tw
香港發行所／城邦（香港）出版集團有限公司
香港九龍九龍城土瓜灣道86號順聯工業大廈6樓A室
電話：(852) 2508-6231 傳眞：(852) 2578-9337
馬新發行所／城邦（馬新）出版集團
【Cite (M) Sdn Bhd】
41, Jalan Radin Anum, Bandar Baru Sri Petaling,
57000 Kuala Lumpur, Malaysia.
電話：(603) 90563833　傳眞：(603) 90576622
E-mail：services@cite.my

封面插畫／山米Sammixyz
封面版型設計／Snow Vega
排　　版／芯澤有限公司
印　　刷／高典印刷有限公司
■2023 年12月26日初版一刷

售價／360元

國家圖書館出版品預行編目資料

SIN 原罪 I: 性・掠食者 / 笭菁著—初版—台北市：
奇幻基地出版；
家庭傳媒城邦分公司發行；2023.12
面：公分 . – (境外之城：.155)
ISBN 978-626-7210-85-7 (平裝)

863.57　112018583

ISBN 978-626-7210-85-7
Printed in Taiwan.

※ 本故事內容純屬虛構，如有雷同，純屬巧合。

廣　告　回　函
北區郵政管理登記證
台北廣字第000791號
郵資已付，免貼郵票

104 台北市民生東路二段141號11樓

英屬蓋曼群島商家庭傳媒股份有限公司城邦分公司 收

請沿虛線對摺，謝謝

奇幻基地

每個人都有一本奇幻文學的啓蒙書

奇幻基地粉絲團：http://www.facebook.com/ffoundation

書號：1H0155　書名：SIN原罪 I：性・掠食者

請於此處用膠水黏貼

奇幻基地

讀者回函卡

謝謝您購買我們出版的書籍！請費心填寫此回函卡，我們將不定期寄上城邦集團最新的出版訊息。

姓名：________________ 性別：□男 □女

生日：西元________年________月________日

地址：________________

聯絡電話：________________傳真：________________

E-mail：________________

學歷：□1.小學 □2.國中 □3.高中 □4.大專 □5.研究所以上

職業：□1.學生 □2.軍公教 □3.服務 □4.金融 □5.製造 □6.資訊
□7.傳播 □8.自由業 □9.農漁牧 □10.家管 □11.退休
□12.其他________________

您從何種方式得知本書消息？

□1.書店 □2.網路 □3.報紙 □4.雜誌 □5.廣播 □6.電視
□7.親友推薦 □8.其他________________

您通常以何種方式購書？

□1.書店 □2.網路 □3.傳真訂購 □4.郵局劃撥 □5.其他

您購買本書的原因是（單選）

□1.封面吸引人 □2.內容豐富 □3.價格合理

您喜歡以下哪一種類型的書籍？（可複選）

□1.科幻 □2.魔法奇幻 □3.恐怖 □4.偵探推理
□5.實用類型工具書籍

您是否為奇幻基地網站會員？

□1.是□2.否（若您非奇幻基地會員，歡迎您上網免費加入，可享有奇幻基地網站線上購書75 折，以及不定時優惠活動：http://www.ffoundation.com.tw/）

對我們的建議：________________

請於此處用膠水黏貼